구선모 新무협 판타지 소설

혹열지도

酷熱之道

호열지도 13

구선모 新무협 판타지 소설

초판 1쇄 찍은 날 § 2005년 6월 13일
초판 1쇄 펴낸 날 § 2005년 6월 23일

지은이 § 구선모
펴낸이 § 서경석

편집장 § 문혜영
편집책임 § 장상수
편집 § 이재권 · 유경화

펴낸곳 § 도서출판 청어람
등록번호 § 제1081-1-89호
등록일자 § 1999. 5. 31
어람번호 § 제2-0620호

주소 § 경기도 부천시 원미구 심곡1동 350-1 남성B/D 3F (우) 420-011
전화 § 032-656-4452 팩스 § 032-656-4453
E-mail § eoram99@chollian.net

ISBN 89-5831-585-7 04810
ISBN 89-5505-427-0 (세트)

구선모 新무협 판타지 소설

호열지도

號熱之道

13 혼돈(混沌) 속으로

도서출판

청어람

목
차

제1장

철철 검문? 무, 무림 정부……?

　초 제독이 다녀간 것이 벌써 일주일이 훌쩍 넘었다. 그동안 철혈당
을 제외한 모든 문인들과 일꾼들은, 혼자는 물론 둘 이상 모였다 하면
문주인 호열이 과거 황궁에서 어떤 인물이었는지 궁금해하며 서로의
의견을 나누는 것이 일상화되어 버렸다. 막상 본인이 굳게 입을 다물
고 있어서 추측만 가능할 뿐이었지만, 일주일이 넘어서기 시작한 후부
터는 호열이 황친일지도 모른다는 소문이 나돌 정도로 사람들의 추측
은 한계를 벗어나 있었다.

　호열에 관하여 알고 있는 사람들이 보기에는 실소를 자아낼 정도로
황당한 일이었지만, 호열의 과거에 대하여 모르는 문인들이 이와 같은
오해를 하게 된 것도 무리는 아니었다. 이 모든 것이 호열의 행동에서
비롯된 것이기 때문이다.

현 황제인 영락제의 성품이 어떠하다는 것은 명나라의 백성이라면 누구나 익히 알고 있는 일이었다. 당연히 백성들엔 무림에 적을 두고 있는 무림인들도 포함되었다. 그런데 호열은 그런 황제의 교지를 보지도 않고 딱 잘라서 거절한 것이다. 이것만 보더라도 문인들의 눈에는 호열이 황친 중에서도 꽤 영향력이 있어, 아무리 황제의 지엄한 명이라도 거부할 수 있는 지위에 있을 것이란 추측을 만들기에 충분했던 것이다.

문인들을 직접 관리하는 추 전주는 이와 같은 상황을 직접 눈으로 보고 몸으로 느꼈지만 모르는 척 흘려보내고 있었다. 이것은 철혈당 문인들이 추 전주를 찾아와 호열을 설득해야 한다고 했을 때도 마찬가지였다. 황제로부터 다른 교지가 내려오지 않는 이상, 추 전주로서는 아무것도 할 수 있는 것이 없었다. 그것은 추 전주가 아직까지 스스로가 무림인이기보다는 황제의 명을 따르고 있다는 생각을 하고 있었기 때문이다. 또한 그것이 현실이었고, 지금까지 황제의 명을 이행하기 위해 모든 노력을 기울였기에 추 전주로서는 당연한 행동이었다.

'고민이구나. 문주님의 심정을 모르는 것은 아니지만, 황제 폐하의 교지를 일언지하에 거절하다니. 휴~ 앞으로 황제 폐하의 진노를 어떻게 감당을 하시려는지…….'

"무얼 그리 고민하고 있는가?"

"아, 문주님께서 어떻게 제 집무실까지……."

추 전주는 호열의 갑작스러운 등장에 놀라며 얼른 의자에서 일어서며 맞이했다.

호열은 추 전주가 일어서는 것을 제지하며 맞은편 빈 의자에 털썩

앉으며 뒤따라온 하인을 향해 차를 내오도록 했다.

"표정이 왜 그런가? 아마도 내가 온 것이 뜻밖인 것 같구먼."

"실은 그렇습니다. 하지만 조만간 소인이 찾아뵈려고 했었습니다."

"훗, 철혈당 때문이겠지?"

"…예, 맞습니다."

추 전주는 호열의 시큰둥한 반응에 순간 말문을 열지 못하다가 힘겹게 대답을 했다.

"그래, 그 녀석들은 뭐라고 하던가? 내가 황명을 따르지 않으면 자기들만이라도 황궁으로 가겠다고 하던가?"

"그, 그건……."

"역시 그렇군. 이미 예상하고 있었지만, 막상 이렇게 확인을 하니 약간 섭섭하구먼. 이제 그 녀석들도 컸다 이건가? 후훗."

"문주님, 하지만 그들이 모두 그런 생각을 가지고 있는 것은 아닙니다. 그들 중에도……."

"됐네. 어차피 그 녀석들은 지금까지 내 명령을 따랐다기보다는 황제의 명을 충실히 수행했다고 보는 것이 옳지 않은가. 충성의 대상이 내가 아닌 황제인 것은 엄연한 사실이니, 내가 서운하다 말할 처지가 아니지. 그렇지 않은가, 추 전주?"

"흐으음……."

'문주님께선 이미 철혈당에서 마음이 떠났다는 말인가? 그렇지 않고서야 어찌…….'

추 전주는 복잡한 시선으로 차를 음미하고 있는 호열을 바라보았다. 어찌 보면 달관한 모습이었지만, 그 내면은 추 전주로서도 쉽게 짐작할 수 없는 무거움이 느껴졌다.

"그렇지, 그들 중에 구복 정로대장군의 아들이 있었지? 이름이 아마… 그래, 구왕웅(丘旺雄)이었던가……?"

"예, 그렇습니다. 구왕웅은 구복 정로대장군의 셋째 아들입니다."

"그런가? 부친이 전쟁터에서 유명을 달리했으니 지금 당장이라도 달려가고 싶겠지."

'그러고 보니 그 녀석들이 모두 고관대작의 자제들이란 것을 그동안 까맣게 잊고 있었군. 훗, 모두들 군부로 다시 복귀하면 출세길이 활짝 열리겠군.'

호열은 그동안 잊고 있었던 철혈당 문인들의 신분을 되새겨 보았다. 지금은 황제의 엄명에 의해 이곳에 있지만, 이번에 복귀하면 모두들 군부에서 실세로 자리잡을 것임을 의심치 않았다. 비록 금의위가 있다고는 하지만, 무림에서 온갖 역경을 이겨내면서 실전을 겸비한 철혈당을 상대할 수는 없다는 것이 호열의 생각이었다. 그만큼 호열은 철혈당을 인정하고 있었다.

"평소 활발한 성격이었는데, 요즘은 거의 말이 없습니다. 아마 충격이 컸을 것입니다."

"그렇겠지. 그건 그렇고… 추 전주, 자네는 앞으로 어떻게 할 생각인가?"

"예? 무슨 말씀이신지……."

추 전주는 호열의 물음에 애써 직접적인 답을 회피하며 정확한 질문의 요지를 모르겠다는 표정을 얼굴 가득 지어 보이며 호열을 바라보았다.

"후후, 그런 눈으로 볼 필요는 없네. 이미 어느 정도 예상하고 있었으니까."

"……."

"어차피 추 전주 자네를 비롯해 모두들 내게 충성을 맹세한 것이 아니지 않은가. 충성의 대상은 이곳에 있는 내가 아니라 황제라는 것은 나도 알고 있네. 그러니 내가 황궁으로 돌아가지 않겠다 해도, 최후에 자네들이 선택할 수 있는 것은 황제의 명을 받드는 것이겠지. 그렇지 않은가?"

"문주님께서 무슨 말씀을 하시고자 하는지 알겠습니다. 하지만 그런 일은 일어나지 않을 것입니다. 폐하께서 무림의 일에 얼마나 심혈을 기울이셨는지 잘 알고 계시지 않습니까."

"무슨 말인지 알겠는데, 과연 황제가 국운이 달려 있는 북벌보다 무림을 중요하게 생각할까? 정말로 추 전주는 그렇게 생각하고 있는가?"

"그, 그건……."

"후훗, 그렇겠지? 황제에게 있어서 지금 중요한 것은 무림보다 북벌이라는 것은 나도 알고 추 전주도 이미 알고 있는 사실이네. 그러니 초제독이 다시 오던가, 아니면 이번엔 교지가 아니라 황제의 지엄한 칙령이 떨어지겠지. 감히 거역할 수조차 없게 말이야."

"흐으음……."

'휴~ 문주님 말씀이 옳은 것은 사실이지만, 지금으로서는 아무리 폐하께서 지엄한 칙령을 내리신다고 해도 상황은 변하지 않을 것 같구나. 만약 그렇게 된다면 난처한 상황에 직면할 수밖에 없을 텐데, 문제로군…….'

"추 전주, 그렇게 고민할 것 없네. 어차피 우린 가야 할 길이 다르지 않은가."

"예? 문주님, 그 무슨……?"

"오늘 내가 이곳까지 직접 찾아온 이유는 추 전주에게 그 말을 하기 위해서였네. 추 전주가 생각하는 것이 무엇인지 잘 알기에, 내가 그 해답을 주고자 이렇게 온 것이지."

"……?"

"추 전주는 최대한 빨리… 아니, 삼 일 이내로 철혈당 문인들을 대동하고 황제에게 가도록 하게. 황제가 칙령을 내리기 전에 말이네."

"옛?! 그, 그 무슨 말씀을……!"

"그렇게 놀랄 것 없네. 추 전주도 알겠지만, 지금 내 상황으로는 황제의 명을 따를 수 없네. 또한 더 이상 따르고 싶지도 않고! 그러니 추 전주가 내 대신 황제의 명을 따르란 말이네. 이제 철혈당 녀석들도 스스로의 힘으로 충분히 일어설 수 있을 정도가 되었지 않은가? 더구나 추 전주가 철혈당과 함께한다면, 황제가 원하는 정도의 능력을 발휘할 수 있을 것이네. 무슨 말인지 알겠는가?"

호열은 생각지도 못했다는 듯이 놀라는 표정을 지어 보이는 추 전주를 지그시 바라보며, 자신이 생각해 왔던 것을 차분하게 늘어놓기 시작했다. 호열도 추 전주의 집무실까지 오는 과정 중에 많은 생각을 했었기에, 차분하면서도 자연스럽게 이어지는 그의 목소리에서 느껴지는 것은 착잡함이 아니라 오히려 모든 짐을 홀홀 벗어던지려고 하는 의지였다. 황제가 지웠던 모든 짐을 벗어던지고, 자신만을 따르고 충성하는 문인들과 함께 새롭게 출발하고자 하는 뜻이 담겨져 있었던 것이다.

"하지만 폐하께서 원하시는 것은 철혈당이 아니라 문주님이십니다. 소인이 생각하기엔 문주님께서 교지를 받들지 않는다면 문주님께서 생각하시는 것보다 문제가 심각해질 수도 있습니다. 자칫, 지금까지 쌓아 올린 모든 것들이……."

추 전주는 차마 마지막 말을 잇지 못했다. 입 안에서만 맴돌 뿐, 그 것을 입 밖으로 내뱉는 데는 상당한 진통이 따랐던 것이다.

"하하, 추 전주가 우려하는 것이 무엇인지 알고 있네. 또한 이미 모든 것을 각오하고 있고. 그러나 더 이상 황제의 뜻에 따르고 싶지 않네. 나 자신도 모르는 사이에 이미 무림인이 되어버렸더군. 그런데 어찌 관복을 또 걸칠 수 있겠는가. 그러니 더 이상 길게 이야기할 것 없네. 추 전주는 지금부터 내가 명한 것을 추진하도록 하게. 그리고… 만약 시간이 나거든 철혈당 당주들과 마지막으로 식사나 같이 하고 싶군. 뭐, 그것은 추 전주가 알아서 하도록 하고, 나는 그렇게 알고 기다리도록 하겠네. 허흠!"

"무, 문주님, 저기……."

호열은 자신이 할 말을 끝낸 후, 추 전주가 뭐라고 말하기 전에 집무실을 나가 버렸다. 더 이상 이야기를 해보았자 추 전주에게 난처한 상황만 만들어줄 뿐이란 것을 알기에 행한 행동이었다. 그렇지만 추 전주로서는 호열의 뜻을 쉽게 받아들일 수 없었다. 아무리 상관이 황제의 명을 따르지 않는다고 해도, 그것 때문에 상관을 남겨두고 복귀한다는 것은 생각할 수조차 없는 일이었기 때문이다.

"이거 참, 어찌한단 말인가. 문주님의 행동을 보니 그냥 한 말씀은 아닌 것이 분명한데……."

추 전주는 호열이 밖으로 나간 후로도 두 시진 이상을 앉은자리에서 꼼짝 않고 깊은 생각에 잠겼다. 앞으로 어떻게 행동하는 것이 현명할지 깊게 생각해 볼 필요성이 있었기 때문이다.

"어쩔 수 없구나. 우선은 조 당주와 이 부당주를 불러 같이 논의하는 것이 좋겠구나."

장고 끝에 생각을 정리한 추 전주는 밖에 대기하고 있던 문인에게 철혈당에 다녀올 것을 명했다.

무한의 칠월은 일 년 중 가장 무더운 달이란 것을 사람들 스스로 인정할 정도로, 낮에 움직인다는 것은 짜증을 불러일으키기에 충분했다. 더구나 무공을 전혀 익히지 않은 일반 하인들로서는 무거운 짐들을 나른다는 것에 대해 더 이상 말할 필요도 없는 짜증나는 일이었다.

"아니, 오늘 무슨 일이라도 있나? 왜 갑자기 짐을 옮긴다고 그래?"

"나인들 알겠나. 문주님께서 시키신 일이라니 그에 따를 수밖에. 자, 어서 움직이세."

"흠! 하지만 왜 하필 지금, 이 시각이냔 말이지. 벌써 해가 중천에 떴는데, 이런 일을 시키려면 아침에 하던가. 에휴~ 덥다, 더워~"

"그거야 우리들 생각이고. 어디 위에서 우리들 생각하고 일을 시키는 것 보았나? 그러니 잔소리하지 말고 어서 움직이게나. 오늘 남 부전주님 표정을 보니 장난이 아니더군. 본 문에서 일한 이후 지금까지, 오늘처럼 남 부전주님 표정이 굳어 있는 것을 보지 못했었네. 아마도 큰일이 있을 것 같으이."

"그도 그렇구먼. 나도 보았는데, 오늘 심상치 않은 일이 벌어질 것 같더군. 더구나 아까 철혈당 전원이 중앙 연병장으로 가지 않았던가. 오늘은 심상치 않아. 모두들 몸조심들 하는 것이 좋을 것 같네."

"옳은 말이네. 그런 의미로 오늘은 일을 빨리 끝내고 술이나 들이키러 가세나. 이엇차! 끙~ 이거, 생각보다 무겁네."

"하하, 그렇게 부실해서 어디 마누라 치마나 들어 올리겠나? 하하하!"

"하하하!"

태양이 무섭게 그 위력을 발휘하든 말든 열심히 땀을 흘리며 허드렛일을 하는 하인들과는 달리, 완전 무장을 한 상태로 연무장에 나와 있는 사람들이 있었다. 아무리 고강한 무공으로 한서불침(寒暑不侵)의 경지에 올라 있는 무림인들이라고 해도, 오늘과 같은 날씨엔 웬만한 일이 아니면 정오에 움직이려고 하지 않는데도 누구 하나 신경질을 부리지 않고 있었다. 다만 무슨 이야기를 나누는지, 몸은 움직이지 않은 상태에서 옆 사람과 소곤거리며 복장을 정돈할 뿐이었다.

"정말 이대로 우리들을 황성으로 보내시려고 하시는가? 그런가 보네, 정말……."

"그러게 말이야. 이래도 되는 건가?"

"모르지. 하지만 문주님 성품, 잘 알잖아. 한번 말한 것은 꼭 지키시니, 이번 일도 그렇게 하시겠지. 그러니까 추 전주님도 그에 따르는 것이고."

"하지만 고민이다. 이대로 떠나도 괜찮은 것인지 모르겠다. 문주님을 생각한다면 도저히 그럴 수 없는데, 황제 폐하나 부모님을 생각한다면 따를 수밖에 없으니. 휴~"

추 전주의 명을 받은 철혈당 문인들은 각자의 짐을 챙긴 후 중앙 연무장 앞에 도열해 있었다. 아직 호열과 추 전주가 나오지 않은 상황이었기에, 문인들은 옆에 서 있는 동료들과 조용히 이야기를 나누며 앞으로의 행보에 관하여 잡담을 나누고 있었다.

"모두 조용! 문주님께서 나오신다."

"흠……!"

"……."

조 당주는 자신들이 도열해 있는 연무장을 향해 걸어오고 있는 호열의 모습이 보이자마자, 뒤에 있는 문인들을 향해 정렬을 가다듬도록 명령을 내렸다.

조 당주는 물론, 철혈당 모든 문인들의 예상대로 호열의 의복은 평상시와 전혀 달라진 것이 없었다. 이것은 철혈당 문인들에게 있어서 오늘 문주인 호열이 자신들과 함께 동행하지 않는다는 것을 보여주는 것이었다.

호열의 뒤로 추 전주와 남 부전주를 비롯한 많은 사람들이 따르고 있었다. 처음 무한으로 왔을 당시 함께했던 사람들도 있었고, 또한 황제의 명을 받고 중도에 합류한 사람들도 있었다.

호열은 연무장에 도착하자마자 단상에 올랐다. 또한 함께 왔던 추 전주와 다른 사람들은 담담한 표정을 지어 보이며 철혈당 문인들이 도열해 있는 곳으로 내려와서는, 한편에 자리를 잡고서 호열을 향해 이목을 집중시켰다. 그러나 항상 호열의 뒤를 따르던 조 검주는 추 전주 일행과 행동을 같이하지 않고 있었다. 처음과 마찬가지로 호열의 뒤에 조용히 서 있을 뿐이었는데, 그의 수중엔 검은색 비단으로 싸여 있는 기다란 상자가 들려 있었다.

철혈당 문인들은 이러한 모습을 지켜보면서도 누구 하나 입을 여는 사람이 없었다. 이미 예상하고 있었던 일이라 할 말도 없었지만, 무겁게 가라앉은 분위기 때문에라도 말문을 열 수 있는 사람이 없었던 것이다.

"모두들 추 전주를 통해 이미 들어서 알겠지만, 오늘 본인은 중대한 결정을 하게 되었다. 아니, 결정을 할 수밖에 없었다. 며칠 전 초 제독이 황제의 교지를 가지고 본 문을 다녀갔다. 본인을 정로대장군에 봉하기 위해서였다."

"……."

"황제가 본인을 정로대장군에 봉하고자 하는 것은 개인적으로 볼 때 영광일 수 있으나, 너희들도 직접 보았듯이 본인은 그것을 거부했다. 개인적으로 이곳을 떠날 수 없는 이유가 첫 번째 사유라 할 수 있겠지만, 그보다 큰 것은 지금 이곳에 서 있는 본인이 예전 황제의 녹을 먹던 철혈금부(鐵血禁府)의 제독이 아니라 무림인이라는 것이다."

"아……!"

"……!"

"더구나! 본 문엔 지금 우리들만 있는 것이 아니다. 삼 년이라는 짧은 세월이 흐르는 동안, 시련도 많았고 존폐의 기로에 섰던 적도 한두 번이 아니었다. 그러나 본 문은 그 시련을 모두 이겨내고 비약적인 발전을 거듭했다. 그 속엔 지금 이 자리에 있는 너희들뿐만 아니라, 진검당과 패진당을 비롯한 외전 삼 당이 함께 있었다. 본인은 그들을 그냥 내버려 두고 갈 수 없다. 본 문의 부흥을 위해 목숨을 바쳤던 그들을 황제의 교지 때문에 외면한다는 것은 도저히 용납할 수 없었다."

"흐으음……."

추 전주를 비롯하여 연병장에 도열해 있던 문인들 모두 호열의 연설이 계속 이어질수록 숙연해지지 않을 수 없었다. 자신들이 그동안 생각하지 못했던 것들이 새롭게 인식되기 시작한 것이다. 아무리 철혈검문이라는 한 울타리 속에서 함께 생활하고 있었다지만, 철혈당 문인들은 다른 당의 문인들과 일체의 접촉을 피하며 자신들만의 생활을 해왔었다. 그러나 막상 다시 생각해 보니 그들과 함께했던 전장의 추억은 너무도 깊게 자리하고 있었던 것이다.

"그러나 무엇보다 본인이 이와 같은 결정을 하게 된 것에는 너희들이 예상했던 것보다 훨씬 더 발전했다는 점을 들 수 있을 것이다. 너희들은 이제 자체적인 힘으로도 충분히 세상에 우뚝 설 수 있는 힘이 있다. 그 어떤 군부도 너희들을 상대할 수 없을 것이며, 너희들은 추 전주와 함께 복귀하는 즉시 황제의 신임을 받을 것이다. 비록 너희들을 이대로 보내는 것은 아쉽지만, 본인은 이제 너희들도 스스로의 힘으로 일어설 때가 되었다는 판단을 내렸다. 더구나 본인이 너희들을 책임지게 되면서 황제와 약속한 것이 바로 이것이었다. 너희들을 강하게 만드는 것! 이것이 바로 본인이 철혈금부에 머물면서 너희들을 훈련시켰던 이유였다. 그러니 본인은 황제와의 약속을 지켰고, 그 결정체가 바로 너희들인 것이다."

"아~!"

"흐으음……."

"그러니 너희들은 앞으로 추 전주의 명에 따라 황제의 측근에서 받들도록 하라. 만약 너희들이 황제의 명을 충실히 수행할 수 없다면, 그것은 본인의 얼굴에 먹칠을 하는 것이다. 알겠느냐!"

"……."

"왜 대답을 못하는가? 다시 한 번 묻겠다. 알겠는가!"

"옛! 알겠습니다!"

호열의 생각과 의지를 알게 된 사람들은 한 목소리로 호열의 호령에 대답을 했다. 간결하면서도 힘찬 대답은 지금까지 어수선했던 분위기를 한번에 깔끔하게 쇄신했다.

호열은 힘차게 대답하는 문인들을 한차례 훑어보았다. 모두들 자신들의 꿈을 펼칠 수 있게 되었다는 생각에서인지, 지금까지 볼 수 없었던 초롱초롱한 눈빛을 내뿜고 있었다. 그만큼 자신들이 있어야 할 자리에 돌아간다는 생각이 분위기를 순식간에 바꾸어놓은 것이다.

"조 검주, 그것을 이리 가지고 오게."

"옛, 주군."

조 검주는 호열의 명에 따라 수중에 있던 상자를 조심스럽게 받쳐 들고는 단상으로 올랐다.

"추 전주, 자네가 이것을 황제께 전해주도록 하게. 따로 서신을 작성하지 않았으나, 이것을 황제께 전해준다면 내 뜻을 충분히 알 수 있을 것이네."

추 전주는 호열의 명에 따라 조심스럽게 조 검주로부터 상자를 건네받았다. 이미 상자 안에 무엇이 들어 있는지 잘 알고 있었기에, 추 전주는 아무런 망설임 없이 상자를 꼭 쥐고서는 호열을 향해 천천히 고개를 숙여 마지막 예를 취해 보였다.

"문주님, 오늘을 영원히 잊지 못할 것입니다. 부디, 주모님과 함께 대망을 이루시길 바랍니다. 충!"

"충……!"

추 전주와 남 부전주, 그리고 수법당의 여창남 당주 및 외전의 안 전주와 위 부전주. 문위당의 양부(楊溥) 군사와 개연소(介衍簫) 등 열다섯 명의 책사들. 황궁의 내의부(內醫府) 수의부관장(首醫部官長) 의백당의 권 당주와 서른 명의 의원들. 조 당주를 비롯한 육십 명의 철혈당 문인들.

비록 무한으로 올 당시와 인원 구성은 달랐지만, 이들은 삼 년이라는 세월을 뒤로하고 황제가 있는 금릉으로 출발했다. 무한으로 처음 입성했을 때와는 달리, 이들의 행렬은 모든 사람들이 볼 수 있었다. 아무리 어수룩한 사람이라고 해도, 일행이 어디로 가는지 모르지만 어디서 출발했다는 것은 알 수 있을 정도였다. 그만큼 호열은 남아 있는 문인들이 어떻게 생각할 것인지 신경 쓰지 않고, 당당하게 추 전주를 비롯한 철혈당 모두를 황제에게 보낸 것이다.

철혈당이 황궁으로 떠난 후, 철혈검문은 뒤숭숭한 분위기가 이어지고 있었다. 하지만 흐트러진 분위기를 바로 세울 인물이 없는 관계로, 철혈검문의 모든 일은 각 당의 당주들이 알아서 챙기는 형국이 이어지고 있었다. 그동안 모든 대소사를 책임지고 있던 추 전주가 자리에 없다는 것이 뼈저리게 느껴질 정도로, 당주들의 심정은 요즘 말이 아니었다.

더욱이 최고 책임자인 호열이 관망적인 자세로 일관하고 있어서, 도대체 무슨 의도를 가지고 있는지 알 수 없는 당주들과 문인들로서는 눈치를 보기에 급급할 뿐이었다. 그러나 호열의 성격을 잘 알고 있는 호 당주와 도 당주는 조만간 철혈검문에 큰 개편이 이루어질 것을 예상하고 있었다.

"주군, 언제까지 그냥 지켜보실 생각이십니까?"

"지켜보다니? 그게 무슨 말인가, 호 당주?"

"철혈당은 본 문의 실질적인 핵심이었습니다. 더구나 추 전주님을 비롯한 주요 당들이 모두 황궁으로 떠났는데, 주군께서는 그에 대해 문인들에게 일언반구조차 하지 않고 계십니다. 더 이상 시간을 끌다가는 문인들의 이탈이 생길 수도 있습니다."

"그렇겠지, 왜 그것을 모르겠는가. 하지만 지금은 때가 아니네. 그러니 조금만 기다리게."

"때가 아니라 하심은… 주군, 혹시 황제가 다시 사신을 보낼지 모른다 생각하고 계신 것은 아니겠지요? 정말 사신을 기다리시기라도……"

"하하, 내가 왜 사신을 기다린단 말인가. 그런 일은 없으니 신경 쓰지 않아도 되네."

호열은 호 당주의 우려 섞인 질문에 크게 웃어 보인 후, 호 당주의 넓은 어깨를 몇 번 다독여 주고는 한편에 놓여져 있는 의자에 몸을 기댔다.

"그렇다면 왜 개편을 서두르지 않으시는 것입니까? 혹시 다른 의중이 있으신 것입니까?"

"글쎄……"

호열은 호 당주의 질문에 말문을 열지 않고 한참 동안 창문 밖을 바라보았다. 그러다 자신을 계속 주시하고 있는 호 당주의 얼굴을 향해 고개를 돌리며 얼굴 가득 미소를 지어 보였다.

"……?"

"호 당주."

"예, 말씀하십시오."

"내가 일전에 말했던 거 기억하고 있는가? 황제와의 일 말이네."

"무슨? 아, 황제가 무림 정복을 위해 주군을 무림으로 보냈다는 것 말입니까?"

"그렇네. 하지만 이제 그 일은 자네와 조 검주, 그리고 나밖에 모르는 일이지. 더구나 황제가 자신의 입으로 그 일에 관해 말할 것은 못 되니, 이제 남은 곳은 아내를 납치해 간 곳밖에 없네. 나는 지금 그것을 기다리고 있네."

"그것은 모험이 아닙니까? 만약 그 일이 문인들의 귀에 들어가기라도 한다면 큰일입니다. 주군께서 그런 의도를 가지고 계시지 않다는 것을 문인들에게 말한다고 해도, 대부분의 문인들은 본 문을 떠날 것입니다. 그런 일은 있어서는 안 됩니다."

호 당주는 호열이 무엇을 기다리고 있는지 알게 되자, 얼굴이 빨갛게 상기되며 있을 수 없는 일이라 성토했다. 하지만 호열은 호 당주의 말을 귀담아듣지 않고 미소만 지어 보일 뿐이었다.

"주군! 만약 그런 일이 일어나기를 기다리신다면, 차라리 주군께서 주모님을 찾아 나서시는 것이 좋지 않겠습니까? 어차피 패혈맹이 가장 유력하지 않습니까."

"유력하긴 하지만 물증이 없지. 그러니 기다리는 것이네. 또한! 어차피 소문은 나게 되어 있네. 내가 숨기고 싶어도 그것은 어쩔 수 없는 일이야. 그러니 이 참에 나는 본 문에 뜻이 있는 자들을 가려볼 생각이네. 마지막까지 남는 자들은 적어도 내게 충성을 바치지 않겠는가?"

"……."

호 당주는 호열의 설명에 고개를 크게 끄덕여 보였다. 대부분 한곳에 안주하지 못한 떠돌이 낭인이었거나, 아니면 명문대파의 제자들 그늘에 가려 빛을 보지 못했던 무인들이 대부분을 차지하는 곳이 바로 철혈검문이었다. 급조된 만큼, 결집력이 있을 수 없었다. 하지만 호열의 말에 따라 이번 일로 인해 문인들의 옥석(玉石)이 가려진다면, 비록 소수라 할지라도 철혈검문은 정예들로 재정리될 수 있다는 생각이 들어 더 이상 호열의 의견에 토를 달지 않았다.

*　　　　*　　　　*

혈미서생(血眉書生) 송심진(宋心眞)은 한창 수하들이 올려 보낸 서류들을 검토하다가 뜻밖의 손님을 맞이하게 되었다. 지금까지 미리 통보를 하지 않고 찾아온 적이 없었는데, 오늘은 무슨 일인지 기별도 없이 방문을 한 것이었다.

미리 수하들에게 언질을 두었기에 망정이지, 만약 그렇지 않다면 맹에 들어오지도 못하고 다른 사람들 눈에 띄는 불상사가 발생할 수도 있는 상황이 초래될 뻔했다. 아직 대외적으로는 물론, 패혈맹 내에서도 혜제와 천명회에 관한 사항은 장로 급들 이상밖에 모르고 있었기 때문이다.

"아니! 공 부국주께서 기별도 없이 어떻게 오셨습니까? 무슨 급한 일이라도 있습니까?"

"하하, 그렇게 되었습니다. 송 군사께서는 언제나 바쁘신 것 같습니다. 매번 찾아뵐 때마다 책상엔 서류들이 가득하군요."

"허허, 저야 항상 이렇지요. 자자, 이리로 앉으시지요."

송 군사는 공 부국주를 향해 자리를 권한 후, 얼른 책상에 어지럽게 널려져 있던 서류들을 한쪽으로 정리했다.

"죄송합니다. 책상이 어지러워서요. 그나저나 무슨 일입니까?"

"흠, 이번에 황궁에서 놀라운 정보를 접해서 이렇게 왔습니다."

"황궁에서요?"

"예, 아마 송 군사께서도 들으면 놀라실 것입니다."

"놀랄 일이……. 글쎄요. 황궁의 일에 놀랄 일이 있겠습니까? 아직까지는 황궁과 무림이 서로 관여를 하지 않고 있는데요."

송 군사는 자신을 향해 진지한 눈빛을 보이는 공 부국주를 쳐다보며 미소로 화답을 했다. 그러나 공 부국주가 이미 송 군사의 대답을 예상하고 있었다는 표정을 지어 보이자, 송 군사는 눈살을 찌푸리며 공 부국주의 얼굴을 바라보았다. 무슨 일인지 뜸 들이지 말고 말하라는 무언의 행동이었다.

"하하, 그렇게 보실 것 없습니다. 제가 이곳까지 온 이유가 바로 그것을 송 군사께 말씀드리기 위해서니까요. 현재 황궁은, 아니, 황제는 정로군이 타타르 국에 무참히 패한 것에 큰 충격을 받았습니다. 그래서 오군도독부에서 차출할 수 있는 병력을 끌어 모으고 있습니다."

"그것은 이미 다 알고 있는 사실이 아닙니까?"

"그렇지요. 그것은 정보라고도 할 수 없는, 이미 다 알려진 사실입니다. 그러나 문제는 오군도독부의 병력이 아닙니다. 제가 말씀드리고자 하는 것도 이것이 아니고요. 놀라지 마십시오. 그동안 황제는 비밀 세력을 키우고 있었습니다. 그것도 무림에 말입니다."

"…옛? 지금 무림이라고 했습니까?"

송 군사는 공 부국주의 설명을 들으면서 당연히 그럴 것이라 생각하고 있었기에 고개를 끄덕였다. 황제라면 아무도 모르게 자신의 친위부대를 만들 수 있다 생각하고 있었기 때문이다. 그러나 가만히 생각해 보니 자신이 미처 생각하지 못하고 흘려들은 것이 생각났다. 무림. 공 부국주의 입에선 분명 무림이란 말이 나왔던 것이다.

"놀라셨습니까?"

"아니, 그럼 정말 황제의 비밀 병력이 무림에 있다는 말입니까?"

"그렇습니다. 그것도 현재 쟁쟁한 위명을 떨치고 있는 곳입니다."

"그럴 리가요. 그럴 리가 없습니다. 태조 홍무제가 황궁과 무림은 서로의 영역을 침범하지 못하도록 대명률로 명시를 했는데, 어찌 지금의 황제가 그 명을 어길 수 있다는 말입니까?"

"그래서 놀라운 정보라 하지 않았습니까. 더구나 황제가 비밀 세력을 무림에 침투시킨 목적을 알고서는 입을 다물 수 없을 정도였습니다."

'목적이라, 그렇다면 이미 공 부국주는 자체적으로 진의 여부를 파악했다는 것이군. 하지만 정말 놀라운 일이구나. 황제가 무림에 비밀 세력을 키우고 있었다니.'

송 군사는 공 부국주의 말이 이어질수록, 그가 이미 모든 것을 파악한 후 자신에게 왔다는 것을 알 수 있었다. 또한 어떻게 황궁의 기밀 정보를 접하게 되었는지 모르지만, 분명한 것은 공 부국주의 정보가 향후 무림 정세에 큰 변화를 가져올 것임을 능히 짐작할 수 있었다. 그에 모든 상황을 나름대로 정리한 송 군사는 공 부국주를 지그시 바라보며 천천히 입을 열었다.

"흐음, 도대체 그곳이 어디입니까? 말씀을 들어보니 이름만 들어도 알 수 있을 정도로 큰 문파일 것 같은데요."

"그리 큰 문파라고는 할 수 없습니다. 그러나 그들이 지금까지 보여준 저력만 보더라도 패혈맹뿐만 아니라 웬만한 문파는 무시할 수조차 없는 곳입니다."

"……?"

"그곳은… 황제의 비밀 세력은, 철혈검문이었습니다. 무한에 있는 철혈검문이 바로 황제가 무림에 심어놓은 비밀 세력이었습니다. 더욱이 그들의 목적이 무엇인지 아십니까? 바로 무림 정복입니다. 황제가 무림 정복을 하기 위해 철혈검문을 만든 것입니다."

"헉! 철혈검문? 무, 무림 정복……?"

공 부국주의 설명이 계속 이어질수록, 송 군사는 머리가 멍해지는 기분에 사로잡혀 한동안 아무런 생각도 할 수 없었다. 도저히 생각지도 못했던 일이었기 때문이다. 더욱이 황제의 목적이 무림 정복일 줄은 상상할 수조차 없었던 일이었다.

"철혈검문의 문주 임호열은 삼 년 전만 해도 철혈금부의 제독이었습니다. 또한 지금의 철혈당은 철혈금부 병사들이었고요. 더욱이 임 문주는 당시 황궁에서도 황제를 제외한 그 누구도 함부로 할 수 없을 정도로, 일인지하 만인지상의 막강한 권력을 쥐고 있었습니다."

"철혈금부라… 철혈금부, 철혈검문……."

"그렇지요. 처음 무한에 자리잡았던 철혈검문은 철혈금부의 전신이라 할 수 있겠지요. 아니, 실제로 철혈금부 병사들은 철혈당이군요."

"흐음, 정말 놀라운 정보입니다. 공 부국주의 말이 사실이라면, 무림은 앞으로 새로운 국면을 맞이하게 될 것입니다. 그러나 아무리 생각해 보아도 한 가지 의문이 드는군요."

"의문이라 하심은……?"

"임 문주나 철혈당이 보여주는 무위입니다. 황제는 육 년 전 열렸던 군웅대회가 끝나는 시점과 맞추어 무림맹으로부터 각 문파의 절정비급들을 넘겨받았습니다. 내승운고(內承運庫)가 원나라의 침탈로 텅 비었다는 것이 이유였습니다. 더구나 당시 넘겨진 비급은 진본이 아니라 사본이었습니다. 그런데 어찌 육 년이라는 짧은 시간 동안에 그와 같은 무위를 성취할 수 있다는 말입니까? 제가 아무리 무공에 문외한일지라도, 패혈맹에 몸을 위탁한 지 수십 년이 흘렀습니다. 그것은 도저히 있을 수 없는 일입니다."

"그러실 것입니다. 더구나 당시 무림맹이 넘겨준 사본은 진본을 그대로 옮겨놓은 것이 아니었지요. 그래서 더욱더 믿지 못하실 것입니다."

"맞습니다. 당시 황궁에 넘겨진 사본은 진본과 차이가 있었지요. 그러니 공 부국주의 말씀이 사실이라고 해도, 저로서는 쉽게 납득할 수 없는 일이지요. 더구나 황궁엔 지금 금의위 제독으로 있는 손화령만이 절정 급의 실력을 지니고 있었을 뿐입니다. 그 외엔 무공을 익힌 장군들이나 무장들이 없었습니다. 그런데 갑자기 세상을 뒤흔들어 놓은 임문주가 황궁의 제독이라니, 그것을 어떻게 수긍할 수 있겠습니까? 더욱이 임 문주가 구파일방이나 오대세가의 가주 정도 되는 무공을 지녔다면 어느 정도 이해할 수 있겠지만, 현실로 나타난 것은 그 정도가 아니라 삼성이마에 필적할 수준이 아닙니까? 아무래도 제 생각에 이 문제에 대해서는 신중하게 생각해야 할 것 같습니다."

송 군사는 육 년 전 황궁과 무림맹 간에 있었던 일들을 조목조목 나열함과 동시에 당시 황궁의 상황들을 상기시키면서 공 부국주의 정보가 이치에 맞지 않는다는 것을 피력했다.

하지만 공 부국주는 이미 송 군사가 무슨 생각을 할 것인지 예상하고 왔기에 담담하게 모두 들으면서 입가에 엷은 미소를 지어 보였다.

"우리도 그러한 의문을 가지지 않았던 것은 아닙니다. 그렇기에 정보를 접한 후 백방으로 알아보았습니다. 그런데 흥미로운 사실이 하나 드러나더군요."

"……?"

"임 문주는 사실 저희와 같은 한족이 아닙니다. 조선에서 건너온 무장이었습니다."

"조선이요? 조선이라면 동쪽에 있는 그 소국을 가리키는 것입니까?"

"그렇습니다. 임 문주는 육 년 전 하륜이란 문관과 함께 황제로부터 고명인장(誥命印章)을 받기 위해 온 등극사(登極使)의 일행이었다 합니다. 그런데 황제는 임 문주의 무공이 고강하자 신하로 받아들임과 동시에 무림 정복이라는 야망을 키우게 되었고, 그것이 지금에 이르게 된 것입니다. 황제는 임 문주가 이끌던 철혈금부에 지원을 아끼지 않았습니다. 막대한 금력과 권력을 동원하여 영약들을 구한 후, 지금의 철혈당에 쏟아 부은 것이지요."

"아~!"

'공 부국주의 이야기를 들으니, 그동안 철혈검문과 임 문주의 행보가 이해되는구나. 무림인이라면 사용하기를 꺼리는 암기를 사용하고, 더불어 그동안 보여주었던 상식 밖의 행동들. 그래, 임 문주가 무림인이 아니라 군을 통솔하는 장수였다면, 그리고 철혈당이 군관들이었다면 지금까지 그들이 보여주었던 모든 것들이 납득된다. 아니, 이해할 수 있을 것 같다. 그래, 그랬었어……'

송 군사는 공 부국주의 설명을 모두 들은 후 아연실색하여 더 이상 말문을 열 수가 없었다. 이제 더 이상 의심을 할 수도 없었고, 또한 그럴 필요도 없었다. 이 정도로 철저히 조사를 했다면 사실이 아니라는 것 자체가 오히려 믿기 힘들 정도로 완벽하게 설명이 되었던 것이다.

"정말 귀중한 정보입니다. 이 정보는 본 맹뿐만 아니라 무림을 위해서라도 널리 공표되어야 할 것입니다. 비록 무림이 현원세가와 마교 때문에 어수선하지만, 그렇게 해야 황제의 야욕을 막을 수 있을 것입니다."

공 부국주는 송 군사의 말에 환한 미소를 지었다. 소기의 목적이 달성된 것이다. 그러나 천명회의 난처한 입장을 약간이나마 피력할 필요가 있었다.

"하하, 옳으신 말씀입니다. 사실 이 정보를 접한 후 저희 쪽에서 공표를 하려고 했습니다. 그러나 그럴 수가 없었습니다. 우리로서는 아직 세상에 나설 수 없는 상황이라……."

"잘 알고 있습니다. 아직 준비도 되지 않은 상황에서 이런 사항을 공표한다면 세간의 이목이 집중될 것입니다. 잘하셨습니다. 이후의 일은 본 맹이 알아서 하도록 하겠습니다. 그러니 더 이상 이 일에 신경 쓰지 마십시오."

"감사합니다. 그럼 송 군사만 믿고 국주님께 그대로 전하도록 하겠습니다. 하하하!"

"알겠습니다. 그럼 저는 이 일을 맹주님과 장로들께 알린 후, 향후 대처 방안을 논의하도록 하겠습니다."

공 부국주는 패혈맹에 온 목적이 달성되자, 한결 편안한 마음으로 송 군사와 환담을 나눈 후 패혈맹을 빠져나갔다.

제
2
장

본인의 신하분자가 아니라, 무럼인으로 날겠다?

◆제2장 본인의 신하로서가 아니라, 무림인으로 살겠다?

　발 없는 말이 천 리를 간다는 속담이 왜 생겼는지 모르는 사람들은, 그 속담의 위력에 놀랄 정도의 사건이 무림에 터졌다. 아무리 사람이 사람에게 전하는 것이 소식이고 소문이라 해도, 또한 그것이 지닌 정보의 가치가 대단하다고 해도 이 정도의 빠른 속도로 전파될 수 있다는 것은 불가사의한 일이 아닐 수 없었다.

　하지만 무림은 한순간에 벌집을 들쑤셔 놓은 것처럼 들끓었다. 가뜩이나 무림맹과 현원세가의 혈전과 마교의 일 때문에 한시도 마음을 놓을 수 없던 상황에서 터진 일이라, 무림뿐만 아니라 이들과 조금이라도 연관을 맺고 있는 상가나 일반 백성들마저 혼세(混世)가 왔다며 떠들고 다닐 판이었다.

　황제의 무림 정복 야욕.

철혈검문과 호열에 관한 비밀들.

무림맹은 물론, 소문의 발원지인 패혈맹에서조차 있을 수 없는 일이 일어났다며 황제에 대해 분노를 토했다. 그러나 가장 큰 타격을 받은 곳은 철혈검문이었다. 무림에 소문이 나자마자 문인들이 술렁이기 시작했으며, 호열에게 진의 여부를 확실히 공표하라며 분노의 항의가 빗발쳤다.

"도대체 이게 말이 된다 생각하는가? 어떻게 우리가 황제의 야망을 위해 일할 수 있다는 말인가! 그것은 있을 수 없는 일이네!"

"옳은 말이네! 몰랐다면 모르겠지만, 알게 된 이상 도저히 묵과할 수 없는 일이네!"

"하지만 아직 문주님의 명확한 확답이 없었지 않은가. 혹시 패혈맹에서 본 문을 혼란스럽게 하려고 일부러 헛소문을 냈을지 누가 알겠는가. 그러니 정확한 것인지 확인한 연후에 그런 소리를 하게."

"크흐음, 난 처음부터 이곳이 마음에 들지 않았어. 무림에 이름조차 없었던 곳이 한순간에 개방을 물리치고 무한에 자리잡았다는 것부터 의심스러웠는데, 막상 이런 소문이 나도니 이해가 되는구먼. 아마도 항간에 떠도는 소문은 사실일 것이네. 암~! 내 느낌은 지금까지 틀린 적이 없었다고!"

"이 사람아, 그렇다고 해도 아직……."

"뭐가 그렇다고 해도야? 자네도 보았지 않은가? 저번에 환관이 본 문을 찾아왔었고, 더욱이 추 전주를 비롯한 철혈당이 황궁으로 갔다는 것은 이미 다 알고 있지 않은가. 그러니 더 이상 왈가왈부할 필요가 없네. 사실은 사실로 받아들여야지. 그렇지 않은가?"

"내가 뭐라고 했는가? 나는 그냥……."

"이런! 조용히 하게. 지금 문주님이 나오시네."

"크흐음……!"

철혈검문은 오랜만에 내외전 가릴 것 없이 모든 문인들이 한자리에 모였다. 신농가에서 돌아온 이후 지금처럼 한자리에 모두 모일 만한 일이 없었는데, 사안이 사안인만큼 한 명도 빠지지 않고 연병장에 모인 것이다.

"모두들 나왔구먼. 다들 잘 지냈는가?"

"예, 문주님."

"그래, 얼굴을 보니 그동안 편히 쉰 모양이군. 하하."

호열은 연병장에 도착하자마자, 가장 선두에 서 있던 각 당의 당주들과 수인사를 나눈 후 단상에 올랐다. 하지만 문인들의 생각과는 달리, 호열의 행동은 평상시와 전혀 다름없이 여유가 넘치고 있었다.

"무더운 날씨에 수고들 많다. 그러나 이런 자리를 가지지 않을 수 없었다. 그리고 모두들 이곳에 왜 모이게 됐는지 잘 알고 있을 것이다. 그렇지 않은가?"

"……."

"왜 말들이 없는가? 혹시 왜 모였는지 정말 모른단 말인가? 이상하군. 도 당주, 미리 말해 주지 않았는가?"

"아닙니다. 문주님께서 오시기 전에 미리 말을 해주었습니다."

"그래? 흐흠, 그렇다면 모두들 알고 있다는 말이군."

"예, 그렇습니다."

호열은 도 당주의 대답에 알았다는 듯 고개를 몇 번 끄덕여 보인 후 정렬해 있는 문인들의 면면을 한차례 훑어보았다. 모든 이목이 호열에게 집중돼 있었다. 말은 하지 않고 있었지만, 오늘 무슨 말을 할 것인지는 대충이나마 짐작을 하고 있었기 때문이다.

호열은 분위기가 사뭇 무겁게 느껴지자 실소를 흘리며 자신의 정면에 서 있는 마 당주를 향해 시선을 주었다.

"마 당주는 요즘 세간에 떠도는 소문에 대해서 어떻게 생각하는가?"

"옛? 소인은… 사실 뭐라고 답변을 드릴 수가 없습니다. 얼마 전의 일을 생각한다면 사실인 것 같고, 그러나 다른 한편으로는 패혈맹의 농간이란 생각이 들기도 합니다."

"그렇겠지. 아마 모두들 마 당주처럼 그런 생각을 할 것이다. 또한 무림인들 모두 그렇게 생각하겠지."

"……"

"훗, 그렇게 본인의 눈치를 볼 것 없다. 세간에 황제가 무림 정복을 위해 본 문을 세웠다는 소문은 모두 진실이고, 그것은 본인이 더욱더 잘 알고 있는 사실이다. 그러니 너희들이 그 일에 대해 떠들고 의심하는 것은 당연하다."

"옛? 그, 그것이 정말 사실이었습니까?"

"이, 이럴 수가! 어떻게 그런 일이……!"

"말도 안 돼! 어떻게, 어떻게……!"

호열의 말은 그동안 설마 설마 하고 있던 문인들에게 충격을 가져다주었다. 비록 마음의 준비를 하고 있었지만, 막상 사실로 증명되자 어이가 없었다. 그나마 호열의 당당한 행동에서 아닐지도 모른다는 방향으로 기울고 있었는데, 그런 문인들의 마음을 호열이 매몰차게 뒤엎은 것이다.

"어떻게 그럴 수가 있습니까, 문주님! 그럼 그동안 저희들은 문주, 아니, 황제의 농간에 속고 있었다는 말입니까?"

"말씀해 주십시오! 정말 문주님께서 저희들을 속이고 있었단 말입니까?"

"그렇습니다! 어서 말씀해 주십시오!"

어느 정도 충격에서 벗어난 문인들은 너도나도 할 것 없이 단상에 우뚝 서 있는 호열을 향해 그동안의 상황에 대해 말해 줄 것을 성토했다. 그러나 호열은 아무런 말 없이 한동안 문인들의 분노를 받아주며 상황이 잠잠해지기를 기다렸다.

거의 일각이 지나가자, 들끓었던 좌중의 분위기는 한결 가라앉아 있었다. 처음엔 아무런 제지도 하지 않던 당주들이 나서서 상황을 진정시킨 것이다. 만약 그렇지 않았다면 문인들의 분노가 끝없이 이어졌을 것이다.

호열은 분위기가 많이 가라앉자, 헛기침을 한 후 문인들을 향해 시선을 주었다.

"본인도 너희들에게 이런 말을 하게 될 줄은 생각지 않았었다. 또한 본 문을 위해 그동안 아낌없는 노력을 기울여 준 당주들과 너희들에게 유감이다. 그러나 사실인 것을 거짓이라고 말하고 싶지는 않다. 본인은 지금까지 수차례에 걸쳐 황제에게 있을 수 없는 일이라 주청을 했지만, 황제는 그것을 받아들이지 않았었다. 그렇게 해서 지금의 상황까지 오게 되었지만, 그렇다고 해서 굳이 잘못했다고는 생각하지 않는다. 황제는 무림이 혼란스러워지는 것을 원치 않았고, 백성들과 나라의 안위를 위해 불가피하게 행한 조치였기 때문이다."

"……."

"모두들 알 것이다. 지금의 무림은 황제가 원하지 않은 방향으로 흘러가고 있다. 현원세가와 마교가 바로 혼란의 주축이라는 것은 말할 필요도 없는 일이다. 만약 상황이 계속 이와 같이 흘러간다면, 조만간 황제는 오군도독부 백만 대군을 무림에 투입할 것이다. 아무리 무림이 대명률에 의해 황제의 명을 따르지 않아도 된다 하지만, 황제로서는 국운이 걸려 있는 상황이기에 그렇게 할 수밖에 없는 일이다."

"하지만 그렇다고 해서 황제와 문주님의 행동이 잘했다고는 생각되지 않습니다. 엄연히 무림은 무림입니다. 그것은 대명률이 증명하고 있습니다. 더욱이 무림의 문제는 황제의 군대가 아니라 무림인들 손에 의해 해결되어야 합니다."

"그렇다. 도 당주의 말대로 무림의 일은 무림인들이 알아서 해야 한다. 그것이 맞는 말이다. 본인은 신농가에서 마교와 접전을 가진 후 그러한 생각이 옳다는 것을 깨달았다. 무림은 황제의 우려와는 달리, 충분히 위기를 극복할 저력이 있다 판단한 것이다. 비록 무림맹이 현원세가에 패해 힘든 상황이지만, 유구한 세월 동안 지켜온 저력이라면 충분히 극복할 수 있을 것이다. 그렇기에 본인은 황제께 간곡하게 주청을 드렸고, 그렇게 해서 얼마 전 철혈당을 비롯한 문인들이 황궁으로 간 것이다. 개인적인 사정으로 본인은 못 가지만, 황제의 군대는 황궁으로 모두 간 것이다."

"아……!"

"그럼 앞으로 본 문은 어떻게 되는 것입니까? 아니, 저희들은 어떻게 해야 합니까?"

"그렇습니다! 진실을 알게 된 이상, 더 이상 이곳에 머물 수 없습니다!"

"맞습니다! 저희들은 더 이상 이곳에 있고 싶지 않습니다!"

문인들 중 한 명이 성난 목소리로 호열을 향해 발언을 하기 시작하자, 마치 봇물 터지듯 사방에서 목소리를 높였다. 그러나 호열을 향해 험한 욕설이 난무하지는 않았다. 비록 황제와 호열에게 분노를 느끼기는 했지만, 무인으로서 호열을 인정하고 있었기에 철혈검문을 떠나겠다는 말 이상의 험한 말은 나오지 않았던 것이다.

"당연히 그럴 것이다. 그리고 맞는 말이다. 그에 본인은 이 시간 이후 본 문을 떠나고자 하는 자들을 말리지 않을 것이다. 그러니 떠나고자 하는 자는 떠나라. 그러나 이것만은 말하고 싶다. 본인은 너희들이 본 문을 떠난 후에도 무림에 남을 것이며, 앞으로도 황제의 녹을 먹는 제독이 아니라 무림인으로서 살아갈 것이다. 이상이다."

호열은 자신이 할 말을 모두 끝낸 후 단상을 내려와 조 검주와 함께 집무실로 향했다. 뒤에 남은 문인들이 뭐라고 하든 신경 쓰지 않음은 물론, 일체 뒤도 돌아보지 않고 가자 오히려 남아 있던 문인들이 어리둥절해했다. 그러나 얼마 지나지 않아 호열의 의도가 어디에 있는지 알게 되었고, 문인들의 의견은 한동안 갈피를 잡지 못하고 어수선한 가운데 서로 의견이 맞는 문인들끼리 삼삼오오 짝을 맞추며 뿔뿔이 흩어졌다.

*   *   *

철혈검문이 내부 사정으로 어수선한 가운데, 무림맹은 갑자기 현원세가가 공격하기 위해 움직인다는 정보를 개방으로부터 접하고서는 초긴장 상태에 휩싸여 있었다. 무림맹의 공격에 승리를 취하기는 했지만, 그것은 어디까지나 광천뢰와 목숨을 아끼지 않았던 문인들의 처절한 복종심 때문이었다. 비록 마지막에 천승검 현원덕호의 갑작스러운 등장으로 패하긴 했지만, 현원세가 역시 막대한 피해를 입었기 때문에 반격을 가한다는 것은 상상하지도 못했던 일이었다.

"도대체 어떻게 된 일입니까? 현원세가에서 본 맹을 공격하기 위해 움직이고 있다니요?"

"나도 믿어지지 않아 제자들에게 몇 번이나 되물었지만, 그것은 사실로 판명되었네. 본 맹이 했던 방식 그대로, 그들 역시 아예 대놓고 이곳으로 오고 있다 하네."

"이것 참, 어떻게 그런 일이⋯⋯!"

"아미타불. 개방에서 올라온 보고가 맞다면, 본 맹으로 향하고 있는 자들은 거의 일만 오천 명에 이른다 합니다. 비록 본 맹이 수적으로 우세하다 해도, 그들을 상대하는 데 벅찰 것입니다."

"담현 방장의 말씀이 맞습니다. 빈도의 생각으로도 현 상태로는 본 맹이 승리를 장담할 수 없다고 봅니다. 정말 큰일이 아닐 수 없습니다. 무량수불."

"그렇습니다. 제가 개방에서 올라온 보고서를 검토해 본 결과, 보고대로 지금과 같이 현원세가가 이동할 경우 일주일 정도면 본 맹이 있는 회남 근교까지 접근할 것입니다. 이번 현원세가의 공격과 이동 등 모든 것이 상식 밖의 움직임이지만, 현원덕호가 있기에 자신감을 드러내고 있는 것 같습니다."

"맹주의 말이 옳습니다. 현원덕호가 있다는 것이 든든하게 작용했겠지요. 그러나 현원세가가 아직까지 일만 오천 명의 인원을 보유하고 있다는 것이 믿어지지 않습니다. 저번 본 맹의 공격에서 얼마나 많은 사상자가 발생했는지 모르지만, 통상적인 방법으로 추측해 보아도 거의 삼만 명에 이르는 문인들을 보유하고 있었다는 것인데. 그 정도라면 소림과 무당, 화산의 인원을 모두 합한 정도가 아닙니까?"

"그럴 것입니다. 문인들의 수만 본다고 해도 어마어마한 규모라 할 수 있겠지요. 봉문을 당한 이후 절치부심(切齒腐心)하며 오늘을 기약하고 있었겠지요. 실로 무림의 앞날이 이 정도로 혼탁하게 변할 줄은 몰랐습니다. 원시천존……."

"맹주, 우리가 이곳에서 회의를 한다 해도 당장 해결할 수 있는 방법이 없을 것 같습니다. 차라리 이럴 때는 문인들을 다독이면서 적들이 공격할 방향을 미리 찾아낸 후 방비에 만전을 기하는 것이 좋을 듯합니다."

"옳은 말씀입니다. 사실 저로서도 당장 현원세가를 막을 방법이 없습니다. 죽기를 각오하고 싸운다면 저들의 병력을 막을 수는 있겠지만, 문제는 현원덕호입니다. 과연 우리들 중에 그자의 검을 막을 수 있는 사람이 누가 있겠습니까. 하물며 장백검파는 정 대협의 행방을 찾는다고 떠났지 않습니까? 그러니 전 무림에 본 맹의 위급함을 알리고 도움을 구하는 것이 좋을 듯합니다."

"맹주의 말씀은 알겠는데, 차라리 그렇다면 임 문주를……."

현천 장문인은 제갈 맹주의 말에 조심스럽게 호열을 거론했다. 아무리 생각해 보아도 현원덕호를 상대할 수 있는 사람은 호열밖에 없다고 판단한 것이다.

"그것은 있을 수 없는 일이네. 어찌 그런 자에게 손을 벌린단 말인가! 그럴 것이면 차라리 혈마 독고신검에게 도움을 청하는 것이 백번 나을 것이네."

"궁 방주님의 말씀이 옳습니다. 비록 연정 장문인과 현천 장문인께서 임 문주의 실력을 높이 사는 것은 잘 알겠지만, 사실 이곳에 있는 우리들 대부분은 직접적으로 확인한 것이 없지 않습니까. 더구나 임 문주는 황제의 야욕을 충족시키기 위해 무림 정복이라는 말도 안 되는 불순한 의도를 지닌 자입니다. 어찌 그런 자에게 도움을 청할 수 있겠습니까! 그것은 있을 수 없는 일입니다. 그렇지 않습니까, 여러분? 맹주, 대답해 주시지요."

남궁 가주가 궁 방주의 의견을 거들며 제갈 맹주를 향해 목청을 높였다. 비록 위급한 상황이라고 해도, 무림 정복의 뜻을 가진 호열을 받아들일 수는 없다 생각한 것이다.

"맞습니다. 아직 임 문주가 공식적으로 소문의 진상에 대해 정확한 언급을 하지 않았지만, 이미 대부분의 사람들은 소문이 사실이라 생각하고 있습니다. 철혈검문이 무한에 자리잡으면서 발생했던 일들도 그렇고, 조금만 생각해 보아도 진실 여부를 판단할 수 있을 것입니다. 그리고 어차피 마교를 상대함에 있어서 패혈맹과 한시적인 동맹을 맺었지 않습니까? 더군다나 현원세가가 원나라의 주구였다는 것이 밝혀진 이상, 철혈검문보다는 패혈맹에 협조를 요청하는 것이 좋을 듯합니다."

"그렇습니다. 빈도도 그렇게 생각합니다. 원시천존……."

아직 호열이 문인들에게 소문의 진상에 대해 공표한 것이 무림맹까지 전해지지 않은 상황이었다. 그럼에도 불구하고 무림맹 내에서는 호열과 철혈검문에 대한 반감이 확고하게 자리잡고 있었다. 그 주축은 평소 호열과 철혈검문에 대해 좋지 않게 생각하고 있던 개방의 용두호개 궁여상이었고, 남궁가주 및 오대세가들이었다. 더군다나 평소 호열에 대해 좋게 말하던 담현 방장과 연정 장문인마저 입을 봉하고 있자, 제갈 맹주는 더 이상 호열과 철혈검문에 대해 유보적인 생각을 접어야 했다.

"좋습니다. 그럼 이미 결정되었듯이, 임 문주를 장로 직에서 해임함과 동시에 철혈검문도 본 맹에서 제외하는 것으로 결정하겠습니다. 이제 더 이상 이의가 없으시면, 당장 패혈맹에 구원을 요청하도록 하겠습니다. 그러니 여러분은 문인들의 대비 상황을 비롯한 본 맹의 전반적인 방비 체계를 점검해 주시고, 특히 각 지역에 흩어져 있는 제자들을 소집해 주십시오. 이번에 본 맹의 사활을 걸지 않으면 더 이상 정도무림은 없습니다. 더불어 궁 방주님께서는 최대한 현원세가의 진로 방향과 동향에 대한 정보를 책임져 주십시오. 아무래도 현원세가의 정확한 움직임을 알아야 그에 대한 대처 방안이 나올 수 있을 것 같습니다."

"알았네. 그거라면 내 목숨을 걸고 책임지도록 하겠네."

"감사합니다. 그럼 여러분, 부탁드리겠습니다."

"아미타불……."

"알겠습니다. 비록 어려운 싸움이 되겠지만, 공격보다는 수성하는 것이 좋겠지요."

"맹주의 말에 따르도록 하겠습니다. 원시천존."

영수들은 생각했던 것보다 회의가 빨리 끝나자 어느 정도 담소를 나누는 등 환담을 주고받았다. 그러나 그러한 것은 얼마 가지 못했다. 눈앞에 적을 두고 있는 상황이라, 앞으로 현원세가가 어떠한 행보를 할 것인지 예의 주시할 필요가 있었기 때문이다. 더불어 앞으로의 상황은 전적으로 무림맹에서 얼마나 많은 준비를 하느냐에 승패가 달려 있었기에, 환담보다는 세부적인 사항들에 대한 논의가 이루어졌다.

'아~ 이럴 때 혜정 조사께서 이 자리에 계셨다면 얼마나 좋았을 꼬……'

담현 방장은 옆에 앉아 있는 연정 장문인을 지그시 쳐다보았다. 또한 다른 영수들도 쳐다보았다. 표정이 너무도 어두웠다. 영수들의 시선은 연정 장문인을 향해 있었는데, 그들의 얼굴에선 무언가 갈구하는 듯한 인상이 짙게 드리워져 있었던 것이다.

하지만 연정 장문인은 그들을 향해 말문을 열지 않고 있었다. 아니, 열 수가 없었다. 영수들이 무엇을 알고 싶어하는지 잘 알고 있었지만, 그것에 대해 말하고 싶어도 말을 할 수가 없었던 것이다. 그저 조용히 두 눈을 감은 채 도호만을 되뇔 뿐이었다.

현재 무림의 구도는 이파전의 양상을 보이고 있었다. 하지만 마교가 현원세가의 편을 들어주고 있는 상황이라, 엄밀히 말하면 삼파전이라 할 수 있었다. 혜정 대사에 의해 마교의 행보에 변화가 있다면 모르겠지만, 아직까지 그에 관련된 변화의 징후가 보이지 않고 있었기 때문이다. 따라서 한 명의 초고수에 의해 승패가 좌우되는 상황에서, 무림맹은 당연히 고립될 수밖에 없었다. 정파무림의 양대산맥이라 할 수 있는 삼풍 진인과 혜정 대사의 부재는, 그만큼 영수들과 무림맹 문인들에게 심적 타격을 주고 있었던 것이다.

아직 담현 방장과 연정 장문인 및 제갈 맹주는 영수들에게 삼풍 진인에 대한 소식을 전하지 않았다. 그렇기에 대부분의 사람들은 삼풍 진인이 혹시라도 살아 있을지도 모른다는 희망을 버리지 못하고 있었다. 삼성이마 중 네 명이 살아 있는 이상, 특히 가장 연장자였던 혜정 대사가 살아 있는 이상, 아직 모습을 보이지 않고 있는 삼풍 진인도 살아 있을 가능성이 크다 생각하고 있었던 것이다. 더불어 삼풍 진인의 생존은 무당뿐만 아니라 무림맹에도 큰 희망이라 할 수 있었다.

상황이 이렇다 보니 제갈 맹주뿐만 아니라 두 사람은 다른 영수들에게 삼풍 진인에 대한 소식을 알릴 수가 없었다. 자칫 파급 효과가 무림맹에서 끝나는 것이 아니라, 정도무림 전체에까지 좋지 않은 영향을 줄 수 있다 생각했기 때문이다.

*   *   *

"초 제독, 지금 뭐라고 했느냐? 철혈금부 병사들이 황궁에 왔다고 했느냐?"

"그렇습니다, 폐하. 지금 철혈금군들은 황궁 밖에서 폐하의 명을 기다리고 있사옵니다."

"하하하, 그렇다면 임 제독이 본인의 교지를 받들겠다는 것이 아니냐? 잘되었다. 그렇지 않아도 다시 교지를 내리도록 명했는데, 그 수고를 덜게 되었구나. 그래, 지금 임 제독도 같이 있느냐? 어서 안으로 들라 해라."

"저… 그것이, 황공하옵니다만 임 제독은 오지 않으셨습니다."

"응? 그것이 무슨 말이냐? 지금 철혈금군이 황궁 밖에서 본인의 입궁 명령을 기다리고 있다 하지 않았느냐? 그런데 임 제독이 오지 않았다니? 어떻게 그럴 수 있다는 말이냐!"

"소신도 아직 자세한 사항은 모르옵니다. 하지만 임 제독이 오지 않은 것은 분명하옵니다, 폐하."

"초 제독은 무슨 일인지 확인하고 오라. 아니, 그들을 인솔하고 온 책임자를 당장 들이도록 하라!"

"예, 폐하."

초 제독은 영락제의 명이 떨어짐과 동시에 환관들을 대동하고 철혈금군이 있는 곳으로 급히 갔다. 얼마나 빠르게 움직였는지, 보통 왕복하는 데 최소한 반 시진 이상 걸리던 거리를 이각도 채 걸리지 않아 추전주를 대동하고 돌아왔다.

"헉헉, 폐하… 책임자를 데리고 왔사옵니다!"

초 제독은 이마에 흐르는 땀을 소매로 닦으며 추 전주에게 영락제의 앞으로 가도록 지시했다.

추 전주는 초 제독의 눈짓에 따라 영락제의 앞으로 나서며, 힘들게 들고 온 검은색 상자를 자신의 앞에 차분하게 놓았다.

"황제 폐하… 소신, 철혈금부 대교두 추진엽 인사 올리옵니다. 만세, 만세, 만만세."

"크흐음! 그래, 네가 임 제독 대신 철혈금군을 이끌고 왔느냐?"

"그렇사옵니다, 폐하. 소신이 임 제독의 명에 따라 철혈금군을 인솔하여 황궁까지 왔사옵니다."

"그렇다면 지금 임 제독은 어디에 있느냐? 아니, 무슨 의도로 철혈금군만 본인에게 보냈는지 소상히 고하도록 하라!"

영락제는 막상 추진엽을 보자 분노가 치밀어 올랐다. 아무리 호열에 대해 좋게 생각해 보려고 해도, 이번 일은 황제인 자신의 명을 거부한다는 의도가 분명했기 때문이다.

"임 제독은 폐하께서 교지나 칙령을 다시 내려 보내시기 전에 소신에게 철혈금군을 대동하고 황궁으로 복귀하라 명했습니다."

"뭐라? 분명 임 제독이 본인의 칙령이 하달되기 전에 철혈금군 전원을 황궁으로 보내고자 했다는 말이냐? 그것이 정말이냐?"

"그렇사옵니다, 폐하. 임 제독은 더 이상 황제 폐하의 신하로서 있기보다는 무림인으로 살아가기를 원하고 있사옵니다. 소신 등은 황궁에 오기 전까지 임 제독의 생각을 말렸으나, 임 제독은 개인적인 사정으로 무림을 떠날 수 없다 했습니다. 아마도 소신의 생각으로는, 그 이유 때문에 무림에 남겠다는 뜻을 정하신 것 같습니다."

"본인의 신하로서가 아니라, 무림인으로 살겠다? 그리고 개인적인 사정이라? 이거 참, 기가 막힐 일이로군. 그래, 그 개인적인 사정이란 것이 무엇이더냐?"

영락제는 추 전주의 말을 듣고선 어이가 없었다. 한마디로 더 이상 자신의 명을 듣지 않고 자유롭게 살겠다는 의도가 명백했기 때문이다. 그러나 마지막 개인적인 사정으로 호열의 뜻이 정해졌다는 추 전주의 말을 듣고는, 도대체 무슨 이유 때문에 부귀영화를 누릴 수 있는 자리를 마다하는지 알고 싶어졌다.

"사실은… 임 제독을 비롯한 소신들이 신농가에서 마교를 맞아 접전을 치른 후 본 문으로 귀환하는 과정에, 주모이신 소호공주께서 의문의 괴한들에게 납치되는 일이 벌어졌습니다."

"응? 소호가 납치를 당해……?"

"아니! 그게 무슨 말이냐? 분명 본녀가 철혈검문을 떠날 때까지만 해도 아무런 일도 없었는데, 지금 그것이 말이 되는 일이냐?"

"소신의 말은 모두 사실이옵니다. 그 일은 소신이 본 문에 도착하기 하루 전에 벌어진 일이옵니다. 선혜공주 마마께서 사건이 벌어지기 일주일 전, 이미 황궁으로 돌아가신 뒤라 자세한 사항을 모르실 것입니다."

"흐음, 소호가 납치를 당했다……."

영락제는 추 전주의 설명에 선혜공주가 고개를 끄덕여 보이자 사실일지도 모른다는 생각이 들었다. 더불어 호열의 성격을 잘 알기에, 소호공주가 괴한들에게 납치를 당했다면 자신의 명을 거부할 수 있는 일이란 판단이 들었다. 하지만 자신의 명은 개인의 일보다 우선되어야 마땅했다. 자신은 대명제국을 이끌고 있는 황제였고, 그런 황제의 명은 그 누구를 막론하고 거부할 수 없는 것이었다. 그런데 호열은 일언지하에 거부함은 물론, 자신의 뜻을 확실하게 보여준 것이다. 다시는 자신을 찾지 말라는 뜻이 다분히 내포되어 있다는 것을 영락제는 알 수 있었다.

"소호가 괴한들에게 납치된 일은 안타까운 일이로다. 하지만 그렇다고 해도 본인의 교지를 받들지 않겠다는 것은 있을 수 없는 일이다. 더군다나 본인이 듣기로는 무림에 지금 임 제독과 본인의 좋지 않은 소문이 돌고 있다 하던데, 과연 임 제독이 무림에 남을 수 있겠느냐?"

"소신도 황궁으로 오면서 접할 수 있었사옵니다. 하지만 임 제독은 그런 소문에 연연하지 않을 것입니다. 아마도 그런 소문이 난 것을 반길지도 모르옵니다."

"그것은 추 교두의 말이 맞는 것 같습니다, 아바마마. 지금 그와 같은 소문이 나게 된 것은 모두 소호 언니로부터 들어서 알게 된 것일 테니까요. 도연 대사와 함께 왔던 혜정 대사는 분명 이번 일에 대해서 함구하겠다고 하지 않았습니까. 그러니 이번 소문은 소호 언니를 납치해 간 세력에 의해 저질러진 일일 것입니다."

"흐음, 그렇구나. 분명 혜정은 본인과의 약조를 통해, 임 제독을 황궁으로 불러들이면 더 이상 확대하지 않겠다고 약조를 하고 갔었지. 그런데 어떻게 해서 그런 소문이 났는지, 본인도 사뭇 궁금해하고 있었던 참이었는데……."

영락제는 선혜공주의 설명을 들으면서 얼마 전 도연 대사와 함께 왔던 혜정 대사를 떠올렸다. 당시 영락제는 큰 공을 세우고서도 속세에 미련을 버리고 산사로 들어간 도연 대사가 오랜만에 그 모습을 보이자 상당히 기뻐했었다. 하지만 함께 온 혜정 대사를 보고는 기쁜 마음이 싹 가셨었다. 도연 대사가 자신과 혜정 대사의 좌담을 주선하기 위해서 온 것이었기 때문이다.

영락제는 자신을 알현하기 위해 온 혜정 대사와의 좌담에서 상당히 놀라운 사실을 알 수 있었다. 자신의 눈앞에 앉아 있는 혜정 대사가 삼성이마의 전설적인 인물이라는 것이 놀람의 시작이었고, 더불어 혜정 대사는 자신과 호열의 관계를 모두 알고 있었던 것이다. 왜 호열이 철혈검문이란 문파를 만들고 무림에서 활동하게 되었는지, 그리고 자신이 호열에게 원하는 최종 목적이 무엇이었는지 너무도 세세하게 알고 있었던 것이다.

하지만 혜정 대사는 영락제에게 한 가지 제안을 받았었다. 무림에 나가 있는 호열과 철혈검문을 황궁으로 불러들이고 무림 정복이라는 야망을 접을 경우, 무림맹을 비롯한 무림인들에게 자신이 알고 있는 사실을 공표하지 않겠다는 것이었다.

그에 영락제는 큰 결단을 내리지 않을 수 없었다. 어차피 호열을 통해 자신이 추구했던 목적은 이미 반 이상 달성되었다 판단한 영락제는 흔쾌히 혜정 대사의 제안을 받아들이기로 했던 것이다. 그만큼 호열의 무위는 무림인들의 추앙과 신망, 그리고 존경을 받을 정도라는 것이 증명된 상태였기 때문이다. 그렇기에 북벌이라는 눈앞에 닥친 현안을 해결한 후, 무림에 관한 일은 추후 변화되는 사항을 검토한 후 결정해도 된다는 판단을 내린 것이었다.

그렇게 해서 혜정 대사는 황궁을 떠났고, 호열을 불러들이기 위해 초 제독이 교지를 받들고 무한으로 향했었던 것이다. 하지만 혜정 대사와의 일이 있은 후 얼마 지나지 않아서, 강호엔 자신과 호열에 관한 소문이 떠들썩하게 나돌기 시작했다. 처음엔 혜정 대사가 자신과의 약조를 어기고 소문을 냈을지 모른다고 생각했지만, 전설적인 인물이 다른 사람도 아닌 황제와의 약속을 쉽게 어기지 않았을 것이란 판단이 들자 진상에 대한 의문을 가지고 있었다. 그런데 그 의문의 해답이 지금 선혜공주의 입에서 풀어지고 있었던 것이다.

"그러셨습니까? 그렇다면 소녀의 생각이 맞을 것입니다. 임 제독은 소문의 최초 발생지를 확인하면, 소호 언니가 어디에 있는지 알 수 있다 생각했을 것입니다. 그러니 아바마마의 명예를 실추시키게 된 이번 일이 임 제독에겐 반가운 일일 것입니다. 더불어 이번 일로 인해 무림 정복이라는 무거운 짐도 벗어버릴 수 있게 되었으니, 임 제독에게는 소호 언니의 안위만 확인한다면 금상첨화가 되겠지요."

'흐으음, 선혜의 말에 일리가 있구나. 혜정과의 약조가 있다 해도, 그것은 차후 어떻게 될지 알 수 없는 상황이었는데. 일이 이렇게 되다니 아쉽구먼.'

"본인이 생각하기에도 선혜의 말이 옳을 것이다. 비록 혜정과의 약조로 인해 임 제독을 정로대장군에 봉하고자 했지만, 무림의 일은 북벌과 별개로 다루어져야 할 일이었는데. 실로 안타깝기 그지없구나."

영락제는 선혜공주의 설명에 고개를 끄덕이며 안타까운 심정을 달랬다. 하지만 한편으로는 앞으로 어떻게 해야 할지 고민에 휩싸였다. 이미 세상에 소문이 난 것은 어쩔 수 없다 해도, 자신의 명을 거부한 호열을 처단할 것인지 아니면 이대로 묵과하고 죄를 묻지 않을 것인지 결정을 내려야만 했기 때문이다.

선혜공주는 영락제가 침묵하자 더 이상 말을 하지 않았지만, 얼굴 표정이 진지하게 변하는 것을 확인하고는 무슨 생각을 하고 있는지 금방 알 수 있었다. 그에 얼른 영락제의 앞에 나서며 차분하게 말문을 열었다.

"아바마마, 잠시 소녀의 말을 들어주시겠습니까?"

"응? 그래, 무슨 말을 하려고 그러느냐?"

"지금 아바마마께서 무슨 생각을 하고 계신지 알고 있습니다. 하지만 소녀의 생각으로는 오히려 임 제독이 아바마마의 교지를 받들지 않은 것이 잘된 일인 것 같습니다."

"잘된 일이다? 그게 무슨 말이냐?"

"예. 어차피 무림인들은 아바마마의 뜻과는 다르게 이번 일을 모두 알게 되었고, 아마도 임 제독은 그것을 순순히 인정할 것입니다. 그렇다면 더 이상 임 제독은 아바마마께 득보다는 실을 안겨줄 자입니다."

"흐으음……."

"비록 임 제독의 무공이 세상에 다시 보기 어려울 정도로 뛰어나다고는 하나, 그것은 어디까지나 아바마마의 명을 받들 때에 유용한 것입니다. 그러나 다행스럽게도 철혈금군의 실력은 예전보다 월등히 좋아졌습니다. 무림에 나가서 충분한 실전 경험을 쌓았고, 더불어 마교를 상대하면서도 전혀 위축되는 일이 없었다고 들었습니다. 그러니 임 제독이라는 양날의 검을 취해 위험 요소를 간직하기보다는, 이 참에 철혈금군을 적극적으로 등용하시는 것이 현명한 처사라 사료됩니다."

영락제는 선혜공주의 말을 들은 후, 다시 한 번 생각해 보았다. 처음엔 별로 좋은 의견이라 생각되지 않았는데, 조금 시간이 지나고 생각들이 정리되기 시작하자 자연적으로 고개가 끄덕여졌다.

'그렇구나. 선혜의 말이 최선의 방법일 수도 있겠구나. 하지만 임 제독의 실력이 너무도 아깝구나. 무림에서도 그의 실력은 최고로 인정을 받고 있다 들었는데, 그런 임 제독을 버려야 한다니. 흐으음…….'

"좋다. 선혜, 네 말이 지금으로서는 최상의 선택인 것 같구나. 하지만 다른 대신들의 의견도 들어보아야 할 것 같구나. 조 대도독과 장 제독의 생각은 어떠한가?"

"소신의 생각도 공주마마의 의견과 같사옵니다. 현재로서는 그 방법이 최상이라 사료되옵니다, 폐하."

"그렇습니다. 하지만 임 제독이 무엄하게도 폐하의 교지를 무림인들 앞에서 일언지하에 거부했다는 것은 그냥 넘어갈 수 없는 문제라 사료됩니다. 아무리 임 제독이 무림에 남겠다고 의사를 표명했다 해도, 그에 따르는 중죄는 면할 수 없을 것입니다. 그러니 폐하, 이번엔 결단코 안하무인과 같은 임 제독의 행동에 대해 엄벌을 내리셔야 할 것입니다."

"흐음, 임 제독을 처벌하자는 말이군. 그런가, 장 제독?"

"그렇습니다, 폐하. 이번 임 제독의 일을 일벌백계로 삼아야……."

"아바마마, 그것은 그렇지 않습니다. 지금 임 제독을 처벌해서는 안 됩니다."

선혜공주는 장 제독의 의견에 영락제가 호의적인 반응을 보이자, 재빨리 영락제의 앞으로 나서며 이의를 제시했다.

"공주마마, 이번 일은……."

"잠깐! 그게 무슨 말이냐, 선혜야?"

"크흐음……."

장 제독은 선혜공주가 여인의 몸으로 너무 정사에 깊숙이 관여하는 것 같아 눈살을 찌푸리며 한마디 하려 했다. 황제의 총애를 받는다고 해도, 엄연히 선혜공주는 다음 대를 이을 황태자가 아닌 공주의 신분이었던 것이다. 하지만 영락제가 선혜공주의 말에 호기심을 드러내자,

더 이상 말을 잇지 못하고 무거운 침음을 삼킬 수밖에 없었다.

"예, 아바마마. 삼고초려(三顧草廬)라는 말도 있지 않습니까? 비록 임 제독이 아바마마의 신하였다고는 해도, 지금은 무림에 발을 들여놓은 자입니다. 그러니 지금은 아바마마의 신하가 아니라는 것이지요. 따라서 그런 자를 다시 신하로 들이고자 한다면, 그만큼 노력을 기울여야 할 것입니다. 그러니 한번쯤 아바마마의 교지를 거부했다고 해도, 그것은 그리 큰 죄가 아니라고 사료됩니다. 또한, 소녀가 장 제독의 의견에 반대하는 이유는 따로 있습니다. 소녀가 직접 금위등룡부(禁衛騰龍府)를 책임져 보아서 느낀 것이지만, 무인들은 생각했던 것과 달리 문인들보다 스승에 대한 예가 깊었습니다. 그런데 지금 임 제독을 중죄로 다스리는 것은 철혈금군의 반발을 살 염려가 있습니다. 비록 그들이 아바마마의 충성스러운 병사들이라 해도, 임 제독은 그들을 지금까지 훈련시키고 가르친 스승이기 때문입니다. 그렇기 때문에 그런 스승을 아바마마께서 처벌하신다면, 아마도 그들의 충성심도 많이 희석되지 않을까 염려되옵니다. 그러니 임 제독을 중죄로 다스리기보다는, 아바마마께서 넓으신 아량으로 놓아주는 것이 어떠할지요? 그렇다면 임 제독을 뒤로하고 황궁까지 온 철혈금군들의 무거웠던 마음도 한결 가벼워질 것이라 봅니다."

"무슨 말인지 알겠다. 하하, 역시 선혜로다. 본인도 예전에 무를 익혀보아서 그것을 누구보다 잘 알고 있다. 그리고 본인도 임 제독을 군이 중죄로 처벌할 마음은 없었다. 본인의 명에 따라 지금의 막강한 철혈금군을 만들었지 않느냐? 따라서 본인은 임 제독을 처벌하기보다는 철혈금군을 가르친 것을 높이 치하할 생각이다."

"아바마마, 참으로 옳으신 결정이십니다."

선혜공주는 영락제의 결정에 고개를 깊숙이 숙였다. 아무리 황제의 총애를 한 몸에 받고 있는 공주의 신분이라고 하나, 이처럼 황제와 조정의 대신들이 국정을 논하는 자리에 있는 것도 모자라 중간에 끼어드는 것은 큰 결례라 할 수 있었다. 그런데 황제이자 부친인 영락제는 그런 것을 꾸짖지 않고 크게 흡족해하며 받아들이자, 선혜공주로서는 황공한 일이었다. 따라서 선혜공주는 영락제가 자신을 낳은 어버이라고 해도, 황제를 모시는 한 명의 신하로서 예를 표한 것이다. 황제란 부친이란 개인적인 신분을 뛰어넘는 무상의 지위를 지닌 자리였던 것이다.

"그리고! 임 제독의 일과는 별도로, 혼탁한 무림에 본인의 뜻을 분명히 공표할 것이다. 지금과 같이 무림인들이 자신의 본분을 망각한 채 백성들을 억압하고 나라의 근간을 흔드는 일이 계속될 경우, 본인은 무림에 단호한 조치를 취할 것이다. 더불어 원나라가 무림에 심어놓았다고 소문난 현원세가를 무림에서 조속히 해결하지 못할 경우, 본인은 북벌에 앞서 모든 황군을 대동하고 현원세가를 비롯한 무림의 정화 작업에 나설 것이다. 혹시라도 현원세가와 같은 악의 무리가 숨어 있을지 모르기 때문이다. 그러나 무림이 현원세가와 같은 무리들을 처단하여 황궁의 근심을 해결해 준다면, 더 이상 무림의 일에 관여하지 않겠다. 그러니 장 제독은 본인의 이러한 뜻을 무림인들에게 널리 알리도록 하라!"

"명을 받들겠사옵니다, 폐하……."

"그리고 철혈금군은 이후 손 제독이 맡고 있는 금의위에 속하되, 기존에 있는 맹호군 및 비룡군과는 별도로 금룡군이라 개명하여 독자적인 지위를 가지도록 할 것이며 황궁의 위엄을 세우도록 할 것이다. 그리고 금룡군을 훈련시킨 다섯 명의 교관들은 그동안 책임을 충실히 행한 바, 금 백 냥씩 하사함과 동시에 앞으로 금의위 전 위사들의 훈련을 책임지도록 하라."

"폐하, 성은이 망극하옵니다. 신 추진엽, 충성을 다해 폐하의 명을 이행하겠사옵니다."

"알겠다. 그대는 본인의 기대를 저버리지 말도록 하라. 그런데… 그대 앞에 놓여진 상자는 무엇인가?"

영락제는 추진엽이 등장할 때부터 눈여겨보고 있던 상자에 대해 새삼 호기심이 일었다. 당시엔 화가 나 있던 상황이라 그냥 넘겼는데, 이제 어느 정도 마무리가 되고 화도 가라앉자 궁금했던 것이다.

"예, 폐하. 이것은 임 제독이 폐하께 올리는 것입니다."

"임 제독이 본인에게?"

"그렇사옵니다, 폐하. 이것은 예전 폐하께서 임 제독에게 하사하신 철혈검이옵니다. 임 제독은 폐하께서 내리신 교지를 받들지 못함에 따라, 소신에게 철혈검을 폐하께 대신 전해줄 것을 요청했사옵니다."

"흐음… 가만히 생각해 보니, 임 제독의 성격이 매몰차구먼. 그렇게 본인과의 연을 끊고 싶었던가?"

"망극하옵니다, 폐하……."

"됐다. 그대가 그런 말을 대신 할 필요는 없겠지. 하지만 그것은 이미 본인이 임 제독에게 하사한 검이다. 이제 임 제독이 황궁과의 연을 끊은 이상 검이 가지는 상징성은 사라졌지만, 그 검은 본인의 것이 아니라 임 제독의 것이다. 그러니 그대는 본인의 뜻을 임 제독에게 알리고 다시 전해주도록 하라."

"성은이 망극하옵니다, 폐하. 만세, 만세, 만만세……."

"그리고! 말이 나온 김에 철혈금부에 예속돼 있던 신하들의 전반적인 인사를 단행하겠다. 우선 군사로 갔던 전 예부지부사(禮部知部事) 양부를 병부지부사(兵部知部事)로 임명하며, 같이 갔었던 학사들 모두 병부에 귀속시켜 무림에서의 충분한 경험을 살려 황궁에서도 그 소임을 다하도록 명한다. 더불어 지금 병부지부사로 있는 양영(楊榮)을 정로군상서(征虜軍尚書)로 임명하여 내년 출정할 정로군의 모든 병무를 독자적으로 수행할 수 있도록 하겠다. 그리고 내의부(內醫府)에서 차출되었던 내의들 모두 복귀토록 할 것이며, 복귀한 전원에게 그동안 노고를 치하하며, 일주일간 편히 쉴 것을 명한다."

"성은이 망극하옵니다, 폐하."

"만세, 만세, 만만세……."

"대협, 공주마마께서 오셨습니다."

"아, 어서 들어오시도록 하십시오."

드드득.

"어서 오십시오. 그렇지 않아도 황궁 밖에 철혈검문 문인들이 왔다는 소식을 접하고서는 공주님을 기다리고 있었습니다. 혹시 형님께서도 오셨습니까?"

"아니요. 죄송하지만 임 문주는 황궁에 오시지 않았습니다."

선혜공주는 운영의 물음에 난감한 표정을 지어 보였다.

운영이 황궁에 머물렀던 이유가 크게 두 가지 있었는데, 하나는 호열이 조만간 황궁에 온다는 것이 그 첫 번째였고, 두 번째는 황궁에 머무는 동안 내의부 의원들의 도움을 받아 내상을 치유하는 것이었다. 그런데 그중 가장 중요한 것이 틀어져 버린 것이었다.

"옛? 분명 공주께서는 형님께서 황궁에 오신다고 하지 않으셨습니까. 그런데 오지 않으셨다니요?"

"그렇지 않아도 지금 그 일 때문에 아바마마께서 크게 진노를 하고 계십니다."

"아니, 그것은 또 무슨 말씀입니까? 황제께서 형님 때문에 진노를 하시다니요?"

운영은 선혜공주의 말에 정신이 없었다. 황궁에 머무는 동안 내상을 치유하는 데 급급한 나머지, 아직까지 공주로부터 호열의 신상에 관한 사항을 전혀 듣지 못하고 있었기 때문이다. 그렇기에 호열이 황궁에 오지 않았다는 것만으로 왜 황제가 화를 내는지 알 수 없다는 표정을 지었다.

선혜공주는 운영의 표정 변화를 보고는 자신이 아직까지 호열에 관한 이야기를 하지 않았다는 것을 깨달았다.

"그러고 보니 소녀가 아직 대협께 임 문주에 관해 이야기를 해주지 않았었군요."

"형님에 관한 이야기라니요……?"

"예, 아마도 소녀의 이야기를 들으면 왜 아바마마께서 진노를 하시는지 이해가 되실 것입니다. 사실 임 문주는… 이런, 문주라는 호칭은 무림에서 불려지는 것이니, 대협의 이해를 쉽게 하기 위해서 지금은 황궁에서 불리는 호칭을 사용하겠습니다."

"황궁에서 불려지는 호칭이라 하심은? 혹 형님께서 관직에 계시다는 말씀입니까?"

"그렇습니다. 그러나 지금은 아닙니다."

"……?"

운영은 선혜공주의 말을 쉽게 이해할 수 없었다. 분명 호열이 관직에 있다는 말을 했는데, 바로 그것을 부정하는 듯했기 때문이다.

"그런 눈으로 보실 것 없습니다. 소녀가 하는 말은 사실이니까요."

"알겠습니다. 그렇다면 지금은 형님께서 관직에 계시지 않다는 것이군요. 그렇습니까?"

"맞습니다. 바로 오늘까지 임 제독은 황제 폐하의 위엄을 대신해서 철혈금부 금군들의 생사여탈권을 쥐고 있던 최고 통수권자였으며, 더불어 철혈금부는 오군도독부 및 금의위와 함께 아바마마의 권력을 상징하는 군부였습니다."

"아……."

'형님께서 제독이었다니, 그럴 수가…….'

선혜공주의 대답, 아니, 설명은 간략했다. 하지만 그것은 황궁에서 호열이 차지했던 비중이 어느 정도였는지 운영이 알기엔 충분했다. 그만큼 제독이란 지위는 아무나 오를 수 없는 지고지순한 자리였기 때문이다. 이에 운영은 놀란 나머지 벌어진 입을 다물 수가 없었다.

"꽤 놀라셨나 보네요. 하지만 아까 말했듯이, 지금은 아니죠. 아바마마의 교지를 임 제독이 받들지 않았으니까요. 아니지, 이제는 제독이 아니라 문주라 호칭하는 것이 옳겠네요. 흠흠! 그래서 현재 철혈금군만 황궁으로 돌아온 것이고, 임 문주는 아직 무한의 철혈검문에 남아 있는 상황입니다."

"그렇군요. 공주님의 말씀대로 형님께서 제독이라 불리셨다는 것을 듣고는 깜짝 놀랐습니다. 하지만 지금은 아니라니 아쉽군요. 그건 그렇고… 공주님의 말씀을 들어보니, 이후 형님께서는 황궁에 오시지 않을 것 같은데, 맞습니까?"

"아마도……."

"그렇다면 제가 더 이상 황궁에 머물 필요가 없겠군요. 그동안 고마웠습니다. 공주님 덕분에 내상을 말끔히 치료할 수 있었습니다. 감사합니다."

운영은 호열이 황궁에 오지 않는다는 공주의 말에 얼른 천수검을 들고는 자리에서 일어서려고 했다. 하지만 선혜공주는 운영의 갑작스러운 행동에 놀라 자신도 모르게 운영의 앞을 막아섰다.

"대협! 지, 지금 가려 그러십니까?"

"예, 그렇습니다. 지금이라도 무한으로 출발해야 형님을 뵐 수 있지 않겠습니까? 그런데 왜……?"

"아, 그렇군요. 하지만 오늘은 이미 날이 저물기 시작했는데, 대협께서 출발하신다고 하니……."

"하하, 걱정해 주셔서 감사합니다. 하지만 날이 어두운 것은 제게 큰 상관이 없습니다. 그럼 이만……."

운영은 선혜공주의 염려에 고맙다는 인사를 한 후 밖으로 나가려다가, 무슨 생각이 떠올랐는지 뒤돌아 자신의 뒷모습을 바라보고 있는 선혜공주의 얼굴을 바라보았다.

"참! 혹시 공주님께서 현원세가가 원나라의 주 세력이었다는 것을 폐하께 말씀드려 주시지 않겠습니까? 비록 황궁이 무림의 일에 관여하지 않음을 알고 있으나, 이번 일은 무림에 국한된 일이 아니라는 생각이 들어서 그렇습니다."

"아, 그 일이라면 이미 아바마마께서도 알고 계십니다."

"그렇습니까?"

"예, 하지만 임 문주와의 일도 있고 해서 무림에 직접적으로 관여하시는 것은 옳지 않다는 결정이 내려졌습니다."

"형님과의 일이라니요?"

"아직 모르셨나 보군요. 사실 지금 무림엔 임 문주와 아바마마에 관한 좋지 않은 소문이 떠돌고 있습니다. 그래서 무림이 크게 술렁거리고 있는 상황이지요. 아마 대협께서 이곳을 나가시면 바로 접하실 수 있을 것입니다. 하지만 사실 철혈검문은 현원세가와 같은 황궁에 반하는 무림의 불손 세력들을 찾아내고 척결하기 위해 세워진 곳입니다. 그러니 나중에 무슨 소문을 들으시더라도, 그 점은 잊지 말아주셨으면 합니다. 그리고 임 문주와의 일과는 별개로, 황궁에서는 내년에 큰일을 계획하고 있습니다."

"……?"

"사실 이것은 황궁 내에서도 극비에 관한 일이라… 대협만 알고 계십시오. 아바마마께선 내년 초 새롭게 편성된 정로군을 앞세워 북벌을 단행하실 계획을 갖고 계시기에, 더 이상 병력의 손실은 이롭지 않다고 생각하십니다. 이러한 것은 대소신료들 모두 같은 생각입니다. 그래서 아바마마께서는 황궁에 직접적으로 큰 위협이 되지 않는다면, 당분간 무림의 일은 무림인들 손에 맡길 생각이십니다. 그렇기에 이미 무림에 알려진 철혈금군들은 황궁으로 불러들인 것이지요."

"그렇군요. 그런 일이 있었는지 몰랐습니다. 공주님의 말씀을 듣고 보니, 아마 형님께선 지금 큰 어려움에 봉착해 계실 것 같군요."

운영은 선혜공주의 설명을 들으면서 눈앞에 호열이 서 있기라도 한 듯 안타까운 마음이 얼굴 표정에 그대로 드러났다. 선혜공주는 극비리에 진행되고 있는 이야기를 해주었는데, 운영은 그러한 것은 생각하지 않고 호열의 안위에 대해서만 생각하고 있는 것이다.

이에 선혜공주는 운영의 무심함에 마음이 아팠지만, 애써 그것을 얼굴에 드러내지 않았다.

"대협, 말이 나왔으니 얘기인데… 혹시 소녀가 대협께 임 문주와 같은 지위를 약속한다면, 황궁에 남으실 생각은 없으십니까? 만약 그렇다면 아바마마께서도 천군만마를 얻은 것보다 더욱 좋아하실 것입니다."

시작은 어려웠지만 막상 말을 하기 시작하자, 선혜공주는 자신이 생각하고 있던 것을 거침없이 운영에게 전했다.

운영은 갑자기 선혜공주로부터 생각지도 못한 제안을 받자, 눈만 멀뚱거리며 한동안 선혜공주의 얼굴을 바라볼 뿐이었다.

"……."

"어떠십니까? 소녀의 제안을 받아들이시겠습니까? 그렇다면 대협께서 생각하시지 못한 부와 권력, 그리고 명예가 주어질 것입니다. 더불어 소녀도……."

마지막 말에 얼굴이 붉어진 선혜공주는 더 이상 말을 끝까지 잇지 못하고 운영의 대답을 기다렸다. 하지만 너무나 갑작스러운 질문이었을까? 운영은 상당한 시간이 흘렀는데도, 그에 대한 대답을 내놓지 못하고 있었다.

"흠흠, 저… 공주님의 말씀은 고마우나, 저는 그런 자리에 앉을 자격이 없습니다. 또한 지금 무림은 큰 위험에 처해 있는 상태인데, 어찌 저만을 생각하고 부귀영화에 눈을 돌리겠습니까? 그러니 지금 공주님께서 하신 말씀은 못 들은 것으로 하겠습니다."

"예? 그, 그 말씀은……."

"죄송합니다, 공주님. 그러나 말씀만으로도 크게 감사합니다."

"소녀의 말은 그런 것이 아니지 않습니까! 소, 소녀는… 소녀는 지금 대협께 마음을 드렸다고 말씀드렸던 것입니다. 그런데 어찌… 흑!"

선혜공주는 차마 자신의 입으로 말하고 싶지 않은 말을 해버려서인지 운영의 앞에서 굵은 눈물을 흘렸다. 운영의 무신경함에 꽉 쥐고 있던 자존심이 한순간 허물어져 버린 것이었다. 그러나 정작 자신은 눈물이 고운 뺨을 타고 흐르는지도 모를 정도로, 운영에 대한 수치심이 가슴 깊숙이 자리하고 있었다.

운영은 선혜공주의 반응에 놀라 입을 열 수가 없었다. 자신이 무슨 잘못을 했기에 눈물을 흘리는지 모르겠다는 표정이 역력했다. 하지만 선혜공주가 한 말들을 되새기기 시작한 지 얼마 되지 않아서 왜 자신에게 화를 냈는지 짐작할 수가 있었다.

'이, 이런! 지금 공주께서 내게 고백을 한 것이란 말인가? 이 볼품없는 천민에게……?'

"고, 공주님! 지금 제게……?"

"그래요. 그걸 이제야 알았나요? 어떻게 사람이 그 정도로 무신경할 수가 있지요? 아님 소녀가 대협께 관심의 대상도 되지 않았나요? 말씀해 보세요. 정말 그런가요? 흑흑……."

"아, 아니, 그런 것이 아닙니다. 제가 그런 생각을 하지 못한 것은, 아닙니다. 어찌 저 같은 사람이 공주님께 그런 마음을 품을 수가 있겠습니까? 그렇다면 그것은 공주님께 누가 되는 일입니다."

운영은 선혜공주의 앞에 한쪽 무릎을 꿇은 후, 자신의 신분으로는 어울리지 않음을 들었다. 하지만 선혜공주는 오히려 이러한 운영의 반응에 더욱더 자존심이 상하는 것을 느꼈다.

"왜 안 된다는 것이지요? 그리고 대협이 어때서요? 오히려 소녀가 대협께 누를 끼쳤으면 끼쳤지, 대협은 소녀에게 넘치는 분이십니다. 그러니 대협! 소녀를 좋게 보셨다면, 소녀와의 혼례에 대해서 다시 한번 생각해 주셨으면 합니다."

'난감한 일이구나. 내가 공주와 혼례를 치른다니, 그것이 어찌 있을 수 있는 일이란 말인가? 아무리 생각해도 그런 일은 있을 수 없다. 아무리 좋게 생각해 보아도, 자칫 이번 일이 잘못되기라도 한다면 부모님께 누가 될 수도 있는 일인 것을……."

"흐으음… 공주님의 말씀, 잘 알았습니다. 그리고 제게 그와 같은 마음을 가져주신 것을 고맙게 생각합니다. 그러나 이 일은 저 혼자 결정할 사항이 아닌 것 같습니다. 제겐 부모님도 계십니다. 더구나 공주님께는 폐하의 의중이 어떤지도 중요하지 않습니까? 그리고 남녀 간의 혼례는 당사자가 원한다고 해서 쉽게 결정할 일이 아닙니다. 더구나 혼례의 당사자는 공주님이십니다. 자칫 이번 일로 인해 공주님의 인생이 바뀔 수도 있는 중차대한 일인 것입니다. 그러니 공주님, 혼례에 관한 일은 좀 더 시간을 두는 것이 어떻겠습니까?"

"그럼 대협께서도 소녀가 싫지는 않으시단 말씀인가요?"

"그, 그렇습니다. 어찌 제가 공주님같이 아리따운 분을 싫어할 수 있 겠습니까."

"호호, 그럼 됐습니다. 그럼 소녀도 대협의 일을 아바마마께 정식으 로 말씀드리도록 하겠습니다. 그러니 대협께서도 소녀와의 혼례를 좋 은 쪽으로 생각해 주셨으면 합니다. 더욱이! 대협께서 부모님께 소녀 에 대해 좋게 말씀해 주셨으면 합니다."

운영은 눈물을 흘리던 선혜공주가 갑자기 화사하게 웃자 어안이 벙 벙했다. 눈물을 하염없이 흘리던 사람이 한순간에 햇살보다 밝게 웃을 수 있다는 것이 도저히 믿어지지 않았던 것이다. 마치 선혜공주에게 홀렸다는 의심이 들 정도로, 운영은 선혜공주의 화사한 미소에 얼굴이 붉게 달아올랐다.

"그, 그렇게 하겠습니다. 그럼 저는 이만……."

운영은 갑자기 벌렁거리기 시작한 심장의 고동 소리에 더 이상 선혜 공주의 앞에 서 있을 수가 없었다. 계속 머무를 경우 심장이 터질 것 같았기 때문이다. 그에 선혜공주의 얼굴도 보지 못하고 신법을 발휘해 황궁을 벗어났다.

"꼭 소녀에게로 돌아오셔야 합니다. 소녀는 그때까지 대협을 기다리 겠습니다. 그리고! 무슨 일이 있어도 소녀는 대협과 혼례를 올리겠습 니다. 대협… 정랑……."

선혜공주는 눈앞에서 모습을 감춘 운영의 뒷모습을 야속하다는 듯 이 한동안 바라보았다. 그러나 그 어디에도 운영의 그림자는 찾을 수 없었다. 다만 자신이 바라보고 있는 곳에 운영의 그림자가 있을지 모른다는 생각에 바라보는 것이었다. 하지만 그것만으로도 선혜공주의 아쉬운 마음은 조금이나마 희석될 수 있었다. 그만큼 현재 선혜공주가 운영을 생각하는 마음은 각별함을 넘어서고 있었던 것이다.

며칠 되지 않는 짧은 시간이었지만, 황궁에서 보여준 운영의 행동은 기품이 넘치는 공자와 같았다. 더불어 부와 권력을 탐하지 않았고, 자신의 명예보다 남의 어려움을 먼저 생각하는 모습으로 선혜공주의 눈에 비추어졌던 것이다.

"그래, 정랑이 몸담고 있는 곳이 장백검파라고 했지. 장백검파라면 지금 황궁 천도 때문에 공사 중인 북경에 분타를 냈다고 들었는데… 훗훗, 어차피 정랑과 소녀는 만날 수밖에 없겠네요. 그때는 이렇게 보내 드리지 않겠습니다. 확답을 듣기 전에는…….."

선혜공주는 동창으로부터 전해 들었던 것을 떠올린 후, 한결 가벼운 마음으로 영락제가 머물러 있는 태화전을 향해 발걸음을 옮겼다. 스물일곱 해 동안 느낄 수 없었던 부푼 마음과 함께…….

시대를 뛰어넘는 존고수가 할 수 있겠지

◆ 제3장 시대를 뛰어넘는 초고수라 할 수 있겠지

푸른 녹음이 울창하게 우거져 있는 산림을 지나 빠르게 움직이는 인영이 있었다. 그 움직임이 어찌나 빠른지, 숲의 원주인이라 할 수 있는 동물들조차 인영의 기척 소리를 듣지 못하고 평상시와 같은 움직임을 보일 정도였다. 그만큼 빠르게 이동하고 있는 인영의 움직임은 인간의 것이라 할 수 없을 정도로 경이적이었다.

빽빽하게 하늘로 솟아 있는 산림을 지나자, 인영의 눈앞에는 맑은 하늘이 보였다. 하지만 무엇이 그리 바쁜지, 인영은 한시도 머뭇거리지 않고 계속해서 정상을 향해 신형을 날렸다. 그렇게 일 다경 정도 지났을까? 인영의 눈에 산 정상에 우뚝 솟아 있는 커다란 바위가 들어왔다. 마치 산 정상에 우뚝 솟은 독불장군처럼 위용을 보이고 있었는데, 바위는 산을 내리누르는 듯한 형상을 취하고 있었다.

"하하하! 형님~"

슈아아아아—

인영은 바위 위에 사람의 그림자가 아른거리자, 지금보다 더욱더 빠른 속력으로 바위 위로 올라섰다.

"오랜만일세."

"그렇습니다. 정말 오랜만입니다, 형님. 그동안 평안하셨습니까?"

힘차게 바위에 올라선 인영은 전신에 붉은 의복을 입고 있었는데, 의복 자체가 고풍스러운 것인지 감히 일반 사람은 범접할 수 없는 위엄이 느껴졌다. 하지만 먼저 와 있는 사람을 대함에 있어선, 이러한 위엄은 씻은 듯 사라져 있었다.

"나야 그동안 세월만 보내고 있었지. 그러나 아우의 얼굴을 보니, 이렇게 세상에 나온 보람이 있구먼. 허허허."

"그걸 말이라고 하십니까? 그럼 이 아우를 보지도 않고 우화등선하실 생각이었습니까?"

"허허, 그럴 리가 있겠는가?"

"독고 시주의 안중엔 빈승이 보이지 않는 것 같습니다. 아미타불."

"흠, 그렇지 않아도 보고 있었소. 그런데 한 가지 묻고 싶은 것이 있는데, 당신은 형님께 무슨 짓을 저질렀는지 잊어먹기라도 해서 이곳에 있는 것이오? 그렇지 않고서야 어떻게 이곳에 있는 것인지… 형님! 저 땡중은 이곳에 왜 있는 것입니까?"

"허허, 그 일은 이미 세월 속에 묻은 지 오래되지 않았는가? 새삼스럽게 그 일을 가지고 시시비비를 따져서 무엇 하겠는가? 자, 그렇게 서 있지 말고 이리 앉게나."

"하지만 형님은 그 일 때문에 한동안 무림에 나오지 않으신 것이 아닙니까? 더구나 저는 그 일로 인해 형님의 안위가 걱정되어……."

"그만 하게나. 자네의 마음은 다 알고 있으니, 지금은 그냥 오랜만에 아우를 만난 회포를 풀고 싶구먼."

"그러나……."

"허허, 어찌 세월이 흘렀는데도 불같은 자네의 성격은 변하지 않는가? 자네는 내게 둘도 없는 아우지만, 혜정 또한 과거의 불화가 있었다고는 하나 내 친한 벗이 아닌가? 그러니 그쯤에서 과거의 섭섭한 감정은 접어두게나. 더욱이 혜정은 자네와 내게 마지막 남은 벗이 아닌가."

"크흐음, 형님께서 그렇게 말씀하시니 따르겠습니다. 하지만 그동안 혜정 대사에게 섭섭했던 감정을 쉽게 정리할 수는 없을 것 같습니다. 그러니 그 점은 형님께서 이해해 주시기 바랍니다."

"허허, 알겠네. 자네의 감정이야 내가 뭐라고 할 수 있겠는가. 자! 오랜만에 이렇게 한자리를 하게 되었으니, 간소하지만 약주라도 한잔씩 하는 것이 어떤가? 그동안 못했던 말들도 많지 않은가? 혜정, 어떻습니까?"

"아미타불, 그렇게 하시지요. 빈승도 오랜만에 독고 시주와 곡차를 한잔하고 싶었습니다. 그간 서로 간에 불편했던 일이 많았으니, 이 참에 그것도 함께 푸는 게 좋겠지요."

"그거 잘되었군요. 마침 제가 마을을 지나던 길에 몇 병 받아온 것이 있습니다. 허허허."

성불(聖佛) 혜정(慧精).

천마(天魔) 혁무량(赫武亮).

혈마(血魔) 독고신검(獨孤神劍).

삼성이마 중 이미 우화등선한 삼풍 진인 장삼봉과 무림을 위협하고 있는 천승검 현원덕호를 제외한 삼 인이 한자리에 모인 것이다. 어찌 보면 중원의 실질적인 정마패가 한자리에 모인 것인데, 만약 이 일이 무림에 소문이라도 난다면 큰 충격을 줄 수도 있는 것이다. 하지만 세 사람은 그런 것은 신경도 쓰지 않는지, 한동안 서로의 안위와 그동안의 근간에 대해서 물어보며 환담을 나눌 뿐이었다.

"그런데 혜정 대사는 무림맹이 현원세가로 인해 언제 공격당할지 모를 위기에 처해 있는데, 이렇게 한가한 시간을 보내도 되는지 모르겠습니다? 내가 알기로는 무림맹이 상당히 힘든 상황인 것 같은데요?"

"허허, 그렇지 않아도 걱정이 되기는 합니다. 하지만 현원세가가 원나라의 주 세력이었다는 것을 독고 시주도 아실 것이니, 원나라를 죽기보다 싫어하시는 독고 시주가 응당 조치를 취했겠지요. 그렇지 않고서야 이곳에 환한 얼굴로 모습을 드러낼 시주가 아니지요. 그렇지 않습니까, 독고 시주?"

"크흠, 제길! 못 본 사이에 는 것은 잔꾀밖에 없나 보군. 그래서 지금 남의 집 불구경하듯, 무림맹의 위기를 모르는 척 지켜만 보겠다는 것입니까?"

"아미타불, 빈승은 무림맹에 할 만큼 했다고 생각합니다. 이렇게 혁 시주를 만나 마교의 중원 진입을 늦추지 않았습니까. 무림맹으로서는 그것만으로도 충분하지 않겠습니까?"

"응? 형님, 지금 혜정 대사가 한 말이 정말입니까? 정말 혜정 대사의 말대로 마교의 중원 진입을 유보하신 것입니까?"

독고신검은 혜정 대사의 생각지 못한 말에 눈을 크게 뜨고는, 자신의 앞에 놓인 술잔을 천천히 비우고 있는 혁무량을 향해 시선을 주었다.

"그렇네. 뭐, 나로서는 손해 볼 것도 없었지. 혜정 대사가 향후 십년 동안 본 교의 중원 입성을 유보하는 대가로, 무림맹에선 본 교의 입지를 보장해 준다는 제의를 했으니까. 이로써 본 교는 오백 년 전 정마대전 이후 당당히 중원의 한 문파로서 자리할 수 있게 되었네."

"아니, 그것이 말이 된다고 지금 제게 말씀하시는 것입니까? 어차피 지금 마교가 중원에 진입하기만 하면 무림을 제패하고도 남음인데, 무엇 때문에 정파의 인정을 받아내려고 하십니까? 지금까지 그렇게 경험하시고도 모자랍니까? 자신들이 쿨리하면 쓸개라도 내줄 듯하다가, 자신들이 유리하다 생각되면 말을 싹 바꾸는 것이 그들입니다. 하물며 형님을 위험에 빠뜨렸던 혜정 대사의 말을 믿으신다는 말입니까? 이거 참, 정말 어이가 없네!"

"아미타불! 독고 시주가 우려하는 것이 무엇인지 알고 있습니다. 하지만 이번엔 빈승이 직접 무림맹 맹주와 장로들에게 친필로 서신을 보냈고, 그것을 받는 즉시 무림에 공표를 하도록 했습니다. 그러니 마교에서 먼저 약조를 어기지 않는다면, 정파무림은 마교를 인정할 것입니다."

"정말입니까, 형님? 정말 혜정 대사의 말처럼 무림맹에서 공표를 한단 말입니까?"

"글쎄, 아직은 뭐라고 말할 수 없겠지. 하지만 그렇게 생각할 수밖에 더 있겠는가? 그리고 그들도 생각이 있다면 본 교와의 일을 공표를 할 수밖에 없겠지. 아무리 자네가 무림맹에 지원 세력을 보냈다고 해도, 지금 무림맹은 현원세가를 상대하는 데도 벅찬 상태일세. 더욱이 현원 덕호를 상대할 수 있는 절대고수가 없는 실정이니, 그들이 느끼는 위기 의식은 더하면 더했지 낮은 수위가 아닐 걸세."

"그것은 형님 말씀이 맞습니다."

"그렇다면 무림맹으로서는 선택의 여지가 없겠지. 우선 그들이 본 교와의 일을 강호에 공표하게 되면 두 가지 이득을 취할 수 있을 것이지. 첫 번째로는 본 교의 중원 진입을 십 년 동안 제지할 수 있는 효과가 있고, 두 번째는 현원세가에 대한 압력으로 사용할 수 있다는 것이지. 본 교가 현원세가의 손을 들어주고 있지 않다는 것을 무림과 현원세가에 알릴 수 있으니까. 그렇다면 무림맹으로서도 손해 보는 것이 아니지. 여하튼, 이젠 무림맹이 어떤 결정을 내릴지 지켜보면 되겠지. 안 그런가?"

"그렇군요. 사실 혜정 대사가 형님께 그런 제안을 했다는 것에 상당히 놀랐습니다. 소림은 오백 년 전 정마대전 이후 마교와는 불과 물의 관계가 아니었습니까. 아마 이번에 무림맹에서도 그들 나름대로 상당한 진통을 겪겠지만, 제 생각에는 마교 내에서도 이번 일에 불만을 품는 젊은이들이 상당할 것 같은데요."

"아마도 젊은이들 사이에서 말들이 많겠지. 하지만 나는 실리보다 명분이 서는 것이 우선해야 한다고 생각했네. 명분이 없는 실리는 오래가지 못하는 법이지. 그것을 젊은이들이 알아주었으면 하지만, 그것이 쉽게 될지는 아무도 모르는 일이지. 허허, 그러니 지금은 아무것도 결정난 것이 없으니 이렇게 자네를 만나 한가한 시간을 보내는 것이 아니겠는가?"

"하하, 알겠습니다. 그러나 섭섭합니다. 정파에서 인정한다고 마교를 중원무림 전체가 인정하는 것으로 생각하시면 오산이십니다. 분명 중원의 반쪽은 제가 만든 패혈맹이 쥐고 있다는 것을 모르십니까?"

"허허, 어찌 그것을 모르겠는가? 그러니 이렇게 술 한 잔 같이 하자고 부른 것이 아닌가? 자, 한 잔 쭉 들이키게."

"하하, 알겠습니다. 형님께서 따라주시는데, 어찌 마시지 않겠습니까? 하하하!"

"혜정께서도 한 잔 같이 하시지요."

"아미타불, 고맙습니다."

혜정 대사는 혁무량이 따라주는 술을 천천히 음미하며 입 안으로 가지고 갔다. 아무리 곡차라는 미명 하에 마시는 것이지만, 그리 큰 부담을 느끼지 못하고 있었다.

'생각을 달리하면 이렇듯 아무렇지도 않을 것을, 왜 이런 진리를 이제야 깨닫게 되었을꼬. 아미타불.'

혜정 대사는 혁무량을 만난 이후 조금씩 변화하는 자신을 느끼고 있었다. 그동안 부처님을 모시고 있다 생각했는데, 실상은 마음엔 부처님이 자리하지 않고 외형만 모시고 있다는 생각이 들었던 것이다. 정작 부처님을 모시는 것은 마음의 여하에 달려 있었던 것을.

"그나저나 이곳에 오기 전에 들었는데, 정말 황제가 무림 정복이라도 하려고 그랬던 것입니까? 철혈검문 말입니다."

"글쎄. 그 이야기라면 나보다 혜정 대사가 더 잘 알고 있을 것이네.

직접 황제와 독대를 나누고 왔으니까."

"웅? 형님, 그게 정말입니까? 혜정 대사, 정말 황제와 독대를 나누고
왔습니까?"

"아미타불. 혁 시주의 말씀대로입니다. 하지만 무림 정복이라고 하
기에는 무리가 있겠지요. 어디 그것이 쉬운 일이겠습니까? 그것은 독
고 시주도 알고 계시지 않습니까. 사실 황제의 의중이 그쪽에 치우쳐
있다고 볼 수 있겠지만, 당시 황제는 무림에 깊숙이 숨어 있는 불손 세
력을 찾아내기 위해 철혈검문을 만들었다고 했습니다. 지금의 현원세
가처럼 말입니다. 하지만 그것은 변명에 지나지 않겠지요."

"듣자 하니 철혈검문 임 문주의 무위가 형님과 비견될 정도라던데,
그것이 사실이라면 황제가 무림 정복이라는 야망을 품을 만했겠습니
다. 쉽지는 않겠지만 말이지요. 하하하!"

"품을 만했지. 아니, 정말로 그럴 수 있었겠지. 나조차 감당할 수 없
는 실력이었으니까."

"컥컥! 옛? 그게 지금 무슨 말입니까? 형님이 감당할 수 없다니요?
지금 임 문주를 두고 말하는 것입니까?"

독고신검은 우스갯소리로 한 것이라 크게 신경 쓰지 않고 있었는데,
혁무량의 말은 그것이 아닌 것 같자 술을 들이키다가 깜짝 놀라 사례
가 들었다. 하지만 혁무량의 말에 대한 진의를 알려는 생각이 우선해
서인지, 간신히 사례를 가라앉히고서는 시선을 혁무량의 두 눈에 집중
했다.

"왜 그렇게 보는가? 지금 내가 한 말은 거짓이 아니라네. 당시 신농
가에서 허세를 부리지 않았다면 정말 큰일날 뻔했지. 혼자서는 도저히

감당할 수 없을 정도였으니까. 세월이 아무리 흘러도 나를 뛰어넘을 고수는 없을 줄 알았는데, 그것이 아니더구먼. 허허허~"

"삼풍 진인 역시 임 문주와 격돌 후 심각한 부상을 당하셨고, 그 일로 인해 우화등선을 하게 되었습니다. 아미타불……."

"옛? 그, 그것이 정말입니까?"

"그렇습니다. 벌써 오 년이 지났군요. 당시 빈승이 삼풍 진인과 함께 임 문주를 공격했는데, 아무리 공격을 해도 임 문주를 쓰러뜨리지 못했습니다. 오히려 마지막엔 임 문주에게 역공을 당해 삼풍 진인이 극심한 부상을 입었습니다. 하지만 혁 시주의 설명을 통해 임 문주가 예전보다 훨씬 뛰어난 성취를 이루었음을 짐작할 수 있었습니다."

"예전보다 뛰어나다면……?"

"당시엔 자신도 모르게 마기를 외부로 발산하고 있었습니다. 그렇기 때문에 금릉 근처를 지나던 빈승이 알 수 있었지요. 그러나 얼마 전 혁 시주가 임 문주를 만났을 때는 마기를 전혀 느끼지 못했다고 했습니다. 그것은 이미 임 문주가 극마의 단계마저 뛰어넘었음을 증명하는 것이 아니겠습니까. 그러니 당시보다 더욱 뛰어난 실력을 보이고 있는 임 문주를 그 누가 막을 수 있겠습니까? 아미타불."

"크으흠, 그런 일이……."

독고신검은 혜정 대사의 말에 침음을 삼켜야만 했다. 그냥 떠도는 소문 정도로 치부하고 있었는데, 상황은 자신의 생각을 크게 웃돌고 있었던 것이다. 아니, 아무리 상상력을 발휘해 보아도 이해가 되지 않았다. 또한 인간이 어떻게 그런 경지에 다다를 수 있는지 의문도 들었다. 다섯 살부터 무공을 익히기 시작해서 백육십 년 동안 수련을 해왔던 자신이었기에, 독고신검은 인간이 익힐 수 있는 무공의 한계가 어디까지인지 잘 알고 있었던 것이다.

"무공만 본다면 이미 임 문주는 인간의 범주를 넘어섰다 할 수 있네. 가히 신의 경지에 올라섰다고도 볼 수 있지. 하지만 그와 이야기를 나눈 결과, 아직 완전한 신의 경지에는 올라서지 못한 것 같네. 그러나 현 무림뿐만 아니라 후대에라도 임 문주를 상대할 수 있는 고수는 없을 것이네. 가히 시대를 뛰어넘는 초고수라 할 수 있겠지."

"놀랍습니다. 형님의 입에서 시대를 뛰어넘는 초고수란 말이 나올 정도로 임 문주를 인정하다니 말입니다. 하지만 형님의 설명을 들어보니, 한 가지는 확실한 것 같습니다."

"……?"

"아미타불, 그것이 무엇입니까, 독고 시주?"

"간단합니다. 임 문주, 그도 아직 완전한 무적은 아니라는 것이지요. 그렇지 않습니까?"

"완전한 무적은 아니다? 그것이 무슨 말인가?"

"아미타불, 그렇습니다. 최고의 경지에 올라 있기는 하지만, 그렇다고 절대적인 무적은 아니라고 할 수 있지요. 혼자서는 감당할 수 없지만, 혁 시주를 비롯한 몇 명이 합세를 한다면 상대하지 못할 정도로 강하지 않다는 것입니다. 아직 자연의 범주를 벗어나지 못한 상태기에, 그에게도 한계가 있겠지요."

"크하하하, 정말 재미있는 세상입니다. 그렇지 않습니까, 형님? 그토록 고고하던 혜정 대사의 입에서 이런 말이 나온다는 것도 우습고, 삼성이마라 불리며 전설이 되어버린 우리들이 고작 한 명을 상대함에 있어서 합공을 해야 이길 수 있다는 현실도 우습군요.”

“아미타불……..”

“하지만 그런 일은 일어나지 않을 겁니다. 지금도 그렇지만, 한때 혈마라 불리며 무림의 우상이 되었던 접니다. 이 독고신검! 죽으면 죽었지, 어떻게 한 명을 상대로 합공을 할 수 있겠습니까! 그러니 그런 일은 일어나지 않을 것입니다. 그렇지 않습니까, 형님?”

독고신검은 자신을 쳐다보고 있는 혜정 대사를 향해 가슴을 활짝 펴 보이며, 자신의 어조에 힘을 주었다. 비록 싸우다 죽더라도, 지금까지 쌓아 올린 무인의 명예를 실추시킬 순 없다는 강한 의지와 자신감을 드러낸 행동이었다.

“허허허.”

“아미타불. 하지만 임 문주가 무림에 큰 해악을 끼칠 경우, 문제를 그와 같이 너무 단순하게 생각하면 안 될 것입니다. 그리고 말이 나왔으니 하는 말인데, 빈승은 조속한 시일 안에 한번쯤 우리가 임 문주를 상대해야 한다고 생각합니다. 당연히 임 문주의 기세를 꺾어놓을 필요성이 있겠지요. 그래야 황제가 계획하고 있는 북벌이 끝난 후라 하더라도, 다시는 임 문주와 철혈검문처럼 무림에 자신의 세력을 심어두려는 생각을 하지 못할 것입니다.”

“홋, 아예 황제가 무림 정복에 대한 생각조차 하지 못하도록 쐐기를 박자는 말인 것 같군요. 하지만 굳이 그럴 필요가 있겠습니까? 제 생각엔 북벌이 그리 쉽게 끝날 것 같지 않은데요. 그리고 임 문주는 아직 무림에 특별한 해악을 저지르지 않았으니, 굳이 지금 우리가 나설 필요가 없다 생각합니다.”

"혁 시주 역시 독고 시주와 같은 생각이십니까?"

"현재로서는 아우와 같은 생각입니다. 그리고 혜정 대사의 말대로 황제 역시 임 문주를 황궁으로 불러들인다고 했으니, 아마도 이후엔 무림에서 임 문주와 마주치는 일은 없겠지요."

"형님의 말을 듣고 보니 그렇군요. 황궁으로 돌아간 그를 상대할 필요가 없겠지요. 우리가 황궁으로 돌아간 그와 겨루게 된다면 어떻게 될 것 같습니까? 아마 제 생각에는 황제가 우리를 포함한 전 무림을 상대로 공격 명령을 내릴 수도 있을 것입니다. 그렇게 된다면 원나라 시절처럼 무림에 대한 탄압이 대대적으로 이루어질지도 모를 일입니다. 직접 만나보지는 않았지만, 현 황제의 성정으로 보아서는 능히 그러고도 남을 위인이지요. 그러니 그렇게 되면 안 됩니다. 그리고 만약, 그와 같은 상황이 발생될 것 같으면 미연에 막아야 할 것입니다."

"그것은 아우의 말이 맞네. 괜히 꺼져 가는 불씨를 힘들여 지필 필요는 없겠지."

"아미타불. 혁 시주와 독고 시주의 말씀이 무슨 뜻인지 알겠습니다. 그러나 만약에 말입니다. 만약 임 문주가 황궁으로 돌아가지 않고 계속해서 무림에 남게 된다면 어찌하시겠습니까? 그의 무위와 그를 따르는 세력이 있다면, 능히 무림 정복도 불가능한 일이 아니지 않겠습니까?"

"그렇게 되면 제가 직접 그를 찾아가도록 하겠습니다. 사실 형님의 말씀을 믿지 못하는 것은 아니지만, 무를 익힌 무인으로서 그런 상대와 겨루는 것도 세상에 나온 보람이 있지 않겠습니까? 그와 한번 겨루어 보고 싶군요."

"허허, 자네의 승부욕은 여전하구먼. 그러나 아마 자네가 그를 대하게 되면 그런 말은 쉽게 못할 것이네."

"아미타불."

"크흠! 그 이야기는 그만 하지요. 어차피 지금 그 일에 관해 논해보았자 결론을 낼 수 없는 상황이니까요."

독고신검은 자신의 말에 혁무량과 혜정 대사가 딴지를 걸자, 손을 휘휘 저으며 그만 하자는 시늉을 했다. 그러다 무언가 궁금한 것이 떠올랐는지, 막 술잔을 내려놓는 혁무량을 진지한 눈으로 바라보았다.

"그런데 형님! 궁금한 것이 있는데, 어떻게 황궁에서 그와 같은 고수가 나올 수 있습니까? 원나라가 북쪽으로 퇴각할 당시 내승운고가 모두 털렸다고 들었는데요. 그래서 황제가 무림맹에 비급을 내놓도록 명한 것이 아니었습니까?"

"아미타불. 임 문주는 저희와 같은 한족이 아닙니다. 정확히는 알 수 없었으나 빈승이 나름대로 조사해 본 결과, 아마도 임 문주는 십칠 년 전 동방에 새롭게 들어선 조선이라는 나라의 장수였던 것 같습니다. 육 년 전 황제를 알현하기 위해 사신들과 함께 왔었는데, 마침 황제의 눈에 띄어 제독으로 임명되었다 들었습니다."

"조선이라면, 혹 고려가 망한 후에 들어선 나라를 말함입니까? 그 조그만 나라……?"

독고신검은 혜정 대사의 말을 듣고는 놀랍다는 표정을 지어 보였다. 원나라가 중원을 정복하고 서쪽으로 세력을 확장할 전성기에도 국호를 유지했던 고려였지만, 그렇다고 최강의 고수가 그곳에서 배출될 줄은 생각도 하지 못했기 때문이다.

"그렇습니다. 정말 놀라운 일이지요. 그래서 빈승은 요즘 들어 한 족(韓族)들 사이에서 전설로 전해지는 치우천황에 관한 이야기도 어쩌면 허구가 아닐지 모른다는 생각을 가끔 하고 있습니다. 아미타불······."

"놀랍군, 정말 놀라워. 치우천황의 전설이라······."

"그러나 무림은 아무것도 변할 것이 없을 것이네."

"옳은 말씀입니다. 황제에게 불려간 임 문주는 더 이상 무림에 영향력을 행사하지 못할 것이니, 우리는 무림맹과 패혈맹이 현원덕호를 맞아 어떻게 상대할지 주시하면 되지 않습니까? 여차하면 제가 현원덕호를 상대하면 그만이겠지만 말입니다. 후후, 그렇지 않아도 예전의 일도 있고 해서 언젠가는 만나고 싶었는데······."

"아우, 세월이 많이 흐르지 않았는가? 내가 세상에 다시 나와 느낀 것은, 이제 우리가 설 곳은 그리 많지 않다는 것이네. 우리들의 시대는 이미 흘러갔다는 것이지. 우리들의 이름이 전설이 되었듯, 전설은 전설로 끝나는 것이 좋겠다는 생각이 문득 들더구먼. 허허허~"

"아미타불······."

"알겠습니다. 사실 저도 그동안 많은 생각을 하며 세월을 보냈기에 그 정도는 저도 느끼고 있었습니다."

"허허허."

혁무량과 혜정 대사, 그리고 독고신검은 오랜만에 가슴에 담아두고 있던 사소한 이야기까지 이야기판에 늘어놓으며 시간 가는 줄 몰랐다. 그러나 이야기의 핵심 주제는 호열에 관한 것이었다. 비록 호열이 황궁으로 복귀한다는 것은 혜정 대사가 영락제와의 좌담을 통해 알고 있었지만, 혹시라도 만약의 사태가 발생할 수도 있었기 때문이다.

호열의 무림 잔류.

황제의 명이 얼마나 지엄한지 알고 있었기에, 세 명 모두 이와 같은 일은 거의 실현 불가능하다 생각했다. 그렇기에 앞으로 호열에 관한 것은 결정되지 않은 상황이라 할 수 있었다. 모든 문제를 한꺼번에 해결할 열쇠를 쥐고 있는 것은 호열이었기 때문이다. 호열이 황제의 명에 따라 황궁으로 복귀하면 아무런 문제가 발생하지 않겠지만, 만약 황제의 명을 거역하고 무림에 남게 된다면 상황이 어떻게 변할지 아무도 몰랐다. 지금 술잔을 기울이며 흘러가는 세월의 향수를 진하게 느끼고 있는 세 명의 고수들까지도…….

*   *   *

무림맹은 현원세가의 안휘성 진입에 술렁거렸다. 비록 안휘성 초입에 자리잡고 있는 계수(界首)라는 작은 마을 부근이었지만, 현원세가가 안휘성에 들어섰다는 것만으로도 무림맹과 무림의 모든 사람들이 긴장 상태에 접어들 수밖에 없었다.

하지만 지금까지보다 더욱 빠른 속도로 남하를 할 것 같은 현원세가의 움직임은, 무림맹의 예상과는 달리 계수에 들어선 이후 멈추었다. 이에 무림맹은 무슨 이유 때문에 현원세가의 이동이 멈추었는지 알지 못해 모든 촉각을 곤두세우며 정보를 얻느라 분주했지만, 막상 현원세가의 움직임이 멈추게 된 이유를 알게 되면서 다소 안심을 할 수 있었다. 바로 황군이 무림맹이 자리잡고 있는 회남과 현원세가가 어쩔 수 없이 주둔하게 된 계수의 중간 지점이라 할 수 있는 부양(阜陽)에 머물러 있었기 때문이다.

안휘성은 황궁이 있는 금릉과 가장 근접해 있는 곳이었다. 지형적으로 금릉은 강소성에 위치해 있지만, 금릉에서 반나절만 마차를 타고 서쪽으로 달리면 바로 안휘성이 시작되는 곳이다. 그만큼 안휘성은 황궁에서 볼 때 지역적으로 매우 중요한 곳이라, 아무리 무림의 일에 관여하지 않겠다고 했던 영락제라 할지라도 관심을 두지 않을 수 없었던 것이다.

현재 부양에는 오군도독부 중 중군도독부 십만 명의 병사들이 주둔하고 있는 상태였다. 이 일은 무림맹과 현원세가의 결전을 막아주는 역할을 하였는데, 궁극적으로 결과만 본다면 황군이 현원세가의 무림맹 공격을 막아주는 방패의 역할을 해주고 있는 것이었다.

하지만 중군도독부의 움직임은 무림인들의 공분을 사기에 충분했다. 이미 영락제는 철혈검문의 창설 배경과 호열에 관한 사항을 만천하에 공표하고, 더불어 더 이상 황궁에 불손한 의도를 가지고 있는 세력이 없을 경우 무림의 일에 개입하지 않겠다는 것을 천명한 상태에서 일어난 일이었기 때문이다.

그러나 당장 무림맹에 큰 도움이 되고 있고, 또한 황권의 안위를 생각할 때 그리 이해하지 못할 일도 아니었기에 대부분 좋은 방향으로 결론을 짓고 있었다. 금릉 근교에서 크게 벗어난 적이 없는 중군도독부가 움직였다는 것은, 영락제가 그만큼 현원세가에 대해 주의와 관심을 가지고 있다는 것을 증명하는 일이었기 때문이다.

더불어 중군도독부가 현원세가를 계수에 일주일 정도 묶어두고 있는 동안 무림맹에 뜻하지 않은 원군이 도착했는데, 바로 패혈맹이었다. 비록 패혈맹에서 현원덕호를 상대할 수 있는 혈마 독고신검이 함께 오지 않아 많은 아쉬움을 드러냈지만, 제갈 맹주와 무림맹 영수들은 그것을 애써 거론하지 않고 힘이 되어주러 온 패혈맹을 반갑게 반겨주었다. 또한 의기를 지닌 젊은 무인들이 대거 무림맹에 모여들었는데, 대부분 무림에 이름도 올리지 못할 정도였지만, 무림맹으로서는 천군만마를 얻은 것과 같은 심정이었다.

하지만 제갈 맹주를 비롯한 무림맹 영수들은 현원덕호를 상대하기 위한 방법을 모색해야만 했다. 현원덕호를 상대할 만한 절대고수가 없다는 것은, 향후 현원세가와의 혈전에서 치명적인 요인으로 작용해 패배할 수도 있었기 때문이다. 그러나 아무리 생각해 보아도 마땅한 대안이 없었다. 그나마 유운검선 정운영이 있었다면 현원덕호를 간신히 막아줄 수 있을 것 같다는 결론이 나왔지만, 현재로서는 운영의 행방마저 묘연했기 때문에 어떻게 손쓸 방도조차 없었다.

“맹주, 어떻게 하면 좋겠습니까? 이 상태로는 현원덕호를 막을 방도가 없습니다.”

“그렇습니다. 안타깝지만 독고 대협이 이곳에 계시지 않은 이상 그를 막을 방도가 없습니다.”

“흠, 저로서도 이런 말씀을 드리게 되어서 죄송하지만, 태상맹주님께선 이번 결전엔 나서시지 않겠다고 하셨습니다. 현원세가가 원의 뿌리라는 것을 아셨기에 저희들을 보내셨지만, 세월이 이미 많이 흘러 그분께서 직접 무림의 일에 나서시는 것은 좋지 않다 생각하신 것 같습니다. 또한 이번 일로 인해 향후 무림을 짊어질 젊은 인재들이 자신의 그늘에서 벗어나길 바라시는 것 같습니다.”

“원시천존. 진 장로의 말을 들어보니 독고 대협께서 어떤 생각을 가지고 계신지 알겠습니다. 또한 독고 대협의 뜻은 무림의 홍복이라 할 수 있을 것입니다. 그렇지만 현 시국은 무림에서 유래를 찾을 수 없을 정도로 혼란의 극치를 보여주고 있습니다.”

“그렇습니다. 청운 장문인의 말씀처럼, 이번에 현원세가를 막지 못하면 무림의 안녕은 없다고 할 수 있을 것입니다. 그러니 진 장로께서 다시 한 번 독고 대협께 진언을 해보는 것이 어떻겠습니까?”

일양자 현천 장문인의 말에 패도마군(覇刀魔君) 진유정(秦柳霆)은 난감한 표정을 지으며, 자신의 얼굴을 바라보고 있는 사람들에게 난색을 표했다. 자신으로서도 어찌할 수 없는 사안이었기 때문이다.

“그렇다면 정말 다른 방도를 찾아볼 수밖에 없다는 말입니까? 허허, 이거 참.”

“맹주의 의중은 어떠한가? 과연 방법이 없겠는가?”

“궁 방주님, 그리고 여러분께 죄송하단 말밖에 할 수가 없군요. 맹주로서 차마 입에 올리기 민망하지만, 솔직히 저로서도 현원덕호를 막을 비책이 없습니다. 이미 여러분도 현원세가에서 그의 무위를 보시지 않았습니까? 그의 일합에 태을진인 현청 장문인을 비롯한 두 분이 그 자리에서 절명을 했습니다. 단 한 수에 말입니다. 아마 이곳에 계신 분들 모두가 합공을 한다 해도, 솔직히 저로서는 현원덕호를 막을 수 있다고 생각하지 않고 있습니다.”

“아미타불······.”

"무량수불……."

"크흐흠……."

그토록 믿고 있던 제갈 맹주마저 현원덕호에 대한 비책이 없다고 정색을 하며 말하자, 가뜩이나 무거운 분위기가 순식간에 찬물을 끼얹은 것처럼 썰렁하게 변했다.

"흠! 제게 한 가지 떠오른 생각이 있는데, 오해하지 말고 들어주시겠습니까?"

"응? 예 장로, 혹시 좋은 방법이라도 생각났는가?"

혈리검천 예락승이 모두들 침묵하고 있던 가운데 조심스럽게 입을 열자, 진유정을 비롯한 좌중의 모든 이목이 집중되었다. 특히 진유정은 예락승이 평소 비상한 비책들을 많이 내놓는 인물인 것을 잘 알고 있기에, 일말의 희망과 기대를 가졌다.

"그리 좋은 비책이라고 말씀드리긴 뭐하지만, 현원덕호를 상대할 수 있는 함정을 팔 수는 있을 것 같습니다. 그러나 자칫 무림의 지탄을 받을 수도 있는 것이라……."

"정말인가? 그래, 있기는 있단 말이군. 하하, 좋아! 현원덕호를 막을 수만 있다면, 함정이면 어떠한가! 우선은 그를 막는 것이 급하니, 어서 말해 보게!"

"제갈 맹주, 혹시 무림맹에 현원세가에서 사용했던 것과 같은 광천뢰가 있다고 들었는데, 그것이 사실입니까?"

"그것이……."

"있습니다. 저희 청성에서 암기를 연구하던 중 광천뢰를 만들 수 있었습니다. 그러나 지금은 그리 많은 수를 가지고 있지 못합니다. 무림에선 이미 오래전에 사용을 금한 상황이라 연구에 필요한 소량만 만들었을 뿐입니다."

예락승의 갑작스러운 질문에 당황한 제갈 맹주가 선뜻 말하기 곤란해하자, 이를 보고 있던 적하검군 청운 장문인이 예락승의 질문에 대신 대답을 했다.

예락승은 청운 장문인의 명쾌한 대답에 활짝 미소를 지어 보이며 크게 고개를 끄덕여 보였다.

"됐습니다. 그리고 이미 현원세가에서 사용한 광천뢰입니다. 그런데 저희라고 그 마물을 사용하지 못하란 법은 없지 않습니까? 이 참에 저희들도 광천뢰를 사용하는 것입니다. 그리고 청운 장문인의 말씀대로 광천뢰가 많지 않다고 하니, 소량이지만 현원덕호를 막는 데 광천뢰를 사용하는 것이 어떨까 합니다."

"아니! 현원덕호를 상대하는 데 광천뢰를 사용하자는 말씀입니까?"

"아미타불……."

"어찌 그런……!"

"그렇게 흥분하지 않으셔도 됩니다. 어차피 현재로서는 현원덕호를 막을 방도가 없지 않습니까."

"그렇긴 하지만……."

예락승이 내놓은 대안은 현실적으로 본다면 비책이라 할 수 있었다. 그러나 좌중의 분위기는 침묵 속에 회의적인 반응을 보이고 있었다. 그것은 정도를 지향하는 자신들이 현원세가와 같은 무리들과 같은 방법을 사용해야 한다는 것이 못마땅했기 때문이다. 하지만 딱히 반론을 제시하는 사람도 없었다.

제갈 맹주와 무림맹 영수들의 심정을 읽었는지, 예락승을 향해 진유정이 대신 앞으로 나섰다. 생각은 있으나, 정파의 영수들 입에서 쉽게 승낙하는 대답이 나올 수 없다는 것을 잘 알고 있었기 때문이다.

　　"그러나 과연 현원덕호가 함정에 걸려들겠는가?"

　　"쉽지는 않을 것입니다. 현원덕호 역시 지금까지 와신상담(臥薪嘗膽)하며 이때만을 기다린 효웅이 아닙니까. 그러니 그를 유인하기 위해선 철저한 대비를 해야 할 것입니다. 우선 이곳에 계신 모든 분들이 현원덕호를 상대해야 할 것입니다. 당연히 힘에 부치겠지요. 그런 와중에 사상자가 발생할 수도 있을 것입니다. 하지만 조금씩 현원덕호를 광천뢰가 매설되어 있는 함정 쪽으로 유인을 하는 것입니다. 한마디로 말씀드리자면, 이곳에 계신 모든 분들이 현원덕호를 막기 위한 미끼가 되는 셈이지요."

　　"우리들이 미끼가 된다? 흐음, 어쩌면 가능성이 있겠구먼. 아니, 현재로서는 그 방법밖에 없겠구먼. 그리고! 어차피 그를 상대하려면 다수의 사상자가 발생하는 것은 피할 수 없겠지. 어떻습니까, 여러분? 저는 예 장로가 내놓은 방법이 가장 현실적이라 봅니다만. 맹주, 이제 한 말씀 정도 하시는 것이 어떻겠습니까?"

　　진유정은 일부러 예락승의 방법을 강하게 주장했다. 더 이상 다른 대안이 나올 것 같지도 않았고, 자신이 생각하기에도 가장 좋은 방법이란 생각이 들었기 때문이다.

　　"좋습니다. 다른 분들이 어떻게 생각하고 계신지 잘 알고 있지만, 맹주의 권한으로 광천뢰 사용을 적극 검토하도록 하겠습니다. 그러니 죄송하지만 예 장로께선 청운 장문인과 그에 관해 좀 더 세밀한 검토를 해주시기 바랍니다."

"알겠습니다. 역시 무림맹 맹주다운 용단입니다. 하하하."

"아미타불."

"무량수불……."

담현 방장과 연정 장문인은 제갈 맹주의 말에 반개하고 있던 눈을 감을 수밖에 없었다. 듣고 있었어도 어찌할 수 없는 자신들의 한계를 절감하고 있었기 때문이다.

'무림의 앞날이 어찌 될꼬, 혼탁한 세상이로다. 아미타불…….'

'임 문주 역시 현원덕호와 같은 효웅이라면, 차라리 임 문주가 무림을 평정하는 것이 좋을지도. 무량수불…….'

제 4 장

결코 문주님께 누를 끼치는 일은 없을 것입니다

결코 문주님께 누를 끼치는 일은 없을 것입니다

호열의 일장 연설이 있고 나서 얼마 지나지 않아, 무림에 황제가 무림맹과 모든 무림인들에게 자신의 뜻을 공표했다. 그 내용엔 철혈검문과 호열에 관한 사항도 있었는데, 처음 호열이 말했던 것과는 달리 철혈검문의 창설 배경이 좋게 표현되어 있었다. 무림 정복을 하기 위해서였다고 하기보다는, 현원세가와 같이 황궁에 위협을 주는 등의 불손한 의도를 지닌 세력을 척결하기 위해 창설되었다는 것이 훨씬 좋았던 것이다. 문제는 황제가 강호무림에 공표한 것을 당사자들이 어떻게 받아들이고 믿느냐에 달려 있었지만, 대체적으로 일반 백성들은 이러한 일도 있었구나 하는 정도의 반응만 보일 뿐이었다. 자신들의 생계에 직접적으로 영향을 미치지 못하는 사안이었기 때문이다.

그러나 상가에선 이러한 것을 쉽게 받아넘길 수 없는 사안이었다.

앞으로 무림과의 연계에 대해 지금보다 신경을 더 써야만 했기 때문이다. 우선적으로 황제의 눈과 귀 역할을 하는 동창의 그늘에서 완전히 자유스럽지 못하게 되었으며, 자칫 무림과 황궁이라는 큰 바위 틈바구니에서 고개도 내밀 수 없게 될 수도 있었기 때문이다. 따라서 상가들 일각에선 권력의 틈바구니에서 무림과의 공조와는 별개로, 상가 자체적인 힘을 길러야 한다는 주장이 서서히 고개를 내밀기 시작했다.

"황 형은 이제 어떻게 할 겁니까?"

"글쎄……."

"난 아무래도 본가에 복귀를 해야 할 것 같습니다. 이번 일로 인해 본가에도 적지 않은 파장을 불러일으킨 것 같습니다."

"그렇겠지. 나 역시 본가에 계신 아버님으로부터 급히 오라는 연통을 받았으니까."

"그나저나 이번 일에 대해 어떻게 생각합니까? 난 아무리 생각해도 황제가 문주와 본 문을 감싸기 위해서 공표했다 여겨지기보다는, 황제 자신과 황권을 강화하기 위해서 계획적으로 공표했다는 생각이 드는군요."

"나도 그렇게 생각했네. 아무래도 무림과 등을 진다는 것은 지금의 황제에겐 부담으로 작용했겠지."

"옳은 말입니다. 흠! 그나저나 황 형과 내가 서로에 대해 몰랐다면 모르겠지만, 어차피 그동안 함께 생활하면서 알게 되었고 앞으로 같은 길을 걷게 될 것인데…… 황 형! 이 참에 저희 태평산장과 황 형의 만금산장이 서로 의기투합해 보는 것은 어떻겠습니까?"

황준근은 이미 어느 정도 예상하고 있었던 일이었지만, 상대가 지금과 같이 그에 관해서 직접적인 언급을 할 줄 몰랐다. 그에 바로 대답하지 못하고 잠시 머뭇거렸다.

"황 형, 혹시 이 김명(金明)을 의심하는 것입니까?"

김명.

본명은 김명이었지만, 황준근과 함께 철혈검문 비전당(飛電堂) 소속으로 있으면서 김명근이란 가명을 사용하고 있었다. 또한 절강성 항주에 본점을 두고 있는 태평산장 김소찬(金昭燦)의 독자였는데, 영락제가 황위에 오르는 과정에 김소찬과 막역지우였던 공손추, 현재 혜제를 보필하고 있는 만리표국 공 부국주의 공격으로 어린 시절 시력을 잃었었다.

하지만 김소찬의 공을 높이 치하한 영락제가 도연 대사에게 김명을 양아들로 삼을 것을 직접 거론하였으며, 도연 대사는 영락제의 뜻을 흔쾌히 받아들여 김명을 자신의 양아들로 입적시킴과 동시에 명의(名醫) 이태의의 도움을 받아 시력을 회복시켜 주었다.

또한 영락제는 김소찬이 운영하고 있는 태평산장을 진나라 시절부터 지금까지 유구한 역사를 자랑하며 중원 최대의 거상으로 자리를 잡고 있는 여명산장(曘明山莊)을 비롯해, 황금으로 이름이 높은 만금산장과 어깨를 나란히 할 수 있도록 뒤에서 막대한 도움을 주었다. 이에 김소찬은 영락제의 은혜에 보답하고자, 시력을 되찾은 독자 김명을 철혈검문에 잠입시켜 암암리에 호열의 동향을 감시하고 있었던 것이다.

하지만 황준근은 김명처럼 가명을 쓰고 철혈검문에 잠입을 하였지만, 김명처럼 호열을 감시하고자 하는 불손한 이유로 잠입한 것은 아니었다. 원래 본명은 황준영(黃駿燁)으로 만금산장 장주인 황대근(黃大抻)

의 차남이었는데, 천상무화(天上無花) 황수영(黃秀煐)이 호열에 의해 황궁의 압박에서 풀려났다는 소식을 접한 후 호기심이 발동해 철혈검문에 들어오게 된 것이었다. 그러나 이러한 이유 때문에 무작정 철혈검문에 입문을 한 것이 아니라, 부친의 뜻을 이어받아 상가를 운영하고 있는 친형 황무영(黃武煐)과는 달리 워낙 무를 좋아하였기에 겸사겸사해서 입문을 하게 된 것이었다.

그러나 황준영과 김명은 서로 진실한 성명을 알고 있었지만, 되도록 철혈검문에서 사용하고 있는 가명을 사용하고 있었다. 아니, 사용하고자 했다. 괜히 사람들에게 밝힐 필요도 없었지만, 당장은 그러고 싶은 마음도 없었기 때문이다. 그렇기 때문에 향후 자신들의 지위를 세상에 공표하기 전까지는, 지금처럼 가명을 사용하기로 서로 간에 합의를 본 상태였다. 다만 황준근이 김명근보다 두 살이 더 많고 지위도 높기에, 김명근은 둘이 있을 땐 편하게 불러도 존칭을 해주고 있었다.

"그럴 리가 있겠는가. 다만 그 문제는 내 주관으로 대답할 사안이 아니라 그런 것이네."

"무슨 말인지 알겠습니다. 하지만 태평산장과 만금산장이 서로 협력을 하게 된다면, 중원의 상권은 우리 두 가문에 집중될 것입니다. 그러니 나중에라도 부친께 이런 점을 들어 말씀을 드려주실 수는 있지 않습니까? 아마 그렇게 된다면 흘려들으시지는 않을 것입니다."

"알겠네. 그렇게 하겠네. 하지만 지금은 그 문제보다 다른 사람들이 어떤 결정을 내릴지 주목해야 할 때가 아닌가?"

"그렇기는 하지요. 내일 미시 초까지 문인들 모두 중앙 연무장에 모이라 했으니, 아마 그때는 결정이 나겠지요."

"그렇겠지. 그렇지 않아도 도 당주가 각 당의 당주들과 부당주들은 진시 초까지 패진당 집무실로 모이도록 했네. 그러니 그곳에서 대략적인 윤곽은 드러날 것이네."

"그렇습니까? 그렇다면 정말 내일은 어떤 결정이든 나겠군요. 하지만 이미 대세는 결정되어 있는 것이나 마찬가지 아닙니까? 그 회의에서 어떤 결정이 나오든, 문인들 중 대부분은 이미 본 문을 떠날 마음을 가지고 있으니 말입니다."

"하긴 그렇겠군. 어차피 본 문은 무림에서 더 이상 활동할 수 없으니, 굳이 이곳에 있을 필요가 없다 생각하겠지. 하지만 그들이 과연 본 문을 떠나서 어디로 가겠는가? 다시 예전처럼 낭인으로 돌아가서 정처 없이 떠돌이 생활을 할 수 있다 보는가? 그것은 힘들 것이네. 이미 본 문에 있으면서 자신들도 모르게 단체가 지니는 힘의 중요함을 깨달았을 테니까. 더불어 본 문이 그동안 보여준 위상을 쉽게 외면할 수 없겠지."

"옳은 말입니다. 마교 교주는 물론, 천마 혁무량조차 문주의 무위에 한 수 양보하는 모습을 보면서 얼마나 벅찬 감동을 느꼈었습니까. 더불어 모이면 모일수록 강하다는 것을 느꼈을 것이니, 본 문을 나가서 예전처럼 설움을 당하고 싶지는 않을 것입니다. 하지만 현재로서는 본 문을 나서지 않을 수도 없는 상황이니, 흐으음… 그렇군! 황 형! 이러면 어떻겠습니까? 우리가 그들의 뜻을 한곳에 다시 모을 수 있다면, 아마 모르긴 해도 향후 큰 도움이 될 것입니다."

"아니, 갑자기 그것이 무슨 말인가? 그들의 뜻을 모으다니……?"

황준근은 김명근의 말이 정확히 무슨 뜻인지 짐작할 수 없어 되물었다. 이에 김명근은 입가에 미소를 지으며 호기심을 드러내는 황준근의 얼굴을 쳐다보며 조용히 입을 열었다.

"어차피 그들은 본 문을 나선다고 해도, 예전과 달리 혼자 다니지 않고 삼삼오오 짝을 이룰 것입니다. 그동안 생활하면서 마음에 맞는 사람들이 있을 테니까요. 하지만 우리는 그들이 각자의 길을 가기 전에 지금처럼 하나의 문파로 결집을 시키는 것입니다. 아니면 황 형이 그들을 만금산장의 식솔로 받아들이는 것이 어떻겠습니까? 그렇게 되면 아마 그들은 흔쾌히 받아들일 것입니다. 문주의 고강한 무위보다는 못하겠지만, 만금산장의 재력이라면 그들의 마음을 움직이는 데 충분한 영향력을 발휘할 것입니다."

"흐음… 그렇게 된다면 나로서는 마다할 이유가 없겠지만, 과연 그렇게 될 수 있을지 모르겠네."

"잘될 겁니다. 현재 문인들에게 가장 큰 영향력을 행사할 수 있는 사람은 패진당 도 당주라 할 수 있지만, 그는 문주를 따르기로 한 호 당주와 가까운 사이고 녹림삼천 중 포형도천(怖刑刀天) 악남수(岳男帥)에게 원한이 있으니 우리와 뜻을 같이하지 않을 것입니다. 오히려 모르는 척 외면하고 호 당주 곁에 있겠다는 핑계로 문주 곁에 있겠지요. 뭐, 목기일(睦紀一) 부당주야 강호 초출이라 인맥도 없으니 상관없겠고, 지객당 남 당주와 순 부당주 역시 사람은 좋으나 문인들의 마음을 움직일 수 있을 정도로 지도력이 있지 않습니다. 따라서 우리들에게 가장 큰 걸림돌은 마 당주입니다. 외전 중 가장 핵심이라 할 수 있는 우리 비전당의 당주라는 것도 문인들에게 크게 작용하겠지만, 수문당(守門堂) 조 당주와 두터운 친분이 있어 마 당주를 지지하는 문인들이 많습니다. 만약 마 당주가 우리와 뜻을 같이하거나 도 당주와 같이 움직인다면, 비전당 부당주인 황 형이 문인들을 결집시키는데 유리할 것입니다."

"그런데 왜 마 부당주는 거론하지 않는가?"

"예? 마 부당주라니요?"

"진검당 부당주 마충(廱琉) 말이네. 당호검객(撞虎劍客) 마충도 머리가 비상한 사람이라 이번에 자신의 입지를 세울 기회로 생각하지 않겠는가?"

"아~ 난 또 누구라고. 그는 조 검주의 무공을 흠모한 나머지, 호 당주와 함께 남겠다는 것을 이미 문인들에게 말했지 않습니까. 그러니 이번 일에 거론할 필요가 없지요."

"그렇군. 미안하네, 내가 잠시 그 일을 잊고 있었구먼. 하하, 그나저나 자네의 말을 들어보니 전혀 가능성이 없는 일이 아니라는 생각이 드는구먼. 좋네! 자네 말대로 내일 한번 일을 추진해 보도록 하지."

황준근은 김명근의 말에 상당한 설득력이 있자, 이를 흔쾌히 받아들이기로 했다. 자신은 더 이상 철혈검문에 남아 있을 수 없는 상황이었고, 김명근 또한 자신과 같은 상황에 있었기에 어떻게 하든 빠른 시일 안에 조치를 취해야 했기 때문이다.

"그럼 내일 아침 회의에서 말할 겁니까? 문인들을 모두 만금산장으로 데리고 가겠다고······?"

"그 방법밖에 더 있겠나. 불쾌한 감정을 드러내겠지만, 그렇다고 검을 들이대지는 않을 것이네. 어차피 그들도 본 문에 입문한 사람들 중 몇 명은 외부에서 잠입시켜 놓은 사람일지 모른다 생각하고 있을 테니까. 그렇지 않은가?"

"하긴, 그렇군요. 그리고 황 형의 말대로 문인들을 만금산장이 받아들인다면, 그들도 나쁘게 생각하지 않을 겁니다. 어쩌면 반길지도 모르지요."

"그래서 나도 처음부터 내 모든 것을 밝히고 시작하는 것이 좋다고 생각했네."

"하지만 난 아닙니다. 난 어디까지나 김명근입니다."

"하하, 알겠네. 자네가 스스로 밝히지 않는 이상, 내 입으로 밝히는 일은 없을 것이네."

"감사합니다. 그럼 저는 이만 돌아가 보겠습니다."

"알겠네. 그럼 내일 보세."

'어쩌면 내일 내 인생의 전환점이 될 수도 있겠군. 그저 호기심에 이끌려 이곳에 입문을 하게 됐는데, 이런 행운이 올 줄이야…….'

김명근이 돌아간 후, 황준근은 앞으로 자신의 행보에 대해 생각할 수밖에 없었다. 그동안 상계는 거들떠보지도 않았던 그였다. 아니, 상계에 더 관심을 가지고 있었지만, 자신보다 형인 무영이 상계 쪽에 더욱더 뛰어난 성취를 보였기에 준근은 어쩔 수 없이 무공에 매진할 수밖에 없었다.

하지만 지금에 와서 그것을 후회하지는 않았다. 오히려 우연찮게 얻어진 이번 기회를 성공시킨다면, 준근은 만금산장에 자신의 입지를 확실히 할 수 있음과 동시에 무림에도 자신의 성명을 당당히 내걸 수 있게 되기 때문이다.

날이 밝았다. 하지만 진시 초라 아직 이른 아침이라 할 수 있었는데, 그동안 좀처럼 사람의 그림자도 볼 수 없었던 철혈검문 연무장에 한두 명씩 문인들이 모여들기 시작했다. 바로 패진당 도 당주의 명에 의해 철혈검문 모든 문인들이 앞으로의 일에 대한 결정을 하기 위해 모이는 자리였다. 하지만 진시정이 다 되어서야 호 당주를 제외한 각 당의 당주와 부당주들이 연무장에 모습을 드러냈다.

문인들 앞에 모습을 드러낸 당주들과 부당주들의 얼굴은 굳을 대로 굳어 있었다. 하지만 유독 이마에 한일 자의 굵은 일획을 긋고 있는 사람이 있었는데, 바로 도 당주였다.

"모두 모인 것 같으니, 이제 모두들 알고 있는 것처럼 앞으로 우리가 어떤 행보를 해야 할 것인지에 대해 결정을 하도록 하겠다. 우선 이곳에 있는 각 당의 당주들과 부당주들이 대표성을 지닌다 생각해서 미리 회의를 했었다. 하지만 아직까지 어떻게 해야 한다는 결론이 선 것은 아니다. 따라서 당주나 부당주들 중 몇 명이 자신들의 생각을 너희들에게 설명할 것이다. 그러니 너희들은 그것을 듣고 난 후, 자신들의 의사를 결정하기 바란다. 그러나! 그에 앞서서 내가 너희들에게 하고 싶은 말이 있다."

"……."

"……?"

"사실 난 본 문에 입문하기 전까지 이 구환도 하나로 강호를 주유했었다. 그리고 본 문에 입문한 후로도 그 생활을 그리워해 왔으며, 지금도 당시를 회상하면 그리움마저 느껴진다. 하지만! 막상 상황이 이렇게 되고 보니, 당시로 돌아가야 한다는 것에 두려움마저 든다. 아마 이것은 너희들 역시 마찬가지라 생각한다. 어찌 생각하면 현실에 타협한다 생각될 수도 있겠지만, 낭인이었던 적이 없는 사람은 이런 복잡한 내 심정을 이해할 수 없을 것이다. 그러니 만약 본 문을 떠나고자 하는 마음이 정해졌고, 그런 결정을 내린다면 혼자서는 본 문을 나서지 말아라. 나는 본 문의 문인이었던 너희들이 밖에 나가서 다시 무시를 당하는 일이 없었으면 한다. 이상이다."

도 당주는 구환도를 손가락으로 어루만지며 당주들이 서 있는 뒤로 한 발 물러섰다. 이제 모든 결정은 문인들 스스로에게 달려 있다는 것을 간접적으로 보여주는 행동인 것이다.

도 당주가 뒤로 물러서자, 문인들의 시선은 자연적으로 일렬로 서 있는 당주들과 부당주들에게 집중되었다. 이에 가장 먼저 문인들 앞에 나선 것은 예상외로 지객당 당주 소상우사 남대린이었다.

"흠, 아무래도 내가 먼저 나서야 할 것 같아 이렇게 섰네. 그래도 당주들 사이에서 내가 가장 나이가 많다는 이유로 먼저 이 자리에 서게 되었지만, 별다른 의견이 있어서는 아니니 그런 시선으로 볼 필요는 없네. 다른 것이 아니라 나도 자네들에게 해줄 말이 있는데, 그것은 앞서 도 당주가 언급했던 것처럼 절대로 본 문을 나설 때는 혼자 가지 말아 달라는 것이네. 그래도 명색이 본 문은 마교조차 상대했던 곳이 아닌가? 그런 본 문의 문인들이 낭인의 모습을 하고 강호를 돌아다닌다면 다른 문파에게 어떻게 비추어지겠는가?"

"흐으음……."

"……."

남 당주의 말이 계속 이어질수록 문인들은 그들의 얼굴에서 자신들을 걱정하는 마음을 느낄 수 있었고, 더불어 자신들이 그동안 어떤 곳에 몸담고 있었는지 새삼 깨닫게 되었다. 그에 문인들은 남 당주의 말에 자연스럽게 서로의 얼굴을 바라보며 고개를 끄덕였다.

"비록 자네들이 스스로의 결정을 통해 본 문을 떠나지만, 강호에선 예전보다 당당한 모습이었으면 좋겠다는 것이네. 아니, 오히려 지금보다 더욱 자신의 이름을 드높여야 하지 않겠는가? 하하, 그리고 마지막인데… 내가 자네들에게 그동안 잘해준 것은 없지만, 강호에 나가서도 본 문을 기억해 주었으면 좋겠다는 것이네. 그럼 모두들 행운을 빌겠네."

"아니! 그럼 남 당주께선 본 문을 떠나시지 않겠다는 것입니까?"

남 당주의 연설을 듣고 있던 문인들 중 한 명이 남 당주의 행동에 이상함을 느꼈는지, 남 당주가 도 당주의 곁에 가기 전에 얼른 질문을 던졌다.

"하하, 그렇네. 이 나이에 다시 강호를 유람할 생각도 없고, 막상 나간다고 해도 갈 곳이 없으니 나가서 무엇 하겠는가? 그러니 문주님 곁에 있으면서 밥이나 축내야지."

"아~"

"남 당주님마저 본 문에 잔류할 생각이시라니……."

이미 호 당주와 도 당주가 호열의 곁에 남겠다는 뜻을 밝힌 상황에서, 또다시 남 당주마저 같은 결정을 하자 문인들 사이에서 이에 대해 술렁거리기 시작했다. 그만큼 세 사람의 결정은 많은 문인들을 갈팡질팡하게 만들었다. 그도 그러한 것이 호 당주는 제외한다고 해도, 도 당주는 패기가 넘치는 낭인의 기질과 당당함을 지니고 있어 많은 문인들의 우상이 되어 있었다. 또한 남 당주는 평소 따뜻하고 넉넉한 인심에 따르는 문인들이 많았던 것이다.

"험! 모두들 지금 기분이 어떠한지 알지만, 그만 하고 지금부터 내가 하는 말을 잘 듣기 바란다. 앞서 두 분께서 좋은 말씀을 해주셨는데, 사실 아침 회의에서 당주들과 부당주들은 서로 의견 합의를 보았다. 그리고 그 결과를 지금 내가 나서서 공표를 하게 되었는데, 사실 나는 개인적으로 이 자리에 서고 싶지 않았다."

남 당주가 물러난 후 문인들 앞에 나선 사람은 섬전도 마상진이었다. 하지만 마상진은 문인들 앞에 나설 때부터 무엇이 그리 기분이 좋지 않았는지 표정이 많이 굳어져 있는 상태였다. 그러나 애써 그것을 표현하지 않으려고 하면서 연설을 시작했는데, 간간이 연설을 하는 도중 약간 뒤에 서 있는 황 부당주에게 곱지 않은 시선을 주곤 했다.

"하지만 내가 나서지 않을 수 없는 상황이라, 이렇게 나서게 되었으니 조금만 조용히 하고 들어주기 바란다. 우선 결정된 것을 말하면, 이 단상 위에 있는 사람들 중 두 명을 제외하고는 모두 본 문에 남을 것이다."

"옛! 그게 무슨……?"

"아니! 마 당주님, 정말입니까?"

"뭐야? 이게 도대체 어떻게 되는 거야?"

"그러게 말이야. 이거 떠나라는 거야, 아니면 떠나지 말라고 잡는 거야?"

"조용! 아직 내 말이 끝나지 않았다. 그러니 내 말이 끝난 후 질문을 해주기 바란다. 흠흠! 내 말을 듣고 너희들이 무슨 오해를 하는지 알겠지만, 결정은 각자의 의지에 의해 내려진 것이다. 그리고 우리는 너희들에게 본 문에 남아달라는 말을 하지 않을 것이며, 그러고 싶지도 않다. 그러니 내 말을 모두 듣고, 뒤를 이어 황 부당주가 설명하는 것을 모두 들은 후에 결정해도 늦지 않을 것이다. 알겠나?"

"알겠습니다."

"그렇게 하지요."

문인들은 자신들의 행동에 상당한 불만을 표출하는 마 당주의 비위를 건드리지 않기 위해 바로 대답을 했다. 평소와는 사뭇 다른 언행을 하고 있는 마 당주였기에, 잘못 건드리면 좋지 않음을 무인의 직감으로써 알 수 있었던 것이다.

문인들이 조용해지자, 마 당주는 군인들의 생각을 읽었는지 조금 전보다 다소 부드러운 얼굴로 다시 말문을 열었다.

"조금 전에 언급했듯이, 본 문에 남지 않겠다고 결정한 두 사람은 바로 비전당 황 부당주와 수문당 두 부당주다. 하지만 황 부당주가 너희들에게 한 가지 제안을 한다고 하니, 한 번 들어보고 결정하는 것이 좋을 것 같아 이 자리에 서도록 했다. 아마 황 부당주의 이야기를 듣다 보면 나처럼 불쾌한 기분이 들 수도 있겠지만, 떠나고자 결정한 사람들에게는 가히 나쁘다고 할 수 없기에 들어주었으면 한다. 자, 황 부당주, 이제 자네가 나서는 것이 좋겠구먼."

"알겠습니다. 이제부터는 제가 이어나가도록 하지요."

문인들은 갑자기 마 당주가 황 부당주에 관해 언급을 하자, 무슨 일이 있었다는 것을 직감적으로 느끼며 호기심을 드러냈다. 더구나 자신들에게 나쁜 일이 아니라는 말에, 모든 문인들의 이목은 순식간에 앞으로 나선 황 부당주에게 집중되었다.

　"흠! 우선 이곳에 있는 여러분께 죄송하다는 말씀을 드리고 싶습니다. 물론 제 뒤에 계시는 여러 당주 분들과 부당주, 그리고 문주님께도 죄송하기 그지없습니다. 하지만 처음 제가 본 문에 입문할 당시엔 무에 대한 순수함에 이끌려 온 것을 믿어주시기 바랍니다."

　"……?"

　"뭐야? 갑자기 죄송하다니……?"

　"글쎄, 도대체 무슨 말을 하려고 그러나……?"

　"이미 마 당주께서 언급했지만, 제가 이 자리에 서게 된 것은 여러분께 제안을 하기 위해서입니다. 그러나! 그에 앞서 제 소개를 다시 해야 오해가 없을 것 같기에, 먼저 저에 대해서 언급을 하도록 하겠습니다. 여러분 모두 잘 알겠지만, 저는 비전당 부당주로 있는 황준근이라 합니다. 그러나 제 원래 이름은 황준근이 아니라 황준영으로, 만금산장 황대근 장주께서 제 부친이 되십니다."

　"응? 뭐야?"

　"어라? 그럼 자신을 속이고 본 문에 잠입했다는 말이잖아?"

　"그러게? 그런데 왜 하필 이런 때 저런 말을 하는 거지? 지금 저런 얘기를 해봐야 좋을 것이 없을 텐데……?"

　"좋을 것이 없지! 차라리 조용히 있다 나가면 아무도 뭐라 할 사람이 없을 텐데."

　문인들은 너무도 뜻밖의 말이 황 부당주에게서 나오자, 서로의 얼굴을 쳐다보며 이해가 가지 않는다는 표정을 지었다. 그러나 황 부당주는 이미 이와 같은 일을 예상하고 있었기에, 문인들의 소란이 가라앉기를 조용히 기다렸다.

"그런데 왜 그런 말을 우리에게 하는 겁니까? 어차피 우리들은 이곳을 떠날 사람들이고, 그렇다면 입 다물고 있어도 아무런 상관 없지 않습니까?"

"맞는 말입니다. 나도 처음 그렇게 생각하고 조용히 떠날 생각이었습니다. 하지만 그렇게 되면 나는 괜찮을지 모르지만, 여러분은 어디로 갈 생각입니까? 정말 이대로 뿔뿔이 흩어질 생각을 가지고 있었던 겁니까?"

"그거야……."

"그건 우리들이 결정할 사항이지, 황 부당주가 거론할 일이 아닌 것 같습니다만."

"철웅, 자네 말 한번 잘했네. 철웅 말대로, 그건 우리들이 결정하기 나름이 아니오? 아니면 황 부당주가 우리들 모두 어떻게 해주겠단 말이오?"

"그러게? 정말 그런가……?"

"그렇습니다. 만약 여러분 모두 제 제안을 받아들인다면, 한 명도 빠짐없이 만금산장의 식구로 받아들일 생각입니다."

"응? 그 말이 정말이오?"

"뭐야! 우리 모두를 만금산장에……?"

"흐흠, 한번 생각해 볼 만은 하군. 만금산장이라……."

문인들은 황 부당주의 말에 불쾌해하던 표정에서 구미가 당긴다는 표정으로 서서히 변화를 보이기 시작했다. 이미 대부분 철혈검문을 나서기로 마음먹었던 상황이라, 중원삼대거상 중 한곳인 만금산장에서 자신들을 받아들이겠다는 말에 흥미가 일었던 것이다. 거기다 만금산장은 여명산장과 더불어 무림맹을 공식적으로 지지하고 있는 곳이었기에, 향후 무림맹이 위기를 극복할 경우 상당한 영향력을 행사할 수도 있는 곳이었다.

"황 부당주, 정말 우리 모두를 만금산장에 받아주겠단 말입니까? 하지만 만금산장에서 왜 우리들 같은 무인을 식구로 받아들인단 말입니까? 만금산장은 자체적으로 무인들을 고용하고 있는 것으로 아는데?"

"그렇군. 그들도 있는데, 만금산장에서 굳이 우리를 받아들일 필요가 없잖아. 아무리 황 부당주의 부친이 만금산장의 장주라고 해도, 그일은 쉽지 않겠군. 황 부당주, 너무 의욕이 앞서는 것은 아니오? 내가 생각해 볼 때 황 부당주가 우리들에게 그런 제안을 한 것은 나름대로 만금산장의 세력을 키워보고자 하는 것 같은데, 아무리 황 부당주가 우리들을 받아들인다고 해도 무림에서 만금산장이 차지하는 비중은 크게 차이가 없을 것이오. 여보게들, 자네들은 그렇게 생각하지 않는가? 황 부당주, 그렇지 않소?"

"하긴. 상가들 사이에서라면 모르겠지만, 무림이라면 상황이 다르지. 암!"

어느 정도 시간이 흐르자, 대부분의 문인들은 황 부당주가 무슨 의도로 자신들에게 제안을 하고자 하는지 짐작할 수 있었다. 어느 정도 머리만 굴릴 줄 아는 자라면, 누구나 생각할 수 있는 사안이었기 때문이다. 아무리 상가가 무림과 크게 연관이 없다고 해도, 자신들이 경쟁에서 살아남고 번성을 하기 위해서는 역시 무림의 뒷배경을 가져야 한다는 것이 일반적인 상식이었다.

"여러분 짐작이 맞습니다. 그렇습니다. 나는 여러분의 힘을 빌어 만금산장을 상계에 우뚝 세울 생각입니다. 그러나 여러분께 무작정 따르라는 것은 아닙니다. 다만 본 문에 남느냐 아니면 떠나느냐에서, 만금산장이란 선택의 기회를 여러분께 하나 더 주겠다는 것입니다. 나는 여러분 모두 만금산장에 가지 않겠다고 해도 상관없습니다. 어차피 일정한 보수를 주고 다른 사람들을 고용하면 그만이기 때문입니다."

"흐으음."

"다만! 내가 이 자리에 서게 된 것은, 얼마 되지 않는 세월이었지만 여러분과 힘든 시간을 함께했다는 동질감을 가지고 있기 때문입니다. 그리고 여러분은 마교와 결전도 해보았지 않습니까? 나는 그것을 믿고 있으며, 만약 여러분이 앞으로 나와 함께 계속해서 일하겠다면 마다하지 않을 것입니다."

"……."

"그 말이 정말입니까? 우리를 평생 받아주겠다는 말 말입니다."

"그렇습니다. 나는 여러분을 다른 호위 무사들과 같이 생각하지 않습니다. 여러분은 계속해서 하나의 단체로 남게 될 것이며, 만금산장 내에서도 독자적인 활동을 보장할 것입니다. 그것은 이곳에 서 있는 제가 보장하겠습니다."

"흐으음."

"그렇다면 상당히 괜찮은 조건이잖아? 그렇지 않은가?"

"그렇군. 우리를 확실하게 대우해 주겠다는 것인데……."

"이제 결정은 여러분의 의견에 달렸습니다. 하지만 내일까지는 어떻게 할 것인지 확실하게 결정을 해야 할 것입니다. 문주님 역시 이곳을 떠나 다른 곳으로 가신다고 했기 때문입니다. 이상입니다."

"아~"

"그럼 문주께서도 이곳을 떠나 다른 곳으로 가실 생각이란 말인가?"

"그렇다고 하는군. 하지만 정확한 것은 아니네."

"하긴 그런 생각을 하실 만하지."

황준근의 일장 연설이 모두 끝나자, 문인들 사이에선 자신들의 의견을 교환하기에 여념이 없었다. 앞으로 남은 인생이 결정될 수도 있는 중요한 순간이라, 모두들 자신의 의견을 말하고 상대의 의견을 들으며 앞으로의 진로에 대해 고민하는 것이 역력했다.

그러나 황준근의 연설을 끝으로, 당주 급들은 모두 호 당주가 기거하는 내전으로 향했다. 하지만 황준근과 두 부당주는 내전으로 함께 이동하지 않고, 비전당 자신의 집무실로 향했다. 이미 두 부당주는 황준근의 제안을 받아들인 상태였기 때문이다. 황준근에게 있어서 두 부당주는, 향후 김명근과 더불어 자신을 따르기로 한 문인들을 이끌어 나갈 중요한 사람인 것이다. 아니, 김명근은 태평산장을 이어받을 독자였기에, 어쩌면 두 부당주는 앞으로 모든 문인들을 이끌 사람인지도 몰랐다.

하루 만에 자신의 진로를 결정해야 한다면, 그것은 결코 쉽지 않은 일이다. 더욱이 진로를 결정함에 있어서 다른 사람들의 의견을 수렴해야 한다는 것은, 다소 복잡한 것을 싫어하는 무인들로서는 반갑지 않은 일이었다. 하지만 논의는 시간의 흐름마저 느낄 수 없을 정도로 진지

했으며, 다음날 아침이 될 때까지 이어졌다.

황 부당주는 양옆에 두 부당주와 김명근을 대동하고 연무장에 모습을 드러냈다.

"이제 결정을 했습니까?"

"……."

"크흐흠……."

"……? 그럼 아직도 결정을 내리지 못했단 말입니까?"

황 부당주는 문인들의 표정을 토고서 아직 결정을 내리지 못한 사람들이 많음을 알 수 있었다. 그에 다소 실망감을 느꼈지만, 표정으로 나타내지 않고 약간 과장된 몸짓으로 문인들을 향해 다시 질문을 했다.

"나는 패진당 소속 철용이라고 합니다. 황 부당주께 몇 가지 물어보고 싶은 것이 있는데, 다소 무례한 질문이지만 대답해 줄 수 있겠습니까?"

"아, 철용이구먼. 자네를 알고 있네. 무엇이든 물어보게. 어차피 같은 길을 가려면 처음에 확실하게 해두는 것이 좋겠지."

황 부당주는 문인들 중 한 사람이 자신의 앞으로 나서자, 하루 동안 열띤 논의를 통해 어느 정도 대표성을 띤 사람이 나타났다는 것을 알 수 있었다. 그에 한 치의 망설임도 없이 철용의 질문에 응하겠다는 자신의 의사를 분명히 밝혔다.

"좋습니다. 그럼 묻겠습니다. 우선 물어볼 것은 두 가지인데, 첫째는 우리가 황 부당주만을 믿고 만극산장에 들어가도 되겠냐는 것입니다. 어찌 보면 이 질문은 황 부당주에게 큰 실례라 할 수 있지만, 우리들로서는 가장 큰 문제였기에 질문을 한 것입니다. 그리고 두 번째는,

과연 우리들에게 어느 정도의 대우를 보장해 줄 수 있느냐는 것입니다. 어차피 우리들을 모두 받아들이겠다는 것은, 만금산장의 이익보다는 황 부당주 개인의 사병을 갖고자 하는 것 아닙니까? 그렇다면 어느 정도 위험성에 대한 보장과 미래에 대한 확실한 대비를 해야 할 텐데, 과연 황 부당주에게 그것이 가능하겠냐는 것입니다. 만약 이 두 가지가 충족된다면, 우리들은 모두 황 부당주를 따를 것입니다."

"흐으음……."

'예리한 질문이군. 포괄적으로 묻는 것 같지만, 앞으로 만금산장뿐 아니라 무림에서 내가 어떤 행보를 할 것인지 물어보는 것 아닌가. 이런 질문을 받게 될 줄은 몰랐는데……. 철용, 다시 보아야겠구먼. 어쩌면 유용한 인물일지도…….'

황 부당주는 철용의 날카로운 질문에 반 각 정도 침묵으로 일관하며 문인들의 변화하는 표정을 바라보고만 있었다. 하지만 쉽게 말문을 열 수 있는 사안이 아니라, 황 부당주는 어느 정도 자신의 생각을 정리한 후에 입을 열 수밖에 없었던 것이다. 그렇게 반 각이 더 흐른 후, 황 부당주는 힘겹게 말문을 열 수가 있었다.

"어찌 생각해 보면 쉬운 질문일 수도 있지만, 난 철용 자네의 질문을 받는 순간 전율을 느꼈네. 그동안 내가 깊게 생각하지 못하고 있었던 것을 깨달을 수 있었으며, 또한 그것이 심적 부담으로 느껴진 것은 부인하지 않겠네. 하지만 자네를 비롯하여 이곳에 있는 모든 사람들이 어떻게 생각하든, 분명히 이것만은 자네에게 말해 줄 수 있네. 아니지, 모두에게 말해야 하겠지."

"……?"

"철용이 모두를 대표해서 질문했다는 것을 잘 압니다. 그래서 나는 이 자리에서 그것에 대해 답변을 하도록 하겠습니다. 우선 첫째로, 나는 결코 만금산장을 넘볼 생각은 없다는 것입니다. 비록 만금산장의 장주께서 부친이라고는 하나, 현재 만금산장은 부친의 뜻을 이어받은 형님께서 잘 이끌어가고 있습니다. 그러니 지금의 나로서는 형님과 경쟁을 할 명분이 없음은 물론, 내가 죽는 한이 있더라도 그렇게 하고 싶은 마음도 없습니다."

"아~"

"흐으음~"

만금산장에 대한 부분은 문인들에게 굉장히 중요한 일이었다. 왜 자신들을 받아들이는지에 대한 이유를 확인할 수 있는 사안이었기 때문이다. 자칫 형제의 세력 싸움에 휘말릴 수도 있기에. 하지만 황 부당주가 자신의 생각을 소신대로 분명하게 말하자, 이를 듣고 있던 문인들 사이에서 상당히 많은 문인들이 고개를 끄덕이며 긍정적인 반응을 보였다.

"그리고 두 번째로, 나는 만금산장이란 작은 울타리에 만족할 생각이 없다는 것입니다. 비록 문주님처럼 개인적으로 불세출의 무공을 지니고 있지는 않지만, 나름대로 꿈을 지니고 있습니다. 여러분이 우습게 생각할지도 모르겠지만, 나는 아무리 작더라도 당당히 현판을 내걸 수 있는 문파를 만들어 꾸려갈 생각입니다. 비록 지금은 만금산장의 한 부분으로 자리할 수밖에 없겠지만, 향후 십 년 안에 만금산장이 아닌 다른 이름으로 세상에 나온다는 것은 분명히 장담할 수 있습니다."

"흐으음……."

"……."

"하지만 그것이 결코 쉽지 않을 것임을 잘 알고 있습니다. 아마 본문이 무한에 자리를 잡았을 때보다 주변의 견제가 더욱 심할지도 모릅니다. 그러나 아무리 어렵고 힘들더라도, 나는 그것을 두려워하지 않고 행동으로 옮길 것입니다. 그렇게 하려면 여러분의 힘이 꼭 필요합니다. 그러니 여러분에 대한 처우는 지금보다 좋으면 좋아졌지, 결코 나쁜 방향으로 될지도 모른다고 생각하지 말아주었으면 합니다."

"음……."

"만금산장에서 독립을 하겠다?"

"……."

"가능할까? 뜻은 좋은데……."

"글쎄……."

"마지막 세 번째로 여러분께 말하고 싶은 것은, 나는 결코 나를 믿고 따르는 수하들을 버리는 일이 없을 것임을 이 자리에서 맹세할 수 있습니다. 나의 미래를 결정짓는 것은, 나 개인의 능력뿐만 아니라 이곳에 있는 모든 사람들이 함께했을 때 가능성이 크다는 것을 잘 알고 있습니다. 그런데 어찌 여러분을 나 몰라라 할 수 있겠습니까? 그것은 인면수심의 동물이 아니면 있을 수 없는 일일 것입니다. 흠흠! 이상입니다. 더 좋게 말하고 싶었지만, 진실되지 않은 말은 거짓을 말하는 것보다 나을 것 같지 않아 더 이상 떠들지 않겠습니다. 철용, 이제 되었는가?"

"알겠습니다. 그리고 잘 들었습니다. 그럼 잠시만 집무실로 가셔서 기다리고 계십시오. 계속 기다리게 해서 죄송하지만, 마지막으로 저희들끼리 최종적인 의견 합의를 본 후에 제가 직접 집무실로 찾아뵙고 결정된 사항을 말씀드리도록 하겠습니다."

"알겠네. 그렇게 하게. 그럼 나는 집무실에서 좋은 소식이 오기를 기다리고 있겠네."

"좋은 소식을 가지고 갈지는 모르겠지만, 저로서도 그렇게 되었으면 좋겠군요. 그럼 저는 이만."

황 부당주는 철용의 말에 살짝 고개를 끄덕여 보이며 여유있는 미소를 지어 보였다.

철용은 황 부당주의 미소를 뒤로하고 자신이 오기를 기다리고 있는 문인들을 향해 걸음을 옮겼다. 그리고 약 한 시진이 지난 후, 문인들과 합의를 도출한 철용은 모든 문인들을 대표해서 황 부당주가 기다리고 있는 집무실로 향했다.

다소 단아하면서 깔끔하게 정리된 듯한 비전당 집무실은 창문을 통해 들어오는 환한 빛으로 인해 시선이 한곳으로 유인되고 있었다. 바로 벽에 걸려 있는 그림이었는데, 용과 호랑이가 한데 엉켜 있으면서 중간에 여의주를 두고 노려보는 형상이었다. 그러나 사람의 시선을 자연스럽게 유도하는 것은 생동감 넘치는 용호의 그림이 아닌 바로 용과 호랑이를 표현한 그림이 실에 황금을 입힌 것이었기 때문이다. 바로 비전당의 부당주 황준근의 집무실이었다.

황 부당주.

이제는 황준근이란 가명과 비전당 부당주라는 직위를 사용하지 않고, 황준영이라는 본래의 이름을 사용하고 있었다. 더 이상 자신을 감출 필요가 없어졌기 때문이다.

"황준영이라 했던가?"

"그렇습니다, 문주님."

"하하, 아직도 본인을 문주라 불러주니 고맙구먼."

"아닙니다. 비록 제가 이렇게 문주님 앞에 서게 되어 죄송하지만, 저는 아직 문주님을 존경하고 있습니다."

호열의 말에, 황준영은 얼른 한쪽 무릎을 꿇으며 호열에 대한 예의를 보였다. 아직 철혈검문을 완전히 나서지 않았기에, 황준영은 마지막까지 자신의 도리를 다하고자 했던 것이다. 그리고 이러한 황준영의 모습은 문인들에게 좋은 인상을 심어주기에 충분했다.

호열은 황준영의 행동이 싫지 않는지, 자신을 향해 고개를 숙이고 있는 준영을 바라보며 입가에 기분 좋은 미소를 지어 보였다.

"고맙군. 황 장주의 차남이라고 도 당주에게 들었는데, 그것이 사실인가?"

"그렇습니다. 입문할 때 미리 말씀드렸어야 했는데, 개인적인 사정 때문에 말씀드리지 못했습니다. 사실 부친께서도 제가 본 문에 입문했는지도 모르고 계십니다."

"하하, 그런가? 자네도 어지간히 부모 속을 썩혔나 보구먼."

"그건, 흐음. 사실 그렇습니다."

"하하하~"

호열은 자신의 질문에 고개를 깊숙이 숙여 보이며 긍정을 하는 황준영의 모습에서, 처음부터 자신을 속이고 입문한 것이 아니라는 믿음을 가질 수 있었다. 그에 절로 흥겨운 마음이 들었으며, 이런 사람이라면 문인들을 보내도 괜찮겠다는 믿음이 생겼다.

"듣자 하니 자네의 포부가 상당하다 들었는데, 그 과정에서 자칫 문인들이 위험해지지 않겠는가? 비록 문인들에게 본 문의 무공을 가르쳐 주기는 했지만, 그것은 극히 일부분에 지나지 않는데 어떻게 할 생각인가? 자네도 이미 경험해 보아서 알겠지만, 주변으로부터 문파를 지키려면 힘이 필요함을 잘 알겠지? 그 힘이라는 것이 바로 절대고수임도?"

"그렇습니다. 본 문이 지금의 위치에 오를 때까지 문주님 곁에서 지켜보았는데 어찌 그것을 모르겠습니까. 하지만 죄송하게도 절대고수에 관해서는 해결책을 지니고 있지 않습니다. 그러나 저는 문인들의 단합된 힘이라면, 그 어떠한 세력이 공격해 와도 이겨낼 수 있다는 믿음이 있습니다. 아니, 그렇게 될 수 있도록 최대한 노력할 것입니다."

"흐으음… 좋네. 그렇다면 자네를 믿어보지."

"감사합니다, 문주님."

"자네들도 내 앞에 있는 황준영이 한 말을 모두 들었는가?"

호열은 황준영으로부터 만족할 만한 대답을 들었다고 생각했다. 그에 황준영 뒤에 도열해 있는 문인들을 향해 시선을 돌린 후, 오랜만에 철혈검문의 담장이 흔들릴 정도로 사자후를 시전했다.

"옛! 문주님."

"저희들도 들었습니다."

"그렇다면 앞으로 자네들은 어떻게 해야 하겠는가? 이미 자네들이 선택을 했으니, 본인의 귀에 좋지 않은 소식이 들리지 않도록 최선을 다할 수 있겠는가?"

"옛! 최선을 다해 모시도록 하겠습니다."

"좋다! 자네들의 말을 믿겠다. 그러나 만약 이런 본인의 믿음이 깨진다면, 그날 이후 자네들의 명운이 다했다는 것을 알려주도록 하겠다. 본인은 지금까지 명예를 위해 살지는 않았지만, 체면은 중시해 왔다. 무슨 말인지 알겠는가? 아무리 본인에게서 떠난 이후라 할지라도, 본인은 자네들이 다른 자들에게 굴욕당하는 모습을 지켜보지 않을 것이다. 그런 날이 온다면, 그때는 차라리 본인의 손으로 멸할 것이다."

"……."

"크흐으음."

문인들은 호열의 말에 저마다 침음을 삼켜야 했다. 호열의 말이 결코 거짓이 아니라는 것을 온몸으로 느낄 수 있었던 것이다. 그것은 호열이 암중에 자신의 공력을 방출함으로써 문인들을 압박하였기에, 문인들로서는 오금이 저릴 정도로 심한 충격을 받았던 것이다.

"왜 말이 없는가? 본인의 믿음을 헛되이 하지 않을 자신이 있는가?"

"그, 그렇습니다! 결코 문주님께 누를 끼치는 일은 없을 것입니다!"

"최선을 다하겠습니다!"

"하하, 좋다. 자네들의 그 말! 기억하고 있겠다."

호열은 자신의 기를 받으면서도 문인들의 입에서 이구동성으로 최선을 다하겠다는 말이 나오자, 그동안 문인들을 압박했던 공력을 모두 거두었다. 그러자 공력이 낮은 가운데 정신력으로 간신히 서 있었던 문인들이 땅바닥에 힘없이 주저앉았다. 다리에 힘이 풀려 더 이상 서 있을 수 없었던 것이다. 하지만 호열은 이런 문인들에게 더 이상 시선을 주지 않고, 다만 아직 앞에 무릎을 꿇고 있는 황준영을 지그시 바라볼 뿐이었다.

"호 당주, 그것을 가지고 오게."

"예, 주군."

호 당주는 호열의 말이 떨어짐과 동시에, 호열의 앞에 하나의 물건을 건네주었다. 하지만 내용물이 비단으로 싸여져 있어 내용물이 무엇인지는 알 수 없었다.

"이것을 받아라. 마지막으로 자네와 문인들에게 본인이 줄 수 있는 선물이다."

"옛? 문주님, 선물이라니요?"

"그렇게 보지만 말고, 어서 받도록 해라. 비록 절대고수를 배출할 수는 없다고 해도, 문파를 이끌어 나가는 데 도움이 될 것이다."

황준영은 호열의 말에 정신이 번쩍 들었지만, 그렇다고 덥석 받아들지 못했다. 마지막까지 자신과 문인들의 안위를 걱정하고 있는 호열의 마음이 느껴져서인지, 손이 마음대로 움직여지지 않았던 것이다. 하지만 더 이상 머뭇거릴 수가 없었기에, 황준영은 최대한 마음을 가라앉히며 호열로부터 비단으로 싸인 물건을 받은 후 천천히 펴보았다.

비룡검보(飛龍劍譜).

비단에 싸여 있던 물건은 조금 전 만들어진 듯한 책자였는데, 마치 용이 살아서 하늘로 승천하는 듯한 섬세함과 생동감이 느껴지는 '비룡'이라는 글귀가 황준영의 시야에 들어왔다. 이에 황준영은 놀란 눈을 하고는 호열을 향해 고개가 들려졌다.

"무, 문주님! 이것은……?"

"그렇게 놀랄 것 없다. 비룡이라는 이름은 그저 자네와 본 문의 문인들이 강호에 나서서도 활기찬 모습을 보이길 바라는 마음에서 생각해 낸 것일 뿐, 그 이상의 의미가 부여되는 무가지보는 아니다."

"그럼 이것은 비급이 아닙니까?"

"비급이 맞다. 하지만 자네가 생각하는 것처럼 대단한 것이 적혀 있지는 않지. 다만 자네와 문인들이 무림에 철혈검문의 이름에 먹칠하지 않도록 몇 가지 적어놓은 것에 지나지 않는다."

"그럼⋯⋯?"

"이미 자네와 문인들도 익혔던 철혈단성(鐵血斷星)과 점창파의 회풍무류사십팔검(廻風無流四十八劍), 그리고 무당파 칠십이초요지유검(七十二招繞指柔劍)을 약간 변형시켜 만든 칠십이초낙수검(七十二招落秀劍)이 적혀 있다. 하지만 지금 생각해 보니 칠십이초낙수검이라 하지 말고, 그냥 낙수검이라 하면 좋겠군."

"감사합니다, 문주님. 이 은혜, 제가 죽는다 해도 못 갚을 것입니다. 고맙습니다."

황준영은 호열의 설명을 듣고는 입이 다물어지지 않았다. 호열이 별거 아니라고 말했지만, 황준영이 들고 있는 것은 가히 꿈에서도 볼 수 없는 명문대파의 진산비급이었던 것이다. 아무리 고맙다는 말을 되풀이해도, 황준영에겐 자신에게 힘차게 날 수 있는 날개를 달아준 호열에 대해 고맙고 또 고마울 뿐이었다.

"그만 일어나라. 그리고 이제 떠나라. 더 이상 이곳에 있을 이유가 없다. 그리고 꼭! 자네가 본인과 저들에게 약속한 것을 이루도록 하라."

"알겠습니다, 문주님. 그리고 기회가 되면 꼭 찾아뵙도록 하겠습니다. 그때까지 무사 평안하십시오."

"……."

황준영은 호열의 묵묵부답에 더 이상 자신이 철혈검문에 있을 수 없다는 것을 알고는 조심스럽게 자리에서 일어났다. 그런 다음 호열의 뒤에 서 있는 호 당주 등에게 마지막으로 깊숙이 고개를 숙여 예를 취한 후 문인들이 있는 곳으로 걸음을 옮겼다.

호 당주와 도 당주 등 열 명을 제외한 이천구백 명의 문인들은 황준영의 제안을 흔쾌히 받아들이기로 결정한 상황이었다. 하지만 이러한 것은 여러 당주들과 부당주들의 거듭된 당부 때문이기도 했지만, 문인들 스스로도 홀로 강호를 떠돌고 싶은 마음이 없었기에 가능한 일이었다. 이미 홀로 있을 때의 쓴맛과 단체의 단맛을 느껴보았기에, 단체가 지니는 힘과 세력이 어떠하다는 것을 잘 알고 있었기 때문이다. 그에 황준영이 철혈검문을 천천히 나서자, 문인들은 호열과 자신들을 지켜보고 있는 당주들의 시선을 받으며 그 뒤를 따라 움직이기 시작했다.

그러나 문인들 모두는 정문을 나서기 전에 뒤돌아보며 호열을 향해 마지막 예를 취한 후 정문 밖으로 걸음을 떼어놓았다. 어떻게 생각하면 자신들이 호열을 버리고 가는 것이라 할 수 있는데, 호열은 그런 자신들을 끝까지 책임져 준 것이라 할 수 있었기 때문이다. 그에 떠나는 마지막이라도 문주에 대한 미안함과 고마움의 표시로 예의를 다한 것이다.

황준영은 지금 자신의 미래가 어떻게 바뀌었는지 짐작도 하지 못하고 있었다. 비록 십 년 후의 일이지만, 오늘의 일로 인해 황준영은 무림에 당당히 이름을 올릴 수 있게 된다. 그러나 그것은 먼 훗날의 일이었다.

황준영이 정문을 벗어난 후 자신을 따르는 문인들을 향해 환한 미소를 보였다. 앞으로 큰 힘이 될 자신의 수하들이란 생각에, 자신의 미래에 찬란한 태양이 환하게 비추어주는 듯했다. 그에 호열이 자신에게 했던 것처럼, 수하들에게 자신도 아낌없는 배려를 해줄 것을 다짐했다.

"그래, 비룡전이라 하자. 하지만 그것은 십 년까지만이다. 십 년 후엔, 비룡전이 비룡문으로 바뀔 것이다."

향후 만금산장의 힘을 대표하는 곳으로 자리잡게 될 비룡전(飛龍殿)은 이렇게 해서 창단되었다. 비록 만금산장에서 받아들여진 이후였지만.

호열은 황준영과 문인들이 모두 떠나고 난 후에도 한참 동안 연무장을 떠나지 않고 있었다. 이제는 아무도 남아 있지 않았는데, 호열은 연무장을 뚫어지게 바라만 볼 뿐이었다.

하지만 호 당주를 비롯해 남게 된 사람들은 호열의 이러한 행동을 지켜볼 수밖에 없었다. 현재로서는 자신들이 호열에게 해줄 것이 아무것도 없었던 것이다.

그렇게 한 시진이 더 흐른 후, 태양이 서산으로 거의 기울었을 때가 되어서야 호열의 시선은 연무장에서 떠날 수 있었다.

"주군, 이제 안으로 들어가시지요."

"아니, 우리도 이제 떠나도록 하지."

"예? 지금 바로 떠나신다는 말씀입니까?"

"그렇네. 이제 이곳엔 우리들밖에 남지 않았는가. 이미 조 검주에게 떠날 준비를 하라 했으니, 준비는 다 됐을 것이네."

"하지만 굳이 지금 떠나신다는 것은……."

호 당주는 호열이 너무 급하게 떠나는 것이 아닌가 하는 우려를 드러냈다. 하지만 호열이 연무장에 나오기 전부터 떠날 마음을 가지고 있었고, 그렇기 때문에 문인들이 도두 떠난 후에도 한참 동안 자리를 지키며 스스로 마음을 정리했다는 것을 느낄 수 있었다.

"이곳은 이제 내가 있을 곳이 못 되네. 더욱이 내가 황제의 교지를 받지 않았으니, 동창의 안가인 이곳에 있을 필요가 없지."

"아~"

"호 당주, 아니지, 이제는 당주라 부를 수 없을 것 같구먼. 그럼 어떻게 한다? 흐음~ 그렇군, 미안하지만 지금부터 이름을 불러도 되겠는가?"

"미안하다니요. 그렇지 않습니다. 차라리 그렇게 불러주시는 것이 편합니다, 주군."

"저희들도 좋습니다. 호 형 말대로 오히려 저희들은 주군께서 그렇게 불러주시는 것이 홀가분하고 편합니다."

"그렇습니다."

"하하, 알겠네. 그렇게 말해 주니 고맙구먼."

"아닙니다. 별말씀을……."

이미 무림에 자신의 이름을 당당하게 올린 사람들을 향해 별호나 직위 대신 그 사람의 이름을 호칭으로 부른다는 것은 큰 실례라 할 수 있었다. 그런데 호열의 말에 모두들 당연하다는 표정을 지으며 반겨주었다. 이것은 모두들 호대령처럼 호열을 자신의 주군으로 받아들인다는 표현이라 할 수 있기에, 호열은 이들의 마음을 고맙게 생각했다.

히이이잉! 히잉! 푸르르르~

"주군, 준비 다 했습니다. 이제 출발하시면 됩니다."

호열이 호대령과 이야기를 나누는 사이, 조 검주가 말들을 끌고서 연무장에 모습을 드러냈다. 이미 몇 명이 남을 것인지 알고 있었기에, 조 검주는 인원수에 맞추어 말을 준비했던 것이다.

"그래, 수고했네."

"아닙니다, 주군."

"자! 조 검주가 이렇게 말도 준비를 했고, 또한 간단하게 짐도 챙겼으니 우리도 출발하도록 하지. 참, 이런 정신 좀 보게. 혹시 자네들도 출발하기 전에 이곳에서 챙길 것이 있으면 어서 가지고 나오게. 이제 이곳엔 다시 오지 않을 것이네."

"알겠습니다. 하지만 저희들은 따로 준비할 것이 없으니, 지금 바로 출발하도록 하지요."

"그런가? 그럼 출발하지. 목적지는 패혈맹이네."

"예!"

호열은 힘차게 말안장에 오른 후 말 옆구리를 힘차게 찼다. 더 이상 무한에 미련이 없다는 것을 표현하기라도 하듯, 호열은 다른 사람들이 말에 오르기도 전에 이미 정문을 벗어나고 있었다.

"이럇! 가자~"

두두두두두~

태양이 서산을 넘으면서 조금씩 어둠이 드리워지는 사이로, 열두 명의 그림자는 이미 무한을 벗어나고 있었다. 팔월 초입에 들어서 있는

지라 완전하게 날이 저물려면 아직 멀었지만, 태양은 하루 일과를 완전히 마친 상태였다.

하지만 이들의 움직임으로 해서 혈거(血車)의 수레바퀴는 본격적으로 움직이게 된다. 먼 훗날 사가에선 향후 육 개월을 암흑의 시대라 칭할 정도로, 무림은 혼돈을 향해 서서히 들어서기 시작했다.

제
5
장

개를 때리면 주인이 나선다?

개를 때리면 주인이 나섰다?

태양이 제대로 위력을 발휘해서인지, 강바람이 선선하게 불어도 날씨는 여전히 무더웠다. 하지만 육지보다는 덥지 않다고 생각했는지, 갑판 위에서 주변 경치를 구경하는 사람들의 표정엔 밝은 웃음이 자리하고 있었다.

배가 그리 큰 편은 아니었지만, 그렇다고 해서 어민들이 생계를 위해 만든 고깃배보다는 훨씬 컸다. 주로 상가에서 물건을 운반하기 위해 만들었던 것이지만, 지금은 강북과 강남의 수로가 연결되어 사람들의 이동을 도와주고 있었다. 물론 편안한 만큼 부수적인 지출이 있어야겠지만, 그렇다 해도 위험이 많은 육로보다는 수로를 택하는 사람들이 많았다.

호열 일행은 후미 쪽에 자리를 잡고 있었다. 처음엔 뱃머리 쪽에 자리를 잡고 있었는데, 사람들이 왔다 갔다 하며 신경 쓰이게 하는 바람에 귀찮아서 뒤쪽으로 자리를 옮긴 것이다. 하지만 후미 쪽도 사람이 많기는 비슷했다. 그나마 다행인 것은 호열의 인상이 별로 좋지 않다는 것을 안 일행이 인상을 구기고 주변에 서 있자, 위협을 느꼈는지 웬만해서는 일행이 있는 곳으로 가까이 접근하지 않고 있었다.

"대령, 자네의 말대로 배를 타기는 했는데, 육로보다 시간이 더 걸리는 것이 아닌가?"

"아닙니다. 조금 있으면 구강(九江)에 도착합니다. 그곳에서 오늘 하루 휴식을 머문 후, 내일 호구(湖口)에서 포양호로 진입하면 방호포(芳湖浦)까지는 얼마 걸리지 않습니다. 아마 일주일 정도면 될 겁니다."

"일주일이나?"

"예. 하지만 남창까지 삼 일 정도는 더 가야 합니다. 그래도 이렇게 가는 것이 말을 타고 가는 것보다는 훨씬 수월한 편입니다."

"오는 동안 편하긴 했지. 그러나 남창에 도착하려면 대략 열흘 정도는 더 가야 한다는 것인데, 생각보다 오래 걸리는군."

호열은 호대령의 말에 고개를 끄덕이며 동의를 했다. 자신이 생각하기에도 육로보다 배를 타고 가는 것이 편하기는 했기 때문이다. 그러나 자신이 생각하고 있던 것보다 시간이 많이 걸리는 것 같아 좋지만은 않았다. 이미 소문의 발생지가 패혈맹이라는 것을 알고 있기에, 소호공주에 대한 안위가 걱정스러웠기 때문이다. 하지만 패혈맹이 있는 남창은 한번도 가본 곳이 아니었기에, 호열은 답답한 마음을 애써 접으며 호대령의 안내를 따를 수밖에 없었다.

"주군, 주모께서 정말 패혈맹에 납치를 당하셨다고 생각하시는 것입니까?"

"여러 정황을 살펴봐도 그것밖에는 결론이 나오지 않네. 그러니 지금 이렇게 가는 것이 아닌가."

"하지만 패혈맹에서 쉽게 인정하지 않을 것입니다."

"그렇겠지. 그래서 나도 생각해 보았는데, 아무래도 몰래 잠입해서 살펴봐야 할 것 같네. 만약 아내가 그곳에 있다면, 그 후엔 그에 상응하는 대가를 패혈맹에서 치러야겠지."

"하지만 상대는 패혈맹입니다. 현재 무림맹에 지원을 보냈다고는 하나, 아무리 그래도 상당수가 남아 있을 것입니다. 그들을 상대한다는 것은……."

"걱정하지 말게. 그들을 상대하는 것은 나 혼자면 족하니까."

"옛? 그럼 혼자서 들어가시겠다는 말씀입니까?"

"주군, 그렇게는 안 됩니다! 어떻게 그곳에 혼자 가신단 말씀입니까!"

"그렇습니다. 그것은 모험입니다. 소인들은 그렇게 할 수 없습니다."

호대령과 호열의 말을 옆에서 경청하고 있던 조 검주와 다른 사람들이 깜짝 놀라며 호열을 향해 목소리를 높였다. 하지만 호열은 전혀 자신의 뜻을 굽히지 않았다. 자신은 위험하다 생각이 들면 언제든지 패혈맹을 빠져나올 자신이 있었지만, 만약 호대령 등과 함께 간다면 자신만 빠져나올 수 없었기 때문이다. 그러나 이러한 것을 모르고 있는 호대령 등은 호열이 뜻을 접기를 간곡하게 주장했다.

"그럼 이렇게 하도록 하지. 어차피 남경까지 가려면 열흘 정도는 더

가야 하니, 지금 결정하는 것보다는 그때까지 생각해 본 후 처리하도록
하지. 그러면 되겠는가?'

"소인들의 생각은 변하지 않을 것입니다. 그러니 주군께서 뜻을 접
으시는 것이 좋을 것 같습니다."

"그렇습니다. 주군께서 위험한 것을 알고 있는데, 어떻게 소인들이
구경만 하고 있겠습니까? 그것은 있을 수 없는 일입니다."

"만약 소인들이 패혈맹에 주군과 함께 가지 못한다면, 왜 주군을 따
르겠다고 소인들이 이곳에 있겠습니까! 그러니 패혈맹에 가시려거든,
소인들과 함께 가십시오."

'이거 참. 도대체 말귀를 못 알아듣는구먼. 이렇게 되면 어떻게 한
다? 흐흠.'

호열은 계속되는 만류에 난감한 표정을 지었다. 어떻게 해도 말이
통하지 않고 있었던 것이다.

'어쩔 수 없군. 우선은 이들의 요구를 받아들이고, 남경에 도착하면
혼자 들어가야겠군. 휴~ 차라리 모두 떠나보낼 것을, 내가 잘못한 것
인가?'

"알았네, 그대들의 의견을 받아들이도록 하지. 그렇게 하겠네."

호열은 짐짓 자신이 포기했다는 것을 확실하게 알려주기 위해 두 손
을 흔들어 보이며 체념했다는 표정을 지어 보였다. 혹시라도 자신의
생각을 먼저 읽을 수도 있다는 생각이 들었기 때문이다. 호대령을 비
롯한 대부분이 강호에서 몇십 년 동안을 생활한 만큼, 이들의 눈치도
상당한 경지에 올라 있었기 때문이다.

"감사합니다, 주군. 소인들이 다소 무례를 저질렀지만, 이 모든 것이

주군의 안위를 위해서 그런 것이니 용서해 주십시오."

"용서는 무슨. 나도 그것을 알고 있으니 이렇게 자네들의 뜻에 따르겠다고 한 것이 아니겠는가. 자, 이제 구강에 도착한 것 같으니 요기라도 하는 것이 어떻겠는가? 저녁때가 돼서 그런지 시장하구면."

호열이 이야기를 하는 사이, 이미 배는 구강에 도착해 정박할 준비를 하고 있었다. 뱃머리가 포구에 닿자마자 일꾼들이 부지런히 움직이고 있었고, 사람들은 배에서 오랜 시간 동안 있어서 그런지 서두르며 내리고 있는 모습이 일행의 시야에 들어왔다.

호열은 사람들에게 시선을 거두고 멀리 보이는 구강 시내를 바라보았다. 그저 조그마한 포구 정도로 생각하고 있었는데, 구강은 호열의 생각보다 상당한 규모를 가지고 있었으며 활기가 넘치고 있었다.

구강은 강서성 북부에 위치해 있는 곳으로, 삼국 시대엔 시상(柴桑)이라 불렸으며 한고조 유방이 천하를 평정한 후 성과 요새를 쌓아 군사적 요충지로 삼았던 곳이었다. 그만큼 구강은 일반 백성들이나 상인들, 그리고 군사적으로도 굉장히 중요한 요충지였다.

"그렇게 하시지요. 그래도 배가 저녁때에 맞춰 도착해서 다행입니다."

"그럼 소인들이 먼저 가서 자리를 잡도록 하겠습니다."

"그렇게 해라."

호열의 승낙이 떨어지자, 궁영칠과 신수남은 일행보다 먼저 배에서 내려서 구강 시내로 신형을 날렸다. 한꺼번에 사람들이 많이 내리는 만큼, 식사와 잠을 청할 곳을 찾기가 힘들지도 몰랐기에 서둘렀던 것이다.

궁영칠과 신수남은 일반 문인들 중 유일하게 호열의 곁에 남겠다고
한 사람들이었다. 나이도 이십대 중반을 조금 넘겼을 뿐, 다른 사람들
보다 젊기에 일행의 궂은일을 도맡아 하고 있었다.

호열은 궁영칠과 신수남이 배에서 내리는 모습을 보면서 미소를 지
었다. 그래도 혼자 움직이는 것보다 편하다는 것을 실감하고 있었기
때문이다.

"저 녀석들이 있으니 편하긴 합니다."

"자네도 그렇게 생각하는가?"

"당연하지요. 본 문에 있을 때는 워낙 문인들의 수가 많아 눈에 띄
지 않았었는데, 지금에서야 저들이 눈에 들어온 것이 안타까울 뿐입니
다. 문중에 있을 때 좀 더 지도해 주었으면 좋았을 것 같다는 생각이
들곤 합니다."

호열은 호대령의 말에 새삼스럽다는 얼굴로 바라보았다. 지금까지
호대령이 이와 같은 말을 한 적이 없었기 때문인데, 그만큼 호대령이
예전과 많이 달라졌음을 느낄 수 있었다.

"그렇다면 지금이라도 자네가 저들을 직접 가르치면 되잖은가. 내가
볼 때도 썩 괜찮아 보이던데."

"소인이 말입니까? 하하, 그 정도까지는 아직 생각해 보지 않
았……."

"그렇게 하게. 어차피 자네도 나와 함께 있으려면 꽤 심심해할 것이
니, 이 참에 저들을 가르치면서 소일거리라도 만들어두는 것이 좋을 것
이네. 아니지, 이 참에 자네와 도형곡, 그리고 순현보가 조일영과 목기
일까지 포함해서 가르쳐 보도록 하게. 저들의 실력이 향상되어야 나와

자네들이 편하지 않겠는가?"

"저희들도 말입니까?"

"그렇네. 남대린도 자네들과 함께 했으면 좋겠지만, 내가 따로 시킬 것이 있으니 자네들 셋이 저들을 가르치도록 하게."

"주군, 저희는 괜찮습니다. 그냥 이렇게 주군과 함께……."

"됐다. 내가 볼 때 일영의 무공이 낮다고 할 수 없으나, 그렇다고 해서 높게 평가할 수 없는 수준이다. 그러니 지금까지 지니고 있던 자존심은 버리도록 하고, 이번에 체계적으로 무공을 수련해 보도록 해라. 아마도 너희들에게 좋은 기회가 될 것이다."

"주군께서 그렇게 말씀하시니, 그에 따르도록 하겠습니다."

"좋다, 진작에 그럴 것이지. 자, 어서 가세나. 하하하~"

이미 다른 사람들이 배에서 내린 후였기에, 호열은 서둘러 일행을 이끌고 배에서 내려야 했다. 신법을 이용해 배에서 뛰어내릴 수도 있었지만, 굳이 사람들의 시선을 끌고 싶지 않았기에 다른 사람들과 똑같이 행동했다.

호열이 배에서 내리자, 이를 기다리고 있던 선원들은 부랴부랴 짐들을 내리기 시작했다. 원래는 사람들이 모두 내리지 않아도 일을 시작하는 것이 정석이었지만, 호열 등이 범상치 않음을 눈치챈 선장이 비위를 건드리지 않기 위해 조심한 것이다.

호열도 이러한 선장의 행동을 알고 있었지만, 그것을 일부러 드러내지 않았다. 자신들이 알아서 편의를 제공해 주는데, 굳이 마다할 이유가 없었던 것이다.

＊　　　＊　　　＊

두두두두두——

히이이잉～ 히잉～

얼마나 열심히 달렸는지, 말은 목적지에 도착하자마자 기진맥진한 듯 연신 콧김을 내뿜어댔다. 하지만 정작 말을 몰고 온 장본인은, 이런 말의 상태에도 아랑곳하지 않고 큼지막한 정문을 바라보고 있었다.

"다 온 것 같군. 그런데 이곳이 형님께서 계신 곳인가?"

말을 타고 온 사람은 바로 운영이었다. 운영은 선혜공주의 배려로 황궁에서도 꽤 잘 달리는 말을 타고 무한까지 한번에 달려온 것이다. 무한에만 오면 그토록 만나고 싶었던 호열을 볼 수 있다는 생각에, 운영은 지금까지 단 한 번도 쉬지 않고 말을 몰았다.

"그런데 어찌 된 것이 현판이 없잖아? 더구나 문을 지키는 경비도 없다니, 형님께서 너무 과신하시는 것 아닌가? 여하튼 안에 인기척이 있는 것 같으니 들어가 보면 알겠지."

운영은 주변의 인기척을 살피던 중, 안에 꽤 많은 사람들이 움직이고 있다는 것을 알 수 있었다. 그에 더 이상 기다리지 않고 말에서 내려 문 앞으로 걸어갔다.

"실례합니다. 이곳의 문주를 만나고자 왔으니, 문을 열어주시기 바랍니다."

"……."

"……? 실례합니다. 문주님을 뵙고자 찾아왔으니, 기별을 넣어주셨으면 합니다."

운영은 안에 있는 사람들이 자신의 말에 아무런 움직임도 없자, 자신이 너무 조용히 말했나 싶어 좀 더 크게 말한 후 사람이 나오기를 기다렸다. 처음과 달리 일부러 공력을 사용하여 안에 있는 사람들이 듣도록 했다. 그러나 무슨 일 때문인지, 거의 반 각이 지나도록 아무도 나오지 않았다. 더불어 굳게 닫혀 있는 문 역시 좀처럼 꼼짝도 하지 않았다.

'왜 아무도 안 나오지? 분명히 들었을 텐데? 다시 한 번 해봐야 하나?'

"이보시오. 안에 사람이 있다는 것 알고 있으니까, 바쁘더라도 이곳 문주께 찾아온 사람이 있다……."

끼이이이이―

"누구십니까?"

운영이 조금 전보다 공력을 높여 말을 하는 도중에 굳게 닫혀 있던 문이 열리며 한 사람이 밖으로 나왔는데, 문밖으로 완전히 나온 것이 아니라 고개만 삐쭉 내밀었을 뿐이었다. 아직 이십대 초반밖에 되어 보이지 않은 젊은이였는데, 눈매가 가늘고 수염이 없는 것이 특이해 보였다. 하지만 운영은 조금 특이하다는 생각을 했을 뿐, 더 이상 깊게 생각하지 않고 자신을 바라보고 있는 젊은이에게 한 발 다가서며 말문을 열었다.

"이곳 문주님을 만나뵙기 위해 온 사람이니, 어서 안에 기별을 넣어주게."

"문주요?"

"그렇네. 이곳이 철혈검문 아닌가?"

"철혈검문? 아~ 난 또 누구라고. 그렇다면 늦었습니다. 어떻게 알고 찾아온 것인지 모르겠지만, 더 이상 이곳은 철혈검문이 아닙니다. 그러니 돌아가 주시기 바랍니다."

운영의 말을 들은 젊은이는 자신의 말을 끝마친 후 문을 닫으려고 했다.

"응? 자, 잠깐만. 지금 뭐라고 했소? 이곳이 철혈검문이 아니라고 했소?"

"그렇습니다. 그러니 이제……."

"이보시오. 좀 자세히 말을 해주시오. 분명 이곳에 철혈검문이 있다고 해서 한시도 쉬지 않고 황궁에서 이곳까지 온 사람이오. 그런데 철혈검문이 없다니, 그게 말이 되는 소리요?"

"저… 지금 황궁에서 오셨다고 했습니까?"

젊은이는 운영의 말을 듣고는 얼른 태도를 바꾸고, 조금 전과는 판이할 정도로 운영을 향해 정중하게 되물었다.

"그렇소. 선혜공주께서 이곳에 철혈검문이 있다고 해서 온 것이오. 그런데 갑자기 늦었다고 하며 더 이상 철혈검문이 아니라고 하니, 이것을 어떻게 받아들이겠소?"

"이, 이런! 죄송합니다. 선혜공주님께서 보내신 분인 줄 모르고 실례를 범했습니다. 우선 안으로 드시지요. 소인이 이곳 책임자 분께 안내해 드리겠습니다. 그럼 그분께서 아시고자 하는 사항에 대해 자세히 말씀 올릴 것입니다."

"…그럼 그렇게 합시다. 안내해 주시오."

운영은 너무도 정중하게 바뀐 태도에 어리둥절해하다가, 이내 이곳이 황궁과 연관이 있다는 것을 눈치챌 수 있었다. 하지만 정확히 이곳이 어디인지는 감을 잡을 수가 없었기에, 최대한 조심을 하면서 젊은이 뒤를 따라 안으로 들어갔다.

하지만 운영은 반 각이 조금 지나서 허탈한 표정을 하고 문밖으로 나와야만 했다. 너무나 어이가 없어 말도 나오지 않는지, 운영은 문밖으로 나온 후에도 한참 동안 멍한 표정으로 하늘을 응시할 뿐이었다.

'철혈검문이 사라졌다니, 그게 말이 되는 소린가? 어떻게 한 문파가 소리 소문도 없이 사라질 수 있단 말인가? 더구나 이곳은 형님께서 계신 철혈검문이 아닌가! 그런데 어떻게……?'

텅 빈 철혈검문.

하지만 지금의 철혈검문은 예전처럼 동창의 안가로 활용되고 있었다. 호열이 떠나면서 초 제독에게 모든 것을 반환하겠다는 서신을 보냈는데, 초 제독은 호열이 떠나자마자 철혈검문이 있던 곳을 지체없이 수선해서 안가로 사용하는 중이었다. 그러나 아직 내부 수리를 완전하게 하지 않았기에, 외부 사람이 보지 못하도록 문은 꼭 닫아놓은 상태로 한창 공사 중에 있었던 것이다.

'아~ 이제 어떻게 한다? 형님께서 어디로 가신지 알 수 없으니, 정말 난감하구나. 흐음~ 그래, 이렇게 된 이상 우선은 무림맹으로 가도록 하자. 무림맹에 있다 보면 형님에 관한 소식을 들을 수 있겠지. 아니지, 어쩌면 형님께서도 무림맹에 가셨을지도…….'

"형님, 왜 이렇게 만나기가 힘든 겁니까? 육 년입니다. 벌써 육 년이 흘렀습니다. 형님……."

운영은 허망한 마음을 접고는 말안장에 몸을 실었다. 그런 후 무림맹을 향해 힘차게 달리기 시작했다.

"이리얏! 가자……! 하얏!"

히이이잉~

두두두두두두—

무한까지 오는 동안 무림맹이 현원세가와 대치 중에 있다는 소문을 들을 수 있었다. 하지만 호열과의 만남을 포기하고 회남으로 향할 수는 없었다. 지금 만나지 못하면 영원히 만나지 못할지도 모른다는 불안감이 들었던 것이다. 그러나 운영의 바람과는 달리, 끝내 운영은 호열의 얼굴을 볼 수가 없었다. 운명적인 엇갈림인지, 운영은 호열이 무한을 떠난 오 일 후에 도착한 것이다.

*　　　　*　　　　*

남창은 당나라 때부터 이미 강남의 교통 중심 도시로 성장하였던 곳으로, 남창 전체가 물로 둘러싸여 있어 그 아름다움이 빼어나 여름철 시인묵객들이 많이 찾는 곳이었다. 더불어 맑은 공기와 수려한 풍경으로 인해 병자들이 요양을 위해 많이 찾는 곳이기도 했다. 그만큼 남창은 사람들의 유동이 많은 곳들 중 한곳이었다.

호열 일행은 남창에 도착한 후 현재 등왕각(騰王閣)에 머물러 있었는데, 등왕각은 무한의 황학루(黃鶴樓), 악양의 악양루(岳陽樓)와 함께 강남의 삼대명루로 정평이 자자한 곳으로 당고조의 아들인 이원영이 지은 것이었다. 그러나 무엇보다 호열의 눈을 사로잡은 것은 푸른 기와와 붉은색 기둥, 그리고 금으로 도금한 이중처마 및 채색으로 단청한

대들보와 사면에 걸린 금빛 현판 등이었다. 이러한 각각의 것들이 조화를 잘 이루고 있어, 누구를 막론하고 한번쯤 들어가 보고 싶다는 마음을 불러일으키기에 충분한 곳이었다.

"정말 좋은 곳이구면. 더구나 이곳은 회남과 떨어져 있어서 그런지, 사람들의 시선에 긴장감을 볼 수 없구면. 아니면 패혈맹이 관리를 잘해서 그런가?"

호열은 아침 식사를 한 후 일행과 함께 차를 마시며, 등왕각 이층에 앉아서 창문을 통해 시내를 둘러보고 있었다. 패혈맹은 남창에서 남쪽으로 조금 떨어진 외곽에 위치해 있었는데, 말을 타고 반 각 정도 달리면 충분히 도착할 수 있는 거리로 그리 멀진 않았다.

"어떻게 하시겠습니까? 지금 패혈맹으로 향하시겠습니까? 그럼 바로 준비하도록 하겠습니다."

"아니네, 조 검주. 오늘은 이곳에서 패혈맹에 관한 정보를 얻도록 하지."

"정보라 하심은……?"

"뭐, 다른 것은 없네. 그러나 현재 패혈맹에 얼마만큼의 인원이 있는지 모르니, 자네들은 시내를 둘러보며 이에 대한 정보를 얻어보도록 하게. 비록 쉽지는 않겠지만, 그들도 식량은 이곳에서 충당할 것이니 분명 쓸 만한 정보가 있을 것이네."

"알겠습니다, 주군. 그렇게 하겠습니다."

"그럼 나는 이곳에서 기다리고 있을 것이니, 호대령과 도형곡이 인솔해서 움직이도록 하게."

"소인 혼자서 해도 될 것 같은데, 호 형은 주군과 함께 있는 것이 어떻겠습니까?"

"소인도 그렇게……."

"그럴 것 없네. 이곳엔 나와 조 검주가 있을 것이니, 자네들은 내 말에 따르도록 하게."

"그럼 그렇게 하겠습니다. 자, 그럼 우리들은 밖으로 나가도록 하지."

"예, 알겠습니다."

도형곡은 호열이 조 검주만 제외하고 일부러 모두 밖으로 내보내려고 하는 것 같은 느낌을 받았다. 그러나 호열이 단호하게 잘라 말하자, 더 이상 반문을 할 수 없어 호대령과 함께 등왕각을 나올 수밖에 없었다.

'이제 계획대로 된 것 같군. 그나저나 꼭 이렇게 해야 하나? 이거 영 번거롭구먼.'

호열은 두 명씩 짝을 이루며 사방으로 흩어지는 수하들을 보며 의미심장한 미소를 짓고 있다가, 자신의 옆에 아직 조 검주가 꼭 붙어 있다는 것을 느끼고는 표정 관리를 해야만 했다. 호대령과 도형곡의 의심을 희석시키기 위해 조 검주를 곁에 남겨두었지만, 조 검주 역시 따돌려야만 하는 상황인 것이다.

'이제 조 검주만 따돌리면 되겠군.'

"주군, 소인을 따돌리시려면 쉽지 않을 것입니다."

"응? 그, 그게 무슨 말이냐? 누가 따돌린다고……."

"저들도 얼마 지나지 않아 주군의 뜻을 알아차릴 것입니다. 그러니 움직이시려면 지금 출발하는 것이 좋을 것입니다."

"끄으응……."

호열은 조 검주의 말에 인상을 찡그릴 수밖에 없었다. 자신이 완벽하다 생각하고 있던 것이 조 검주에게 완전히 간파당하고 있었기 때문이다.

"어떻게 알았지?"

"소인이 주군 곁에 머물렀던 시간이 얼마입니까? 그 정도도 모르면 신경이 무딘 사람이겠지요."

"…그렇겠군. 알았다, 지금 출발하도록 하지."

"그럼 소인이 준비를 하도록 하겠습니다. 천천히 내려오십시오."

"알았다."

호열은 조 검주가 빠르게 밑으로 내려가자, 자신도 의자에서 일어선 후 일층으로 발걸음을 옮겼다.

호열과 조 검주는 말을 타고 패혈맹으로 향한 지 반 각이 조금 못 되서 패혈맹의 높은 성곽을 볼 수 있었다. 하지만 생각보다 그리 웅장하지 않았는데, 패혈맹에 대한 인식이 있어서 그런지 초라하게 보일 정도였다. 그러나 적재적소에 경비들이 배치되어 있고, 적의 침입으로부터 방비를 할 수 있는 기관이 설치되어 있다는 것을 한눈에 간파할 수 있었다.

그렇지만 호열과 조 검주에게 있어서 그러한 것은 있으나마나 한 것들이었다. 언제든지 마음만 먹으면 충분히 돌파할 수 있는 정도에 지나지 않았던 것이다. 그러나 우선의 목적은 패혈맹에 들키지 않고 안으로 잠입하는 것에 있었기에, 호열은 경비들을 자극하지 않는 범위에

서 방도를 찾아야만 했다. 하지만 태양이 중천에서 천하를 환하게 밝히고 있어, 패혈맹에 잠입한다는 것은 그리 쉽지 않아 보였다. 더구나 패혈맹까지 이르는 백여 장의 거리가 모두 평지로 되어 있어, 현재 서 있는 곳에서 한 걸음이라도 앞으로 움직이면 바로 들켜 버릴 정도였다.

'어떻게 한다? 상황이 이러면 경비들의 눈을 속이고 잠입하기가 쉽지 않다는 것인데, 난감하군.'

예상하지 못한 뜻밖의 상황.

그러나 호열 혼자라면 어의공을 시전해서 성안으로 잠입하는 것은 그리 어려운 일이 아니었다. 하지만 지금은 조 검주가 곁에 있어 그것이 쉽지 않은 상황이었다. 더구나 백여 장의 거리를 순식간에 움직이는 것을 다른 사람에게 보여주고 싶지 않았다. 군이 비밀로 하려는 것은 아니었지만, 일부러 보여줄 생각도 없었던 것이다. 생명이 위태로울 정도로 위급한 상황이라면 모르겠지만…….

"어쩔 수 없군. 이렇게 되면 정식으로 정문을 통해 들어갈 수밖에 없겠구먼."

"옛? 그럼 잠입을 하지 않으시겠다는 것입니까?"

"어쩔 도리가 없지 않은가. 누가 이런 곳에 패혈맹이 자리하고 있을 줄 알았겠나. 나 혼자라면 모르겠지만, 자네와 함께 잠입하려고 하다가는 금방 들켜 버릴 것이네."

"끄으음, 그렇다면 소인이 이곳에 있겠습니다. 그러니 주군께서……."

"아니, 됐네. 이미 결정했으니, 우린 정문으로 들어가도록 하지."

"주군, 그것은 너무 위험합니다. 더구나 저들이 주모님을 인질로 주군을 위협할 수도 있습니다. 그러니……."

"오히려 그들이 아내를 눈앞에 데리고 왔으면 좋겠군. 하하, 그러니 더 이상 다른 말 하지 말고 따라오기나 하게."

"주군, 차라리 소인이…… 아~"

조 검주는 자신이 앞으로 나서겠다고 말하려는데, 이미 호열이 말을 타고 패혈맹으로 향하자 급히 그 뒤를 따를 수밖에 없었다.

호열과 조 검주가 패혈맹 정문에 도착하자, 경비병들의 시선이 호열에게 집중돼 있었다. 이미 호열과 조 검주가 모습을 드러냈을 때부터 경비병들의 시선을 피할 수 없었던 것이다.

정문은 굳게 닫혀 있었고, 그 옆으로 십여 명의 경비병들이 일정한 간격으로 경비를 서고 있었다.

호열은 경비들이 자신을 향해 시선을 집중하든 말든, 그에 신경 쓰지 않고 정문과 가장 가까이 있는 경비병까지 말을 타고 갔다. 하지만 사람이 걷는 속도와 별반 차이가 없어, 얼마 되지 않는 거리임에도 불구하고 약간의 시간이 소모되었다.

정문 앞에 서 있던 경비병은 외부인들이 자신을 향해 다가오자, 수중에 지니고 있던 칼을 빼 들고는 호열의 앞으로 걸음을 옮겼다.

"누구냐! 이곳은 패혈맹으로 외부인이 함부로 올 수 있는 곳이 아니다. 그러니 어서 물러나라!"

"물러나라? 이거 참, 자네는 내가 누구인 줄 알고 무턱대고 물러나라 하는지 모르겠군."

"뭐라? 이곳은……."

"그만! 더 이상 본인의 앞에서 떠들지 말고, 자네는 어서 무한에서 온 임호열이란 사람이 독고 맹주를 찾아왔다고 전하라.”

“뭐? 아니, 지금 맹주님을 찾아왔다고 했소?”

“그렇다.”

“무한의 임호열? 아, 알았소. 이곳에서 잠시만 기다리도록 하시오.”

호열과 이야기를 나누던 경비병은 옆에 서 있던 다른 경비에게 호열을 계속해서 감시하도록 한 후 상관에게 보고하기 위해 안으로 들어갔다. 다른 사람을 찾아왔다면 모르겠지만, 맹주를 찾아왔다는 말에 얼른 보고를 해야 한다는 생각이 들었던 것이다.

경비병이 들어간 후 얼마 지나지 않아서 외곽 경비 책임자인 듯한 사람이 안에 들어갔던 경비병과 함께 호열에게 다가왔다.

“무한의 임호열이라 하셨습니까?”

“그렇다. 그러니 더 이상 번거롭게 하지 말고, 어서 독고 맹주에게 전하도록 하라.”

“당신이 누구인지 짐작이 가지만, 그렇다고 정확한 신분 확인도 없이 맹주님께 보고를 드릴 수는 없소이다. 그러니 다시 한 번 정확한 신분에 대해 알려주시기 바라오.”

“흠! 정히 그렇다면 그렇게 하지. 본인은 철혈검문의 문주 임호열이라 한다. 독고 맹주를 만나 긴히 할 이야기가 있으니, 너는 어서 독고 맹주에게 본인이 온 것을 알리도록 하라.”

“그렇게 하도록 하겠소. 이곳에서 기다리도록 하시오.”

호열의 거만함이 신경에 거슬렸는지, 경비 책임자는 호열을 향해 한 차례 인상을 찡그린 후 안으로 툴툴거리며 들어갔다. 지금까지 패혈맹 경비를 책임지고 있는 동안 호열처럼 자신을 향해 외부인이 거만하게 명령조로 말하는 것은 처음 대했기 때문이다. 하지만 상대가 요즘 무림을 진동시키고 있는 화제의 인물이라는 것을 알았기에, 겉으로 드러내 놓고 불만을 토할 수는 없었다. 그저 자신의 맡은 바 직무에 충실할 뿐이었다.

경비 책임자가 들어간 후 반 각도 지나지 않아서 호열과 조 검주는 하녀들의 안내에 따라 패혈맹 안으로 들어갈 수 있었다. 원래의 계획과는 정반대의 상황으로 패혈맹 안으로 들어가게 되었지만, 호열의 생각은 달랐다. 이왕 들어온 김에 한 시대를 호령하고 있는 효웅 독고 맹주를 대하는 것도 좋은 기회라 생각되었던 것이다.

"잠시만 기다리십시오. 맹주님께선 지금 연무동에 계신지라 저희들이 연락을 할 수 없습니다. 대신 원주님께서 이곳으로 오실 것입니다."

"원주라면, 혹 적혈마검 독고 원주를 말함인가?"

"그렇습니다."

"벌써 부상에서 회복했다니, 상처가 생각했던 것보다 그리 대단하진 않았나 보군."

"옛?"

"아니다, 알았으니 독고 원주가 오거든 알려주거라."

"하하, 이미 이곳에 왔으니 그만 화를 내시구려."

독고 맹주를 볼 수 없다는 하녀의 말에 호열이 신경질적으로 말을 하자, 당황한 하녀가 어찌할 줄 모르는 사이 독고 원주가 패혈맹에 남아 있던 장로들과 함께 호열의 앞에 모습을 드러냈다.

"흠, 그동안 부상을 치료하느라 동분서주할 줄 알았는데, 이렇게 독고 원주의 모습을 보니 그것도 아닌 것 같습니다?"

호열은 자신을 향해 환한 미소를 짓고 있는 독고 원주를 향해 뼈있는 말로 첫인사를 나누었다. 호열로서는 독고 원주의 미소가 간사하게 보여 별로 좋지 않았던 것이다. 더구나 소호공주의 일도 독고 원주가 계획했을지도 모른다고 생각되자, 지금 당장이라도 독고 원주의 목을 베어버리고 싶은 마음이 들었다. 그러나 현재로서는 그렇게 할 수 없었다. 독고 원주의 목을 베는 것이 먼저가 아니었기 때문이다.

"하하, 임 문주 말씀에 뼈가 있는 것 같습니다. 혹시 그동안 보지 못한 사이에, 본 맹이 임 문주에게 잘못한 것이라도 있습니까?"

"글쎄요. 그것은 차차 밝혀지겠지요."

"……?"

"잘못한 것이 없으면 다행이고, 만약 그렇지 않다면 오늘 패혈맹은 단단히 각오해야 할 것입니다. 오늘은 본인의 신경이 많이 날카롭거든요."

"흠! 무슨 일로 본 맹까지 왔는지 모르겠지만, 본 맹을 너무 우습게 생각하고 있는 것 같습니다. 임 문주의 무공이 어떠하다는 것은 신농가의 일을 통해 알고 있지만, 그래도 너무 자신의 실력을 과신하는 것이 아닌가 합니다만!"

독고 원주는 생각지 못한 호열의 방문에, 혹시 호열이 마음을 바꾸고 패혈맹과 동맹을 맺으러 오지 않았나 하고 기대를 가지고 있었다. 그런데 호열이 자신을 대하자마자 다짜고짜 신경질적인 반응을 보이며 위협적인 발언을 하자, 독고 원주는 자신의 판단이 틀렸음을 직감하고는 날카로운 시선으로 호열을 직시했다.

호열과 독고 원주의 살벌한 분위기에, 실내의 공기는 급격하게 냉각

됐다. 호열과 독고 원주가 서로의 얼굴만 쳐다보며 한동안 아무런 말도 오가지 않자, 살벌한 분위기는 급격히 확산된 것이다. 소문이 자자한 호열을 만나볼 수 있다는 기대를 가지고 독고 원주를 따라왔던 장로들은, 호열과 제대로 된 첫인사조차 나누지 못한 것은 고사하고 상황이 좋지 않게 되자 호열을 향해 위압적인 시선을 주었던 것이다.

'혹시 임 문주가 그 일을 알기라도 했다는 말인가? 그럴 리가… 뒤처리는 깔끔하게 한 것으로 알고 있는데?'

독고 원주는 호열의 반응이 예사롭지 않다는 것을 깨닫고는 왜 이런 상황이 됐는지 나름대로 유추해 보았다. 그러자 한 가지 생각난 것이 있었는데, 그것은 소호공주에 관한 일이었다. 그러나 그 일은 비록 실패를 했지만 깔끔하게 뒤처리를 했기에 크게 생각하지 않았다. 다만 찜찜한 마음을 애써 달래며 혹시라도 실수한 것이 있나 생각해 보았다.

"뭘 그리 생각하십니까? 혹시 본인에게 잘못한 것이라도 생각이 났습니까?"

"크흠! 아무리 생각해 보아도 본 맹이 임 문주에게 잘못한 것은 없는 것 같습니다. 그런데 무엇을 생각하겠습니까? 다만 임 문주가 왜 본 맹에 와서 이런 행패를 부리는지 생각해 보았을 뿐입니다."

"하하하~ 지금 행패라고 했습니까? 행패라! 정말 기가 막히는 일이군요."

"정말 말을 함부로 하는구나! 원주께서 하도 칭찬을 해서 이렇게 얼굴을 보려고 왔더니, 이것은 너무하지 않은가! 이곳은 철혈검문이 아니라 패혈맹이다. 최소한 방문자의 예의는 차려야 마땅하지 않은가!"

독고 원주와 함께 왔던 혈수광검(血手狂劍) 호상교(胡象獟)가 더 이상 호열의 만행을 볼 수 없었는지, 호열의 앞으로 나서며 지금까지 쌓였던 분노를 한꺼번에 표출했다. 안하무인으로 설치는 호열을 더 이상 가만히 두고 볼 수가 없었던 것이다.

"홍! 감히……!"

팟!

"크억!!"

호열은 자신의 앞에 나선 호상교를 향해 본능적으로 일수를 날렸다. 독고 원주와 이야기를 나누던 중 자신도 모르게 화가 많이 나 있던 상황이라, 호열의 본래 의도와는 달리 실수가 펼쳐진 것이다. 그러나 다행히 호상교의 운이 좋았는지, 호열의 일수는 심장에서 벗어났다. 하지만 호상교의 가슴은 이미 출혈로 인해 연푸른색 의복이 붉게 물들어 있었다.

호열의 갑작스러운 일격에 독고 원주를 비롯해 모든 사람들이 놀란 눈을 하고는 일제히 병장기를 꺼내 들었다.

"이, 이런!"

창! 차창……!

"이것이 무슨 행패요!"

"그렇게 있지 말고 다른 장로들은 호 부단주의 상세를 살피고 어서 만약전(萬藥殿)으로 옮기도록 하시오."

"크음! 알겠소이다. 옹 장로."

"이곳에서 실수를 쓰다니! 임 문주, 오늘 본 맹과 사생결단을 내겠단 것이오?!"

화령마도(火靈魔刀) 옹정화(邕情伙)는 가슴을 부여잡고 쓰러진 호상교의 상처를 다른 장로들이 지혈을 함과 동시에 밖으로 부축하고 나가자, 두 눈에 시뻘건 화염이 아른거리는 착각이 들 정도로 호열을 향해 날카로운 시선을 주었다.

"그렇게 된다면 저로서도 마다할 필요는 없겠지요!"

'내가 분위기에 휩쓸려 실수를 쓰다니, 너무 성급했구나. 하지만 상황은 이미 돌이킬 수 없을 것 같구나. 끄응~ 어쩔 수 없지. 이대로 밀고 나갈 수밖에.'

호열은 자신이 실수했다는 것을 깨달았다. 하지만 상황은 이미 호열이 의도했던 방향과 반대로 흘러가고 있었다. 그에 좀 더 신중하지 못한 자신의 성급함을 탓하고만 있을 수 없어, 호열은 정신을 집중하고 사태의 추이를 신중하게 지켜봤다. 그러나 한편으로는 여차하면 바로 독고 원주와 붉은 도를 쥐고 자신을 향해 위협적인 자세를 취하고 있는 장로를 한꺼번에 벨 수 있도록 암암리에 준비를 했다.

호열의 뒤에 서 있던 조 검주 역시 상황이 돌변하자마자 기다리고 있었던 듯, 언제든지 빼어 들어 휘두를 수 있도록 검의 손잡이를 꽉 쥐고 있었다.

독고 원주는 호열의 대응이 생각했던 것보다 즉흥적이고 공격적이자, 자신이 무엇인가 빠뜨린 것이 있지 않은가 생각해 보았다. 그렇지 않고서는 호열이 이와 같이 막무가내로 행동하지 않을 것임을 알 수 있었다. 신농가에서 보여주었던 모습과 지금은 완전히 다른 모습이었기 때문이다.

'정말 내가 생각하지 못한 것이 있다는 말인가? 분명히 그때의 일은 흔적을 확실히 지웠다. 그 일은 실패함과 동시에 내가 직접 정리하지 않았는가. 그렇다면 무슨……? 호, 혹시? 그래, 그 일밖에 없겠군. 이 거 참, 난감하군. 임 문주가 어떻게 소문의 발원지가 본 맹임을 알았을 까? 그나저나 큰일이로군. 현재의 인원으로는 임 문주를 상대할 수 없 는데, 어떻게 한다? 어서 이곳에서 나가야 하는데…….'

"크흠! 내가 지금까지 사람을 잘못 본 것 같소이다. 임 문주가 정히 본 맹의 힘을 하찮게 여긴다면, 나와 본 맹은 그것을 간과하지 않을 것 이오."

독고 원주는 나름대로 상황을 정리한 후, 호열이 보여준 행동에 대 해 엄중하게 물으며 시간을 끌어보기로 했다. 지금으로서는 호열을 상 대하기 힘들다 판단한 것이다.

"힘이 있다면 마음대로 하시지요. 그러나! 오늘 그 일과 관련이 있 는 자들은 내 손을 쉽게 벗어날 수는 없을 것입니다."

호열은 이왕 막 나가는 김에 독고 원주를 확실하게 압박해야겠다는 판단이 섰다. 괜히 어정쩡하게 대치하며 시간만 허비할 경우, 자신이 원하는 것조차 얻지 못하고 돌아갈 수도 있는 최악의 상황이 올 수도 있었기 때문이다.

"도대체 무슨 이유로 임 문주가 본 맹을 핍박하는지 모르겠소. 이유 라도 압시다. 임 문주가 본 맹까지 온 이유가 도대체 무엇이오?"

"그것을 지금 몰라서 묻는 것입니까? 이미 모든 것을 파악하고 왔으 니, 어서 잘못을 시인하고 그 결과에 대해 책임을 지는 것이 좋지 않겠 습니까?"

"이거 참! 도대체 말이 통하지 않는구먼. 오늘에서야 임 문주가 사 리 판단조차 제대도 하지 못하는 위인이란 것을 알게 되었습니다. 무작정 힘으로 핍박한다고 없는 죄가 만들어지는 것이 아님을 어찌 모른 단 말입니까?"

독고 원주는 호열을 향해 답답하다는 듯 자신의 가슴을 몇 번 두들 기며, 호열이 원하는 것을 모르겠다는 표정을 얼굴 가득 지어 보였다. 하지만 이러한 것은 호열에게 보여주기 위한 외형적인 모습일 뿐이었다. 이미 문밖에 대기하고 있던 하녀들에게 전음을 보내, 수하들에게 전투 준비를 하고 자신이 있는 곳으로 오도록 지시를 내린 후였다.

그러나 독고 원주의 행동이 모두 호열의 시야에서 벗어나지 못했다. 이미 호열은 독고 원주가 문밖에 있었던 하녀를 통해 지원병을 불렀다 는 것을 알고 있었다. 그렇지만 그런 것에 신경을 쓰지 않았다. 아무리 많은 지원병이 온다고 해도, 독고 원주가 피할 곳은 없다 생각되었기 때문이다. 더구나 호열은 자신의 판단에 대한 확신이 있었기에, 유리 한 상황에 있을 때 끝까지 고수하여 독고 원주의 자백을 받아낼 생각 이었다.

"꼭 본인의 입으로 말을 해야만 하겠소? 하지만 스스로 자백하고 대 장부답게 책임을 지는 것이 좋을 듯 싶은데. 그것이 패혈맹 장로원주 라는 신분에 어울리지 않겠습니까?"

"끄으음! 혹시 임 문주가 이렇게 화는 내는 것이, 현재 무림에 떠돌 고 있는 소문 때문이오?"

"……."

"맞는가 보군. 하지만 그것은 이미 황제도 인정한 것인데, 지금에 와 서 그것을 문제 삼는다면 오히려 임 문주가 자신의 이름에 먹칠을 하 는 것이라 생각됩니다만."

"하하, 이제야 자신의 잘못을 시인하시는구려. 그렇습니다. 본인이 화를 내는 것은 그 일 때문이라 할 수 있지요. 그러나! 그것은 이미 독고 원주가 말했듯이 황제도 인정한 것이라, 딱히 지금에 와서 본인이 거론할 일도 아니지요. 정작 본인이 화를 내는 이유는! 그 비밀을 어떻게 입수했냐는 것입니다. 이제 알겠습니까?"

"그, 그렇다면……?"

'이런, 그럼 황제가 본 맹이 천명회와 결탁하고 있다는 것을 눈치채기라도 했다는 말인가? 이거 정말 큰일이구나. 자칫하다가는 역적으로 몰려 본 맹이 몰살을 당할 수도 있지 않은가? 이거 참, 허허…….'

독고 원주는 호열의 말에 당황했다. 아니, 당황하지 않으려고 했지만, 표정마저 완전히 바꾸지는 못했다.

호열의 의도가 어디에 있는지 정확히 파악하지 못했기에, 독고 원주는 황제가 혜제를 복위시키려는 천명회와 패혈맹의 동맹을 파악하기 위해 호열을 보냈다고 나름대로 판단했다. 하지만 호열의 생각은 달랐다. 자신의 말에 독고 원주가 크게 당황하자, 자신의 생각이 옳다는 확신을 갖게 된 것이다. 더불어 패혈맹 어딘가에 소호공주가 감금되어 있을지도 모른다는 생각이 들었고, 그에 소호공주가 겪었을 고초를 떠올리자 그동안 꾹 참고 있던 분노가 폭발적으로 일어서고 있었다.

"이… 원주, 더 이상 그렇게 시간을 끌면, 본인이 계속 참을 것이란 기대는 버리시기 바랍니다. 참는 데도 한계라는 것이 있습니다."

꽝!

호열의 앞에 놓여 있던 탁자의 다리가 순식간에 바닥을 뚫고 밑으로 박혔다. 호열이 손으로 살짝 밀었을 뿐인데, 바닥이 버티지 못하고 탁자의 네 다리로 인해 구멍이 난 것이다. 하지만 탁자는 잔 손상 하나 없이 멀쩡했다.

"임 문주, 잠깐만! 잠깐만 참고 내 이야기 좀 들어보시오. 그것이 어떻게 된 일인가 하면……."

"이미 모든 것을 확인했는데, 또 말도 안 되는 변명을 하려고 합니까? 원주, 이미 말했듯이 더 이상은 못 참습니다."

꽝……!

"더 이상은 못 들어주겠군. 도대체 본 맹이 그대에게 무엇을 잘못했단 말인가!"

호열이 독고 원주를 계속해서 핍박하자, 이를 듣고 있던 옹 장로가 더 이상 호열의 만행을 볼 수가 없어 독고 원주를 옆으로 제치며 호열의 앞에 섰다. 그런 후 자신의 애도로 바닥을 향해 힘차게 휘둘렀다. 호열의 위협이 계속될 경우, 자신이 가만히 있지 않겠다는 일종의 경고였다.

"홍, 조 검주!"

"옛, 주군."

"저자는 자네가 알아서 처리하도록 하게. 독고 원주와 이야기하는 데 거치적거리는구먼."

"알겠습니다, 주군."

조 검주는 호열의 명에 따라 검을 뽑은 후 옹 장로의 앞을 가로막았다.

"주군께서 당신이 비켜주었으면 하는군. 그러니 이곳에서 나가는 것이 어떻겠소? 그럼 더 이상 서로 불편할 일은 없을 것 같은데."

"뭐라! 이놈들이 감히⋯⋯!"

"옹 장로, 그만 하시오, 좀 더 임 문주의 이야기를 들어본 후에⋯⋯."

"원주! 더 이상 저자의 이야기를 들어볼 것도 없소이다. 마치 이곳이 자신의 안방이라도 된 것처럼 안하무인 격으로 행동하지 않습니까! 나는 그것을 원주처럼 편하게 두고 볼 정도로 너그러운 사람이 못 됩니다."

"이거 정말 시끄럽구면."

"시끄럽다? 밖으로 나와라, 너의 그 오만함을 꺾어주겠다!"

옹 장로는 호열을 향해 목청을 높인 후 뒤도 돌아보지 않고 접견실 밖으로 나갔다. 거의 일방적인 선전 포고였다.

옹 장로의 행동을 지켜보던 호열은 어이가 없다는 표정을 지었다. 굳이 밖으로 나갈 것도 없이 접견실에서 그것을 증명해도 상관이 없었는데, 옹 장로는 일방적으로 호열에게 자신을 따라 밖으로 나올 수밖에 없는 상황을 만든 것이다.

"정히 그것이 소원이라면⋯⋯!"

호열은 옹 장로의 말에 따라 접견실 밖으로 나갔다. 이미 접견실 밖에는 수많은 문인들이 넓게 포진해 있었는데, 독고 원주와 옹 장로가 모습을 보이자 일제히 예를 올렸다.

독고 원주는 이러한 문인들의 모습에서 심정적으로 다소 마음의 여유를 찾을 수 있었다. 그에 접견실에서 호열에게 보여주었던 표정은 말끔히 사라지고, 평소의 오만한 표정으로 호열과 조 검주를 쳐다보았다.

옹 장로는 이미 밖에서 자리를 잡고 호열이 나오기를 기다리고 있었다.

호열은 옹 장로가 괜한 말로 허세를 부리는 것으로 생각했었는데, 막상 밖으로 나오자 그러한 것이 아니었음을 알 수 있었다. 그에 옹 장로에 대한 편견이 사라졌다. 하지만 그렇다고 패혈맹에 대한 좋은 마음이 생긴 것은 아니었다. 독고 원주가 이미 어떤 행동을 했는지 눈으로 확인할 수 있었기 때문이다.

"독고 원주, 저들을 보니 마음에 안정이라도 찾으셨습니까? 하지만 그렇다고 원주가 본인의 손을 완전히 빠져나갔다고 생각하면 큰 오산일 것입니다."

"정말 임 문주는 자기 위에 사람이 없다는 듯 행동하시는구려. 하지만 그것은 잘못된 생각이란 것을 곧 깨닫게 될 것이오. 세상의 일이란 것이, 종종 자신의 실력만 가지고 되는 것은 아니라오."

"그것은 이미 알고 있습니다. 하지만! 자신의 능력이 그것을 뛰어넘는다면, 그것은 충분히 가능한 일이지요. 그렇지 않습니까, 독고 원주?"

"허허, 그렇기는 하지요. 세상엔 불가능한 일도 있으니까!"

독고 원주는 호열의 말에 고개를 끄덕여 보이면서도 마지막 말엔 힘을 주어 자신의 의사를 단호하게 밝혔다.

호열은 독고 원주의 말에 웃음으로 화답을 한 후, 옆에 서 있는 조 검주에게 옹 장로를 상대하란 지시를 내렸다. 그에 조 검주는 수중의 검을 꼭 쥐며 호열을 노려보고 있는 옹 장로의 앞에 가서 섰다.

"주군께서는 그대를 상대할 정도로 한가하신 분이 아니시다."

"그래서 자네가 대신 나서겠단 말인가?"

"그렇다."

"허허, 이거 참. 좋다, 그렇다면 어쩔 수 없군. 개를 때리면 주인이 나서겠지!"

"흐으음……."

조 검주는 옹 장로의 말에 심기가 상했는지, 지금까지 한번도 인상을 써본 일이 없던 조 검주의 이마에 깊은 골이 생겼다. 더불어 굳은 의지가 담겨진 듯, 조 검주의 입술이 굳게 다물어졌다.

"개를 때리면 주인이 나선다? 좋은 말이군. 패혈맹에선 그 말이 통하나 봅니다?"

"상황에 따라 다르겠지요. 하지만 지금 옹 장로의 입에서 그런 말이 나오니, 꽤 적절하게 표현한 것 같습니다."

"그… 래요……?"

호열은 독고 원주의 말에 독고 원주의 생각을 알겠다는 듯 고개를 크게 끄덕여 보인 후 조 검주를 향해 초반부터 최선을 다하도록 암암리에 전음을 보냈다. 그에 조 검주는 주군인 호열의 명이 떨어진 이상, 최대한 빠른 시간 안에 적을 쓰러뜨려야겠다는 생각에 초반부터 살기를 띠기 시작했다.

대운회만상진(大輪廻萬象陣)

대윤회만상진(大輪廻萬象陣)

뜻하지 않은 방문객들에 의해 패혈맹은 전시 체제와 같은 긴장 상태에 돌입했다. 더구나 실력이 좋은 고수들은 대부분 현원세가의 공격에 대항하기 위해 무림맹에 지원을 나가 있는 상태라, 패혈맹이 느끼는 심적 부담감과 심각성은 큰 편이었다. 그러나 긴장감을 늦출 수 없었다. 상대가 비록 두 명에 지나지 않았지만, 천마 혁무량조차 싸움을 피하고 그냥 돌려보낼 정도로 강한 인물이 있었기 때문이다.

"좋은 자세! 하지만 오늘은 세상 밖에 또 다른 세상이 있음을 보여주겠다."

"쉽지는 않을 것이오."

"훗! 좋다. 선수를 양보할 테니 들어와 봐라!"

"……."

조 검주는 상대가 처음부터 마치 결전이 아니라 비무를 하는 식으로 나올 줄 몰랐다는 듯, 어이없는 표정을 지으며 옹 장로를 쳐다보았다. 그러나 옹 장로는 더 이상 할 말이 없는지, 조 검주가 들어오기를 기다리며 칼을 수직으로 들어 올렸다.

조 검주는 옹 장로의 전신에서 서서히 위압감을 느낄 수 있었다. 그저 수하들에게 보이기 위한 허세가 아니었음을 느낀 것이다. 하지만 호열이 보고 있는 가운데 적에게 양보를 받으며 공격하고 싶지 않았다.

"말은 고마우나, 그렇게 되면 당신은 공격조차 해보지 못할 것이오. 허세를 버리고 준비하시오."

"하하, 허세라… 그렇다면 내가 먼저 들어가지. 하아아앗……!"

팟!

옹 장로는 말이 끝남과 동시에 신형을 움직였는데, 눈 한 번 깜짝할 시간에 조 검주를 향해 돌진해 들어가며 횡으로 칼을 휘둘렀다. 이에 조 검주는 좌측으로 피함과 동시에 수중의 검을 사선으로 들어 올리며 옹 장로의 우측을 공격했다.

"어림없다. 이얍!"

휘이이이잉.

생각보다 조 검주의 검이 빠르게 우측 옆구리로 접근하자, 이에 깜짝 놀란 옹 장로는 급하게 좌측으로 몸을 회전시키며 칼로 검의 진로를 막아갔다.

깡! 까까까깡—!

조 검주의 공격을 간신히 막은 옹 장로는 계속해서 몸을 회전시키면서 삼 장을 물러났는데, 이를 조 검주가 조용히 지켜만 보지 않고 계속 뒤를 따르며 연속해서 공격을 가했다. 마치 사냥꾼이 사냥감을 쫓듯 일방적인 공격이었다.

"그렇게는 안 된다! 화룡정천(火龍頂天)!"

콰아아아앙―

조 검주의 공격이 계속될수록 숨조차 제대로 쉴 수 없을 정도가 되자, 옹 장로는 조 검주의 실력이 자신의 생각보다 뛰어나다는 것을 인정할 수밖에 없었다. 그에 가장 공격적이면서도 조 검주의 공격을 조금이나마 멈추게 할 수 있는 초식을 시전했는데, 화룡정천은 처음부터 몸을 회전하면서 시전하는 것이라 현 상황에 가장 적합한 초식이었다.

옹 장로가 화룡정천을 시전하자, 빠르게 회전하는 옹 장로의 몸 주위로 붉은 기운이 급속하게 확장되면서 조 검주의 시야를 어지럽게 했다. 그러나 그에 그치지 않고, 붉은색 기운이 옹 장로의 도극에 이르자 순식간에 사방으로 팽창을 하기 시작했다.

"흥! 천도행(天道行)!"

옹 장로의 공격에 쉽게 공격할 수 없게 되자, 조 검주는 뒤로 물러서지 않고 신형을 하늘로 띄운 후 옹 장로의 도극을 향해 수직으로 검을 겨누고 하강을 했다.

"헉! 이, 이런! 화천영발(火天嶺發)!"

조 검주의 공격에 위기를 느낀 옹 장로는 화룡정천으로 만들어진 검세를 하나의 극점으로 모은 후 하늘에서 수직으로 하강하고 있는 조 검주를 향해 힘껏 공격을 가했다. 그러자 옹 장로의 도극에 생성돼 있던 적색 기류가 강기로 변하면서 빠른 속도로 하늘을 향해 적색 기둥을 만들었는데, 그 웅장함이 마치 화룡이 승천하는 모습처럼 보일 정도로 위력적이었다.

　쾅! 콰아아앙— 쾅······!

　"크억! 으~"

　자신의 전 내공을 끌어올려 조 검주의 공격에 대한 방어를 위하여 옹 장로가 생각해 낸 것은 최강의 공격이었다. 최상의 공격은 최상의 방어라는 말이 있듯, 옹 장로는 조 검주의 공격을 공격으로 부딪친 것이다. 하지만 나름대로 최강의 공격을 한 옹 장로의 입에서 외마디 비명이 터져 나왔다.

　조 검주의 공격을 막기 위해 방어 대신 공격을 했지만, 옹 장로의 공격은 최강이 아니었던 것이다. 아니, 옹 장로에겐 최강이라 할 수 있었다. 그러나 옹 장로의 공격은 그저 조 검주의 검로를 살짝 옆으로 옮겨 놓을 정도에 지나지 않았다. 하지만 그것만으로도 옹 장로는 정수리에서부터 수직으로 도류되는 위기를 간신히 면할 수 있었으며, 그에 대한 대가로 왼쪽 어깨에 깊은 검상을 입었다.

　그러나 옹 장로는 간신히 목숨을 부지할 수 있었다는 안도감보다, 자신의 공격이 겨우 상대의 검로를 바꿀 정도밖에 되지 않았음에 놀라움을 감추지 못했다. 완전히 막을 수 있다고 생각했던 것이, 여지없이 무너져 버린 것에 허탈함마저 느낄 정도였다. 하지만 놀랍다는 생각은 금방 머리 속에서 지워야만 했다. 이미 조 검주는 땅에 착지한 후 비틀거리는 옹 장로를 향해 다가서 있었으며, 신형을 우측으로 빠르게 회전함과 동시에 옹 장로의 가슴을 향해 검을 그어 올리고 있었기 때문이다.

　"그냥 당하지 않겠다. 이야압!"

콰아아아앙—

조 검주의 검이 가슴에 다가서기 전, 옹 장로는 간발의 차이로 철판교를 시전하여 최대한 땅에 몸을 밀착시켰다. 옹 장로는 푸른 검기에 휩싸인 조 검주의 검이 눈앞에서 지나가는 것을 볼 수 있었는데, 그 순간만큼 옹 장로는 시간이 느리게 흐른다고 느낄 정도로 온몸에 소름이 돋았다. 정말 간발의 차이로 몸이 양단되는 것을 면한 것이다.

그러나 옹 장로가 안도의 한숨을 쉬기도 전, 이미 조 검주는 옹 장로의 움직임이 자유롭지 못함을 알고는 신형을 살짝 허공에 띄운 후 철판교를 시전하고 있는 옹 장로를 향해 맹공을 퍼부었다.

창! 차차창……! 차창……!

"크흐으~ 이잇! 어림… 없다……!"

쾅! 콰르르르, 콰앙~

옹 장로는 발뒤꿈치를 사용하여 몸을 회전시키며 조 검주의 공격을 간신히 피할 수 있었다. 하지만 또다시 어깨와 허벅지에 깊은 검상의 흔적을 남겨야만 했다.

"크윽, 정말 대단한 검세군. 그러나 이젠 다를 것이다. 하앗!"

"이얍……!"

조 검주의 공격에 크게 혼이 난 옹 장로는 처음과 달리 신중하게 공격을 하기 시작했다. 공격보다는 방어에 치중하긴 했지만, 그래도 간간이 날카로운 공격을 가할 때도 있었다. 그러나 시간이 지나면서 거의 조 검주의 일방적인 공격이 이어졌고, 그에 따라 옹 장로는 공격보다는 방어를 하는 데 급급할 정도였다.

하지만 두 사람의 승패는 얼마 되지 않아서 결정이 났다. 조 검주의 연속된 공격에 옹 장로가 더 이상 버티지 못하고 하체에 빈틈을 내준 것이다. 그에 조 검주는 한 치의 망설임도 없이 옹 장로의 다리를 향해 검을 휘둘렀다.

"어림없다! 쓰러져라!"

조 검주의 검은 한 치의 망설임도 없이 옹 장로를 향해 나아갔다. 이미 옹 장로가 어떻게 움직일지 예상하고 있었기 때문이다.

그러나 옹 장로는 조 검주의 날카로운 공격에 아랑곳하지 않고 칼을 역수직 방향으로 세운 후 땅을 힘껏 찼다. 칼의 반동을 이용해 위기를 모면함과 동시에 허공으로 신형을 솟구쳐 조 검주의 상체를 공격하기 위함이었다. 하지만 이때를 기다리고 있던 조 검주는 눈앞에 거꾸로 서 있는 옹 장로의 단전을 향해 힘껏 주먹을 내뻗었다.

퍽! 퍼퍽……!

조 검주의 주먹이 세 번이나 연속해서 같은 곳을 가격했다. 만약 일반적인 비무였다면 한 번의 가격만으로도 충분히 승패를 가를 수 있었지만, 서로 상대방의 목숨을 노리는 비무였기에 일체의 자비심 없이 더 이상 일어설 수 없도록 연속해서 공격한 것이다.

"크헉! 끄어어억~"

털썩.

조 검주의 주먹에 단전을 공격당한 옹 장로는 거꾸로 서 있는 자세 그대로 오 장을 날아간 후 땅바닥에 떨어지며 의식을 잃었다. 조 검주의 주먹에 상당한 공력이 내재되어 있어 충격이 큰 것도 있었지만, 단전이 파괴되어 더 이상 무공을 시전할 수 없게 되었기 때문이다. 옹 장로는 무인으로서 최악의 상황을 맞게 된 것인데, 이것은 죽음보다 못한 치욕이라 할 수 있었다.

　"헉! 옹 장로님께서……!"

　"이… 감히 옹 장로님께 그따위 짓을 저지르다니!"

　"비겁하다. 어떻게 저런 짓을 할 수 있단 말인가? 용서할 수 없다……!"

　"……."

　조 검주의 공격에 옹 장로가 무공을 잃었음을 알게 된 패혈맹 문인들은 분노의 함성을 지름과 동시에 조 검주를 향해 병장기를 뽑기 시작했다. 자신들이 존경하고 따르던 옹 장로가 치욕을 당했다 생각한 것이다.

　하지만 조 검주로서는 호열에 대한 옹 장로의 무례함에도 약간의 자비를 베풀어 목숨을 부지시켜 준 것인지라, 갑자기 자신을 향해 분노를 표출하는 사람들을 이해할 수 없었다. 더구나 자신은 공정한 비무에서 상대에게 이겼고, 그럼에도 상대의 목숨을 살려준 은인이라 할 수 있었기 때문이다. 그러나 이미 비무를 지켜보던 문인들의 수중엔 각자의 병장기가 들려져 있었고, 언제든지 조 검주를 향해 쇄도해 들어갈 분위기가 급속도로 조성되고 있었다.

　"옹 장로님의 복수를 하자!"

　"복수를 하자~! 파렴치한 저자를 죽이자!"

　"죽여라~!"

　가장 앞에 서 있던 문인들이 조 검주를 향해 분노의 포효를 지르며 달려들었는데, 이것이 기폭제 역할을 하며 뒤에 있던 문인들 역시 두 눈에 시뻘건 핏줄기를 세우며 병장기를 휘두르기 시작했다.

조 검주는 문인들의 반응에 처음엔 어이가 없는 표정을 지어 보였다. 하지만 상황이 그저 웃어넘길 정도로 간단하지 않음을 깨달을 수 있었다. 마음만 먹으면 피하지 못할 것도 없었으나, 문인들의 공격 중간중간에 옹 장로와 비슷한 수준의 고수들이 공격을 해와 생명의 위협을 느낀 것이다. 이에 조 검주는 가만히 적들에게 목숨을 내놓을 수는 없었기에, 자신을 향해 달려드는 문인들에게 가차없이 살수를 쓰기 시작했다.

"끄아아아~"

"크억! 끄으으~"

"컥! 크윽!"

조 검주의 검은 인정이 없었다. 처음엔 일수에 한 명씩 목숨을 잃고 쓰러졌지만, 시간이 지날수록 서너 명이 쓰러지는 것은 다반사였다. 그만큼 조 검주는 자신을 향해 달려드는 문인들에게 분노를 느끼기 시작했고, 그것이 피의 대가로 표출된 것이다.

호열은 조 검주의 행동을 이해한다는 듯 고개를 끄덕이며 옆에 서 있는 독고 원주를 향해 고개를 돌렸다. 그리고 이제 더 이상 무의미한 싸움을 그만두게 하라 말하려고 했는데, 독고 원주는 조 검주를 향해 살기를 띠며 바라보고 있었다.

"독고 원주, 이제 무의미한 싸움은 그만두는 것이 어떻겠습니까? 정당한 비무에서 상대의 목숨을 거두지 않았는데, 오히려 패혈맹이 공격하는 것은 적반하장이라 생각되는군요."

"지금 적반하장이라고 했소? 어떻게 무인의 생명보다 더 귀중한 무공을 빼앗았는데, 그것을 지금 적반하장이라 말할 수 있단 말이오?"

"무공이 생명보다 귀하다는 것은 어불성설인 것 같군요. 오히려 무공만 폐한 것을 고마워해야 하지 않겠습니까? 본인은 오히려 그것이 옳다고 생각됩니다만. 독고 원주는 무엇이 중요한지 간과하는 것 같습니다. 더욱이 조 검주는 본인의 뜻에 따르지 않고 상대를 죽이지 않았습니다. 그럼 당연히 고마워해야 마땅하지 않겠습니까?"

"그것을 지금 말이라고 하는 것이오! 무를 익힌 무인에게 가장 중요한 것은 목숨보다 무공이란 것을 모른단 말이오? 옹 장로에겐 구차하게 목숨을 부지해서 무인의 명예를 더럽히는 것보다, 차라리 상대의 손에 죽는 것이 좋았을 것이오!"

"흐으음……."

'이해할 수가 없군. 그렇다면 목숨을 부지한 것보다 명예롭게 죽는 것이 좋다는 말인가? 도대체 무라는 것이 무엇인가? 또한 무인들이 중요하게 생각하는 것이 무엇이란 말인가? 정말 이들의 생각은 알 수가 없구나. 자신들이 만인의 추앙을 받는 덕망이 있는 것도 아니고 지조를 지키는 충신들도 아니면서, 도대체 무엇 때문에 목숨을 건단 말인가? 어차피 남들보다 강해지고 싶어서, 그리고 명예를 얻어 출세를 하려고 무공을 익히는 것이 아닌가, 그런데 수단에 불과한 무공을 목숨보다 중요하게 생각한단 말인가?

호열은 독고 원주의 말을 통해 자신이 그동안 알지 못한 것이 있다는 것을 알 수 있었다. 그러나 아무리 생각해 보아도 이해가 되지 않았다. 호열이 중요하다 생각하는 것은 무공보다 하나밖에 없는 목숨이었기 때문이다.

호열이 어떠한 생각을 하고 있든, 현재 조 검주는 마치 혈귀나찰(血

鬼羅刹)처럼 온몸에 피를 뒤집어쓰며 쉴 새 없이 검을 휘두르고 있었다. 하지만 조 검주와 몇 수라도 상대할 수 있는 고수들은 대부분 무림맹에 가 있는 상황이라, 무참하게 쓰러지는 것은 패혈맹 문인들뿐이었다. 짧다면 짧은 반 각의 시간 동안, 조 검주의 검에 쓰러진 문인들의 수가 백 명을 넘고 있었던 것이다.

"그만! 모두 뒤로 물러나라……!"

더 이상 문인들의 피해를 두고 볼 수 없었던 독고 원주는, 문인들을 뒤로 물리고서 자신이 직접 조 검주의 앞에 섰다. 이미 옹 장로를 포함해 패혈맹에 남아 있는 다섯 명의 장로들 중 세 명이 조 검주의 검에 적지 않은 부상을 당한 상태였기에, 조 검주와 몇 수라도 검을 섞을 수 있는 고수는 독고 원주와 다른 두 명의 장로들밖에 없었던 것이다.

"매우 훌륭한 검법이었다. 그러나 황제가 주는 밥을 먹어서 그런지, 무인이 지녀야 될 가장 기본적인 예의도 없구나!"

"나는 지금까지 황제를 따른 일이 없소. 오직 주군만을 모셨을 뿐이오."

"주군이라, 그 주군은 임 문주를 말함인가?"

"그렇소."

독고 원주의 질문에 조 검주는 핏물이 흐르는 검극을 지면에 닿을 정도로 내린 후 짤막하게 대답했다. 이미 자신의 앞에 선 인물이 누구인지 잘 알고 있었기에, 문인들을 향한 분노를 가라앉히며 나름대로 예의를 차린 것이다.

하지만 독고 원주와 다른 두 명의 장로들에게는 조 검주의 언행에서 자신들을 깔보는 듯한 느낌이 들었으며, 더 나아가 패혈맹을 안중에 두지 않고 있다는 인상을 받았다.

"하하하~ 임 문주, 그대의 수하 역시 그대만큼 거만하구려."

"거만한 것이 아니라, 그는 있는 사실 그대로를 말했을 뿐이오. 사실 황제의 녹을 받은 것은 본인이지, 그는 황제와는 아무런 연관이 없소이다."

호열은 독고 원주의 옆을 살짝 지나친 후 조 검주의 앞에 섰다. 그런 후 조 검주의 어깨를 살짝 두드려 준 다음, 자신을 바라보고 있는 독고 원주를 향해 돌아섰다. 그러나 호열이 돌아섬으로 해서 전과 후의 분위기는 천지 차이로 변해 버렸다. 조금 전까지 호열이 조 검주와 패혈맹 문인들의 혈전을 편안하게 관람하는 정도였다면, 지금은 독고 원주와 다른 사람들을 향해 위협적으로 자신의 기를 발산하고 있었던 것이다.

"끄으흠~"

"헉! 흐으으으~"

"독고 원주, 이제 그대와 본인이 한번 손을 섞어보는 것이 어떻겠소? 본인으로서는 패혈맹에 충분히 예의를 차렸다고 생각하는데."

지금까지 반존대를 해왔던 호열의 어투가 바뀌어졌다. 더 이상 참을 수 있는 인내심의 한계를 서서히 드러내고 있었던 것이다.

'이, 이 정도였단 말인가? 소문을 듣고서 설마 설마 했었는데, 이것은 도대체…….'

독고 원주와 장로들은 호열이 자신들을 향해 살의를 가지기만 한다면 몸이 터질 것 같다는 생각이 들었다. 그러나 그것은 도저히 있을 수 없는 일이라 생각하며, 애써 자신들의 머리를 지배하기 시작하는 두려움을 지우고자 했다.

그 일환으로써 장로들은 호열을 향해 검극을 겨누었다. 장로들보다 독고 원주에게 호열의 신경이 집중돼 있었기에, 장로들은 독고 원주보다 심적으로나 육체적으로 영향을 덜 받고 있었기에 가능한 일이었다. 하지만 장로들은 검극을 호열에게 겨누기만 하는데도 이마를 비롯해 온몸이 땀으로 흥건해질 정도였다.

"흥! 감히 본인에게 검을 겨누다니, 죽고 싶은 모양이군!"

팟! 파팟……!

"크억!"

"컥! 끄으응~"

호열의 손이 장로들을 향해 들려졌다. 그러자 장로들의 가슴이 무엇에 관통을 당한 것처럼 핏줄기가 하늘을 향해 솟구침과 동시에, 장로들은 외마디 비명과 함께 힘없이 고개를 지면에 박으며 쓰러졌다.

장내는 바늘이 떨어지는 소리라도 충분히 들을 수 있을 정도로 고요했다. 어느 누구도 입을 여는 사람이 없었으며, 단지 모든 사람들의 시선은 호열의 손끝이 가리키고 있는 곳을 향하고 있었다. 그곳엔 조금 전까지 호열을 향해 검을 겨루던 장로들이 싸늘한 시신이 되어 처참하게 쓰러져 있었다.

'아무것도 볼 수 없었는데, 어떻게 기척조차 없이 장로들을……?'

따따따따따딱딱—

장로들의 시신을 바라보던 독고 원주의 시선은 다시 호열에게 돌려졌다. 그러나 호열을 바라보는 독고 원주의 입에선 지금까지 들을 수 없었던 이상한 소음이 나고 있었는데, 그것은 무엇인가 딱딱한 물체가 심하게 부딪치는 소리였다.

독고 원주는 곧 자신의 추태를 깨닫고는 마음을 안정시키는 데 사력을 다했다. 그러나 이미 평정심을 잃은 후였기에 몸이 움직여지지 않았다. 하지만 독고 원주의 끈질긴 노력으로 이빨이 부딪치는 것은 멈출 수 있었다.

"분명히 경고하겠는데, 다시는 본인에게 검을 겨누지 마시오. 만약 이후에도 저들과 같은 어리석은 행동을 할 경우, 패혈맹은 오늘 이후 무림에서 사라질 것이오."

호열의 몸에선 일대종사의 기품보다 도저히 거역할 수 없는 절대군주의 패기가 넘쳐흘렀다. 그것은 아무리 패혈맹의 장로원주라 할지라도 항거할 수 없는 절대 명령처럼 들렸으며, 이를 지켜보고 있는 사람들조차 두려움과 함께 뇌리에 각인' 되었다.

"이제 다시 한 번 기회를 주겠소. 아마도 마지막 기회가 될 것이오. 만약 이번에도 본인을 기만할 경우, 다시는 서로의 얼굴을 볼 일이 없을 것이오. 알아들었소, 원주?"

"끄으응~ 보, 본 맹은 아무런 잘못이……."

"그만! 다음은 본좌가 이야기하겠네. 그러니 원주는 뒤로 물러나 있게."

"……."

'이제 나타났군. 역시 개를 때리면 주인이 모습을 드러내는군.'

호열은 이미 누군가 다가오고 있음을 알고 있었기에 갑자기 나타난 인물을 향해 고개조차 돌리지 않고 독고 원주를 쳐다보고 있었다. 독고 원주의 눈동자가 좌우로 왔다 갔다 하던 것이 영 마음에 들지 않았던 것이다. 분명 자신이 마지막 기회를 주었는데, 독고 원주는 그 기회마저도 거짓을 말하려고 했던 것 같았기 때문이다.

하지만 독고 원주는 맹주의 등장으로 한시름 놓았다는 듯 굳어 있던 얼굴이 펴지며 맹주의 뒤로 한 걸음 물러났다.

"매, 맹주님을 뵙습니다."

"맹주님을 뵙습니다……."

호열의 앞에 나타난 사람은 패혈맹 맹주 검마왕(劍魔王) 독고후(獨孤珝)였다. 혈마 독고신검의 명으로 대규모의 지원병을 무림맹에 파견한 후 지금까지 폐관 수련을 하고 있었는데, 자신을 부르는 송 군사의 다급한 외침에 폐관 수련을 중도에 멈추고 밖으로 나온 것이었다.

독고후의 양옆에는 패혈맹의 군사 혈미서생 송심진과 혈리호천단(血髗護天團)의 단주 흑마검군(黑魔劍君) 독고린(獨孤璘)이 자리하고 있었다. 더불어 지금까지 모습을 보이지 않고 있던 혈리호천단 단원들 삼천 명이 질서 정연하게 전투 진형을 짠 상태로 도열해 있었다.

"처음 보는군. 본좌는 독고후라 하오."

"크흠! 본인은! 임호열이라 하오. 그나저나 조금 전 맹주가 원주를 대신해 설명한다고 했으니, 지금 당장 말해 주는 것이 어떻겠소?"

"생각보다 성격이 급하시구먼, 허허. 그러나 본좌가 원주를 대신해서 말한다고는 하지 않았네. 그저 다음에 이어질 말은 본좌가 하겠다고 했지."

"그것이 그 말인 것 같은데, 아니었소?"

"물론 아니오. 본좌는 원주가 무슨 생각을 하고 있는지 모르니, 어떻게 원주를 대신해서 말할 수 있겠는가. 그렇지 않소, 임 문주?"

"흥! 맹주도 말장난을 꽤 좋아하나 봅니다. 그러나 본인은 말장난하는 것을 싫어하는 편이라 재미가 없군요."

"허허, 싫다니 미안하구먼. 하지만 본좌의 말은 한 치의 거짓도 없는 사실이라오."

"흐으음……."

'그래도 패혈맹의 주인이라 이건가? 원주보다는 상대하기가 껄끄럽군. 좋지 않아, 왠지 내가 끌려가는 느낌이 드는군.'

호열은 맹주와 시선을 교환하면서 자신의 생각이 옳다는 것을 다시 한 번 확인할 수 있었다. 심오하면서도 깊이를 알 수 없는 눈동자는 아무것도 알아낼 수 없을 정도로 맑아 보였다. 오히려 너무 맑아 혼탁한 것보다 더욱더 안을 볼 수가 없었던 것이다.

"그럼 맹주는 본인에게 어떤 말을 해주려고 이곳에 나온 것입니까? 원주에게 듣자 하니 폐관 수련 중에 있다고 하던데요."

"아무리 폐관에 들었다고 해도, 본 맹이 이렇게 속수무책으로 공격받고 있다는데 나오지 않을 수가 있어야지."

"그렇다면 맹주가 원주 대신 본인을 상대하겠단 말인 것 같은데, 그렇습니까?"

"상대하는 것이야 그리 어려운 일은 아니지만, 어떻게 상대하느냐가 중요하지 않겠소?"

"……?"

"만약 임 문주가 본좌의 조건을 받아들여 승리한다면, 본좌는 당시의 일을 총괄했던 군사에게 임 문주의 요구를 들어주도록 하겠소."

"군사라면……?"

호열은 독고 맹주의 설명을 들은 후, 맹주의 뒤쪽에 시립해 있는 노인을 향해 시선을 주었다. 노인은 한눈에 보아도 학식의 깊이를 측량할 수 없을 정도로 혜안이 있어 보였다.

"사실 그 문제는 군사만이 모든 것을 알고 있네. 본좌와 원주는 군사를 통해서 들은 것이 전부라네. 그것도 아주 단편적인 것에 불과하니, 만약 이 자리에서 군사의 신상에 잘못이라도 생기면 듣고 싶어도 들을 수 없게 되겠지."

"…지금 본인에게 협박을 하는 것이오?"

"협박이 아니라 사실을 말해 주고 있을 뿐이오. 군사처럼 출중한 인품과 학식을 겸비한 학자를 얻기란 쉽지 않겠지만, 그렇다고 해서 전혀 없다고 생각하지 않소. 구하고자 한다면 얼마든지 구할 수 있는 것이 바로 군사가 아니겠소?"

"크으흠……."

'군사를 미끼로 나를 협박하고자 하다니. 어떻게 자신의 군사를 협박하기 위한 미끼로 사용할 수 있단 말인가? 더구나 군사의 표정은 당연하다는 듯하지 않은가? 모르겠군. 그렇지만 맹주의 말을 사실인 것 같은데, 그렇다면……?'

"참! 말해 주지 않은 것이 있군."

"……?"

"임 문주도 송 군사를 보고서 느꼈겠지만, 송 군사는 학문을 한 학자답게 절개가 출중한 사람이라오. 그럴 일이야 없겠지만, 만약 임 문주가 힘으로 송 군사를 협박이라도 한다면 말이오. 아마도 임 문주는 송 군사에게 죽음이란 대답을 들을 수 있을 것이오."

"흐음……."

호열은 독고 맹주의 설명이 없었어도 이미 그와 같은 생각을 하고 있었다. 만약 그렇지 않다면 호열은 이미 송 군사의 옆에 있었을 것이었다.

'그나저나 뭐야……? 아무래도 내가 잘못 생각했단 말인가? 맹주의 말을 들어보니, 결론은 맹주와 원주가 그 일을 주도한 것이 아니란 말인데. 더구나 군사가 모든 진실을 알고 있다니? 그럼 납치범들은 따로 있고, 그것을 군사를 통해 전해 듣고서 소문을 냈다는 말인가? 이거 참! 그렇다면 납치를 한 곳은 도대체 어디란 말인가……?'

호열은 자신이 잘못 생각하고 있었는지도 모른다는 판단이 들었다. 그도 그러한 것이, 가만히 생각해 보니 패혈맹에서 소호공주를 납치하고자 했다면 그에 합당한 목적이 있어야만 했다. 그 목적이란 당연히 자신을 적으로 만들기보다는 같은 편으로 끌어들이는 것이어야 했다. 그런데 지금까지 그에 대한 언급은 일절 없었던 것이다.

'그렇다면 방법은 한 가지밖에 없단 말인가? 휴~ 생각보다 긴 여정이 될 수도 있겠구나. 부인, 조금만 더 참아주시오. 내 기필코 찾아가겠소이다.'

"이제 결심이 섰는가?"

"맹주의 조건이 무엇이오?"

"허허, 조건이야 당연히 싸움에서 승리하는 것이지. 하지만 상대는 본좌를 포함한 하나의 절진이오."

"절진……?"

"그렇네. 본 맹이 만들어낸 최고의 절진이라 할 수 있지. 만약 임 문주가 본 맹의 절진을 깨뜨릴 수 있다면, 아무도 임 문주가 하고자 하는 일에 대해서 일체 관여하지 않을 것임을 본좌의 이름을 걸고 맹세하겠소. 그러나! 만약 그렇지 못할 경우엔, 임 문주는 본 맹에 뼈를 묻게 될 것을 각오해야 할 것이오.”

“진다면 그렇게 되겠지요. 받아들이도록 하겠소.”

“허허, 그렇다면 본 맹은 오늘 처음으로 대윤회만상진(大輪廻萬象陣)의 위력을 확인할 수 있겠구먼.”

‘대윤회만상진? 강호에 그런 진도 있었던가? 처음 들어보는군.’

호열은 독고 맹주의 설명을 들은 후, 자신이 내승운고에서 보았던 절진에 관한 서책을 생각해 보았다. 그러나 아무리 생각해 보아도 들어보았거나 읽어보았던 기억이 없었다. 그에 호열은 독고 맹주가 거론한 절진이 패혈맹에서 독자적으로 만든 진일지도 모른다고 생각했다.

“흥! 얼마나 대단한 절진인지 구경이나 합시다.”

“허허, 좋은 구경이었으면 좋겠소. 하지만 대윤회만상진은 설사 신이라도 빠져나갈 수 없는 죽음의 절진이오! 린아, 임 문주께서 기다리시는구나. 어서 진을 펼치거라!”

“옛, 아버님. 혈리호천단, 대윤회만상진을 준비하라……!”

독고린의 사자후가 연무장에 메아리쳤다. 그러자 독고 맹주의 뒤에서 있던 혈리호천단 문인들이 절도있는 대답과 동시에 연무장으로 쏟아져 들어갔다.

무림맹처럼 여러 흑도문파의 연합 세력인 패혈맹에 중심적인 역할을 하는 두 개의 단이 있었는데, 혈검신룡(血劍神龍) 독고룡(獨孤龍)이 이끄는 혈검비룡단(血劍飛龍團)으로 방어보다는 공격을 최우선으로 하는 곳이 그 첫 번째고, 두 번째는 바로 독고린이 이끄는 혈리호천단이었다. 하지만 혈리호천단이 공격을 하지 않고 방어만 하는 것은 아니었다. 다만 공격보다는 방어에 더욱 치중한 것뿐이었다. 그 이유 중 하나가 바로 대윤회만상진이었는데, 패혈맹에 무림맹이나 마교가 공격해 온다고 해도 혈리호천단이 있다면 막아낼 수 있다고 혈마 독고신검이 장담했을 정도의 방어 절진이었다.

호열은 조 검주에게 뒤로 물러나 있도록 명한 후, 독고린의 사자후에 따라 질서 정연하게 움직이기 시작하는 혈리호천단 문인들 틈으로 한 발짝씩 걸어갔다. 그러나 조 검주에 의해 죽음을 당한 시신들은 그대로 있었는데, 이미 연무장은 이들이 흘린 피로 인해 적토가 된 지 오래였으며, 높은 기온으로 인해 그 흔적만 남기고 메말라 있었다.

이에 호열은 처참하게 쓰러져 있는 시체들을 바라보며 인상을 찡그리다가, 자신의 수중에 무기라고 할 만한 것이 없다는 것을 깨닫고는 주변에 팽개쳐져 있는 칼을 하나 주워 들었다.

'훗, 그리고 보니 철혈검이 아쉬울 때도 다 있군. 그 녀석, 들고 다니기엔 귀찮았지만 싸울 때는 요긴하게 쓰였는데.'

호열은 주변을 두리번거리며 철혈검과 비슷하게 생긴 검을 찾아보았으나, 모두가 기형도이거나 장창밖에 없었다. 그에 아쉬운 대로 처음 집었던 칼을 이리저리 휘둘러 본 후 연무장 중앙에 멈추어 섰다. 그런 후 주변을 둘러보자, 이미 연무장에 널브러져 있던 시체들은 동료들의 수고로 인해 말끔하게 치워지고 있었고, 그 뒤를 이어 대윤회만상진을 펼치기 위해 독고 맹주와 독고린이 이끄는 혈리호천단 삼천 명의 문인들이 연무장을 가득 메워 나갔다.

'응? 뭐야? 뭐가 이렇게 많아……?'

호열은 독고 맹주로부터 대윤회만상진과 겨룬다는 말에 소림의 오
백대나한진(五百大羅漢陣)을 떠올렸다. 오백대나한진은 호열이 알고
있는 진들 중 가장 강력한 것으로 기억하고 있었기 때문이다. 그러나
진을 구성하는 인원의 수가 가장 많은 것은 개방의 대타구진이었다.
일반적으로 타구진은 그 구성원이 많지 않았지만, 대타구진은 사결 이
상의 문도가 팔백 명이 모여서 구성하는 진이었다.

하지만 호열은 지금 자신의 주변을 가득 메우고 있는 사람들의 수를
세어보아야만 했다. 정확히 삼천 명이었다. 아니, 맹주와 진의 중심에
있는 독고린까지 합하면 삼천이 명이었던 것이다. 그에 호열은 자신이
모르는 이런 진이 있었나 생각해 보았지만, 아무리 생각해 보아도 내승
운고에서 본 서책들 가운데 삼천 명으로 구성된 진은 없었다.

독고 맹주는 호열의 표정을 보고 지금 무슨 생각을 하고 있는지 대
강 짐작이 간다는 얼굴을 하고 있었다. 그도 그러한 것이, 지금까지 대
윤회만상진은 세상에 그 모습을 드러낸 적이 한번도 없었기 때문이다.

"그렇게 고심할 필요 없소. 이 대윤회만상진은 부친께서 소림의 오
백대나한진을 상대하기 위해 창안하신 것이오."

"아~"

"훗훗, 임 문주의 표정을 보니 오백대나한진 정도는 위협으로 느끼
지도 않는가 보구먼. 하지만 본 맹은 오랜 세월 거듭된 연구 끝에, 지
금은 적어도 오백대나한진의 세 배 정도 되는 위력을 보이고 있소. 적
어도 세 배 이상이지."

"……."

호열은 독고 맹주의 말에 침음을 삼켜야만 했다. 더구나 아직 한번도 제대로 된 절진을 상대해 본 적이 없기에 긴장감이 온몸에 흘렀다. 그러나 한편으론 절진이라고 해도, 그 절진을 구성하고 있는 것은 개개인이란 생각에 평정심을 유지하려고 노력했다.

'그래, 아무리 절진이라고 해도 사람이 시전하는 것이다. 더구나 나도 절진을 만들어보았는데, 합벽진 정도의 위력밖에 없었지 않은가. 그러니 이것은 절진이 아니라 삼천 명으로 구성된 합공일 뿐이다.'

"린아, 구동하거라."

"예, 아버님. 대윤회만상진, 구동~!"

"구동~!"

휘이이이잉―

드디어 가동하기 시작하는 대윤회만상진.

독고린의 사자후에 의해 움직이기 시작한 삼천 명의 단원들은 바깥에서부터 크게 원을 그리며 좌측과 우측의 양 방향으로 엇갈려서 돌았는데, 처음엔 다소 느린 것처럼 보일 정도의 움직임이 조금 시간이 지나자 먼지를 일으키기 시작했다.

호열은 삼천 명의 공력이 서서히 상승하는 것을 온몸으로 느낄 수 있었다. 하지만 아직 완전하게 진이 발동된 상태가 아니라 조용히 한 자리에 멈추어 서서는 움직이지 않았다.

"자신감이오? 아니면 본좌가 나서길 기다리고 있는 것이오?"

"훗, 글쎄요. 하지만 맹주가 말한 틀 다가 움직이지 않는 원인일수도."

"크흠! 좋소이다. 이제 움직여도 되오. 이미 진은 발동된 상태니까."

"알겠소. 그럼 시작해 봅시다."

호열은 독고 맹주의 마지막 말을 끝으로 그 모습을 눈으로 확인할 수가 없었다. 이미 진으로 형성된 먼지구름이 호열의 시야를 완전히 가린 상태였다.

'서책에 의하면 절진이 발동될 경우 천지만물이 짙은 안개에 가려져 일반인들은 눈으로 그 안을 확인할 수 없다고 했는데, 안개가 아니라 먼지가 시야를 가릴 줄이야. 정말 중원인들의 허풍은 알아줄 만하군. 그러나 시야를 가리긴 하니 완전히 틀리다고 할 수 없겠지.'

"건(乾)! 일검팔봉(一劍八峯)!"

쏴아아아ー

"응? 뭐야……!"

쾌아아앙!

먼지로 인해 시야를 확보할 수 없게 되자, 호열은 주변의 요동치는 기의 변화에 온 신경을 집중하고 있었다. 그런데 갑자기 호열의 왼쪽 앞에서 무서운 속도로 쇄도하는 검극을 볼 수 있었다. 이에 다급히 신형을 우측으로 이동시키면서 자신을 향해 쇄도하는 검을 향해 칼을 휘둘렀다.

"……?"

호열은 자신의 칼이 아무런 저항도 받지 않고 자신이 가고자 하는 방향을 선회하고 있는 것을 볼 수 있었다. 분명 자신이 휘두른 칼은 중도에 막혀야만 했다. 그런데 칼을 잡고 있는 손엔 그 어떠한 진동도 느껴지지 않았다. 오히려 호열이 피했던 방향에서 조금 전보다 더욱 위력적인 공격이 쇄도해 들어왔다.

"이크! 사방에서 공격하기 시작하는군. 좋아! 그렇다면……!"

적이 어디서 어떻게 공격하는지 눈으로 확인할 수 없게 되자, 호열은 주변에서 느껴지는 기의 움직임으로 공격 대상을 정한 후 칼을 휘두르며 신형을 날렸다. 어차피 주변엔 적으로 가득했기에, 호열은 그들 중 한 방향을 집중적으로 뚫으면 절진에도 허점이 노출될 것이라 생각한 것이다. 그러나 이러한 호열의 생각은 여지없이 빗나갔다. 아무리 한곳을 공격해도 원하는 일은 발생하지 않았던 것이다.

이에 호열은 얼굴을 붉게 상기시키며 모래태풍과 반대 방향으로 신형을 움직이며, 자신의 정면을 향해 어의광을 시전했다. 어떻게든 물량으로 승부를 해보자는 생각이었다. 비록 절진의 위력에 눌리고 있지만, 언젠가는 뚫릴 것이라 생각한 것이다.

하지만 호열로서는 불특정 다수를 향한 공격에 대한 경험은 전무한 상태였다. 더욱이 빠르게 자신의 영역을 확장하는 절진 앞에서 무작위로 공격을 강행한다는 것은 무용지물이나 다름없었다. 웬만한 공격은 대윤회만상진의 위력에 묻혀 버리기 때문이다.

속수무책.

호열은 대윤회만상진 앞에서 자신의 공격이 모두 사라지는 것을 느낄 수 있었으며, 한동안 어떻게 대처를 해야 하는지 고심할 수밖에 없었다. 그러나 마냥 넋 놓고 있을 수가 없었다. 조금만 방심을 해도 모래태풍 안에서 빛보다 빠른 속도로 공격해 들어왔기 때문이다.

"손(巽), 만변(萬變)!"

'제길! 정말 이대로 당할 수밖에 없단 말인가? 아니다. 그럴 수가 없지. 아암!'

"이얍! 어의부웅~!"

호열은 자신을 향해 가장 먼저 공격했던 곳으로 강기를 날림과 동시에 돌진을 했는데, 어찌 된 것이 강기는 먼지구름 속에 들어간 후 자취를 감추어 버렸고 호열의 칼은 또다시 허공만 베고 지나갈 뿐이었다. 이에 당황한 호열은 대윤회만상진이 일반적인 절진이 아니라, 자신이 알고 있는 것보다 훨씬 뛰어난 것임을 알 수 있었다.

그러나 호열은 그냥 물러설 수가 없었다. 절진이 뛰어난 것임은 인정하지만, 그렇다고 아직까지 쉽게 포기할 정도로 위협을 주지는 못하고 있었기 때문이다. 아니, 목숨이 위태롭다고 해도 호열은 포기할 수가 없었다. 호열에게 있어서 절진은 무슨 일이 있어도 깨뜨려야 하는 적과 같았기 때문이다.

시간이 조금씩 지나면서 호열을 압박하는 압력은 거세져만 갔다. 어찌 된 일인지, 처음보다 호열의 신형을 압박하는 압력이 몇 배나 늘어난 것이다. 더욱이 호열을 주변으로 먼지구름마저 일정한 방향으로 회전을 하기 시작했는데, 그 모습을 보는 호열로서는 자신이 태풍의 중심에 서 있는 것이 아닌가 하는 착각마저 들 정도로 어마어마했다.

"절진이 강하다는 것은 인정하마! 그러나 이 자리에 있는 본인은 임호열이다. 철혈검황 임호열이란 말이다! 이야얍, 더 이상은 어림없다~!"

쾅! 콰아앙! 콰쾅……!

휘이이이이잉ㅡ!

호열은 자신을 압박하기 시작하는 먼저구름을 향해 사방으로 강기를 날리기 시작했다. 또한 먼지태풍과 같은 방향으로 신형을 움직이며 이기어도를 펼쳤는데, 호열의 손을 떠난 칼은 일 장이 넘는 도강에 휩싸여 먼지구름 속으로 파고들어 갔다. 또한 빠르게 회전하며 사방으로 어의광을 펼치며 먼지태풍에 구멍을 뚫기 시작했다.

창! 창창차앙~!

"크윽!"

"커억~"

"컥! 끄으으~"

"헛! 강진(强陣)……!"

먼지태풍 안에서 문인들의 비명 소리가 들렸다. 호열이 시전한 이기어도가 절진의 방향에 미세한 영향을 주었고, 그 틈으로 어의광이 파고들면서 사상자가 발생한 것이다. 이에 독고린이 다급함을 느꼈는지, 이기어도를 피하기보다는 강하게 맞서기 위해 절진을 더욱더 강하게 가동할 것을 문인들에게 명했다.

"이런! 어의붕……!"

콰아아앙~!

"크억! 끄으으~"

"캑……!"

"흐엇! 으아아~"

"이런! 태산압정(泰山壓頂)~! 곤(坤)과 태(兌)로 움직여라~!"

슈아아앙― 콰앙! 콰쾅! 콰르르르, 콰앙―!

"이크! 어의망!"

대윤회만상진에 의해 형성된 먼지태풍 안에서 눈으로 구분조차 할 수 없을 정도의 강기들이 호열을 향해 쏟아져 들었다. 이에 깜짝 놀란 호열은 얼른 어의망을 시전해 위기를 간신히 면할 수 있었지만, 조금만 늦었다면 큰 봉변을 당할 뻔했을 정도로 아슬아슬한 접전이 진행되었다.

쾅! 콰앙! 콰아아앙—!

"크으, 퉤! 젠장~! 어떻게 강기를 사용할 수 있는 녀석들이 이렇게 많아?"

호열은 소나기처럼 쏟아져 들어오는 강기들이 어의망을 쉴 새 없이 두들기면서 생긴 충격으로 내상을 입었다. 비록 크게 탈이 날 정도는 아니었지만, 그 덕분에 입가엔 한 움큼의 피가 고여야 했다.

"이것이 패혈맹의 힘이란 말인가? 아니야! 그렇지 않을 것이다. 만약 그렇다면 지금까지 패혈맹이 무림맹을 가만히 두었겠는가? 더구나 저들 중 강기를 사용할 수 있는 수준의 고수는 세 명밖에 되지 않았음을 내가 확인하지 않았던가. 그렇다면 이것이 진정 절진의 힘이란 말인가? 어떻게 절진이……? 제기랄!"

호열은 자신을 향해 정신없이 쏟아지는 강기들을 막으면서도 믿을 수 없다는 표정을 지었다. 자신이 직접 가르쳐 보아서 알게 되었지만, 무인으로서 강기를 사용할 수 있다는 것은 엄청난 일이었다. 체계적인 무공과 비급, 그리고 강기를 사용할 수 있는 정도의 공력과 깨달음 등 모든 것이 일정 이상의 수준에 올라서지 않고는 사용하고 싶어도 사용할 수 없는 고도의 기술이 바로 강기였던 것이다.

단적으로 예전 철혈당 문인들 중에서도 강기를 시전할 수 있는 문인들은 고작 다섯 명밖에 되지 않았다. 그런데 지금 패혈맹엔 삼천 명이 모두 강기를 시전하고 있는 것이다. 아무리 호열이 강호 사정에 어둡다고 해도, 입이 다물어지지 않을 정도의 큰 충격이었다.

더욱이 얼마 지나지 않아 호열은 자신이 이기어도로 시전하여 먼지 태풍 안으로 날렸던 칼의 흔적을 찾을 수 없었다. 어떤 방해에 의해서 그렇게 됐는지 알 수 없지만, 칼은 호열의 의지와는 아무런 상관 없이 서로 간에 이어지던 의지마저 완전하게 단절된 것이다. 먼지태풍에 가려져 보이지 않고 있지만, 호열은 아마도 그 칼이 땅바닥에 뒹굴며 이리저리 채이고 있다는 것을 알 수 있었다.

'절진이란 거, 쉽게 생각할 게 못 되는구나. 절진이라는 것이, 이 정도로 위협적인 것이었나?'

머리는 냉철하게, 하지만 몸은 빠르게.

호열은 자신이 현재 절진에 의해 꼼짝없이 손과 발이 묶여 있다는 것을 인정할 수밖에 없었다. 더구나 어의망으로 방어를 하는데도 한계가 있었다. 예전 혜정 대사가 공격할 때와는 달랐지만, 어의망에 부딪치는 강기들 하나하나가 그에 못지않은 위력을 지니고 있어 버티는데 힘들어지고 있었던 것이다. 이에 호열은 자신이 특단의 조치를 취해야 절진에서 벗어날 수 있다는 것을 절실하게 느끼고 있었다.

하지만 이미 대윤회만상진은 자신의 자리를 확고히 지키며 최고의 위력을 발휘하고 있었다. 더욱이 강성해진 절진의 위력으로 인해 독고 맹주가 자신의 위치를 지키지 않아도 될 정도가 되었으며, 그것으로 인해 독고 맹주는 절진의 움직임에 영향을 받지 않고 나름대로 호열을 향해 공격을 가할 수 있게 된 것이다. 다시 말해 대윤회만상진의 위력을 고스란히 사용할 수 있는 적이 하나 더 늘었다는 것으로, 호열은 현재 최대의 위기 상황을 맞고 있었다.

호열도 자신을 향해 공격되는 절진의 움직임에 미묘한 변화가 왔음을 직감으로 느낄 수 있었다. 그동안의 공격과는 달리, 아무런 조짐이나 규칙도 없이 자신을 향해 공격해 들어오는 인물이 있다는 것을 알 수 있었던 것이다. 그러나 문제는 그것이 아니었다. 이미 누가 이러한 공격을 가하고 있는지 알고 있었기 때문이다. 다만 문제가 되는 것은, 독고 맹주의 공격에 지금까지 느껴보지 못했던 막강한 공력이 실린다는 것이었다. 마치 대윤회만상진으로 형성된 절진의 모든 기운이 독고 맹주 한 사람에게 집중되는 듯한 느낌을 받았던 것이다.

　　"크윽! 이, 이럴 수가⋯⋯!"

　　쾅! 콰아앙!

　　"컥! 제기랄⋯⋯!"

　　"허허, 대단하군. 소문은 반도 믿을 것이 못 된다 생각했는데, 오늘 보니 임 문주에 관한 것은 과장된 것이 아니라 오히려 축소된 것 같구려."

　　"흥! 과장됐든 축소가 되었든, 싸움은 이제부터요!"

　　"그렇게 무리할 필요가 있겠소? 본좌가 보기엔 지금까지 버틴 것만으로도 임 문주가 능히 부친에 버금갈 정도의 초고수라는 것을 인정하겠소."

　　"혈마에 버금간다? 웃기는군!"

　　쾅⋯⋯! 콰르르르, 콰아아앙―!

　　"큭! 퉤! 제길~!"

　　"임 문주, 이제 그만 접는 것이 어떻겠소? 만약 그렇다면 오늘의 일은 없었던 것으로 하겠소. 그러니 임 문주도 더 이상 본 맹에 적의를 두지 않았으면 좋겠소이다. 그러니 임 문주는 본 맹이 황제에게 반역의 뜻을 두지 않고 있음을 알려주시구려."

'응? 뭐야? 그럼 이들은 아직도 내가 황제의 녹을 먹고 있는 제독으로 알고 있단 말인가? 흐음, 하긴 그럴 수도. 아직 강호에 소문이 나지 않았을 수도 있겠군.'

호열은 독고 맹주의 말을 들은 후 실소를 머금었다. 독고 맹주가 황제와 자신과의 관계를 오해하는 것 같았기 때문이다.

하지만 호열은 이내 자신이 놀림을 당하고 있다는 생각이 들었다. 독고 맹주가 황제와의 일로 인해 아직 절진을 최고로 가동시키지 않은 듯했기 때문이다. 처음의 말과 달리, 독고 맹주의 말에서 살의가 느껴지지 않았기 때문이다.

"젠장! 날 우습게 봤다 이건가? 좋다! 힘에는 힘! 어디, 누가 더 강한지 해보자. 이얍~!"

독고 맹주의 말에 오기가 발동한 호열은 어의광과 어의봉을 사방으로 퍼붓기 시작했다. 마치 성난 야수와 같은 모습으로 모래태풍을 뚫기 위해 퍼부었는데, 호열의 공격을 받은 곳에서 간간이 외마디 비명이 들릴 뿐 모래태풍에 구멍이 나지는 않았다. 언제 구멍이 났었냐는 듯 순식간에 원래의 모습으로 돌아가곤 했다.

하지만 호열의 무차별적인 공격이 가해지기 시작하면서 모래태풍도 변화가 보이기 시작했는데, 지금까지와는 비교도 되지 않을 정도의 압력이 호열의 움직임을 봉쇄하기 시작한 것이다. 더구나 지금까지 느껴지던 기의 흐름도 완전히 차단을 당한 것인지, 호열은 공기의 흐름이 멈춘 것 같다는 느낌을 받았다.

'기의 흐름마저 차단할 정도였단 말인가? 거의 장백산에서 삼황을 가두었던 것과 비슷한 것 같잖아?'

호열은 기의 흐름마저 차단하는 대윤회만상진의 위력 앞에 혀를 내둘렀다. 그러나 고개는 자신이 생각했던 것을 부정하는 듯 내저었다. 아무리 좋게 생각해 보아도 삼황을 가둘 정도의 위력으로 보이지 않았던 것이다.

막상 이런 판단이 들자, 호열은 지금까지 자신이 너무 절진에 대해 끌려갔다는 것을 깨달을 수 있었다. 분명 신이 아닌 인간의 머리로 만든 이상, 그리고 절진을 시전하는 것이 인간인 이상 약점은 있다 판단한 것이다.

'좋다! 어차피 절진 자체를 힘으로 뚫으려면 나도 그에 따르는 피해를 입을 수 있다. 하지만 독고 맹주만 공격한다면, 그렇다면 구멍이 생길 수도……'

호열은 절진의 약점을 독고 맹주라 결론을 내리고, 절진 속에서 독고 맹주가 공격해 들어오기를 기다렸다. 하지만 좀처럼 기다려도 독고 맹주의 공격은 없었다. 그러나 호열은 끈질기게 기다렸고, 마침내 호열이 기다리던 독고 맹주가 모래태풍을 뚫고 공격해 들어오는 것을 느꼈다.

마침 호열도 어의망에 의존하며 버티는데 한계를 느끼고 있던 참이라 쾌재를 부르며 독고 맹주의 공격을 향해 마주 신형을 날렸다. 만약 이번에 독고 맹주의 공격을 받아낼 경우, 빈틈을 찾을 수 없던 절진에 촌각의 시간이나마 공백이 생길 수도 있다고 판단한 것이다.

콰아아아앙—

"하이앗, 어의파~!"

찌직! 찌지직─!

마치 사막에서 만들어진다는 용권풍처럼 하늘을 향해 마치 먼지들이 용오름을 하며 호열을 중심으로 무서운 압력을 가할 때, 호열의 전신에서 푸른색 전류가 흐름과 동시에 호열의 전신을 빠르게 감싸기 시작했다.

"가라아앗~!"

푸아이아─ 콰아아앙─!

쾅! 콰르르르, 콰앙!

"크억!"

"끄아아아~"

"크윽! 충격을 받았나 보군. 제길! 하지만 빈틈이 생겼다~!"

쾅! 쾅쾅! 콰르르르, 쾅!

좌충우돌.

호열의 예상은 보기 좋게 적중했다. 비록 충돌로 인한 충격으로 약간의 내상을 입었지만, 그렇다고 해서 운신이 부자연스러운 중상은 아니었다. 그에 호열은 한번 잡은 절진의 빈틈을 집요하게 물고 늘어졌다. 아무리 혈리호천단 문인들이 무너진 절진을 메우고자 해도, 호열이 그 빈틈을 놓아주지 않고 모든 공격을 집중하기 시작한 것이다.

"크어억! 끄으~"

"아, 아버님! 이, 이런! 뭣들 하느냐! 자리를 지켜라! 무너지면 안 된다~!"

"훗! 이미 늦었다. 하아앗! 어의멸~!"

콰우우우우웅—

호열의 무공 중 최강의 무공인 어의멸.

호열은 절진에 균열이 생기면서 허공에서 무겁게 짓누르던 압력이 사라짐을 느꼈다. 아직 사방에서 죄어오는 압력은 방심할 수 없을 정도로 거셌지만, 모래로 인해 전혀 볼 수 없었던 위쪽은 하늘이 훤하게 보일 정도로 큰 구멍이 생긴 것이다.

이에 호열은 더 이상 기다리지 않고 자신이 최강이라 생각하는 어의멸을 가차없이 시전했다.

두 번.

호열은 연속해서 두 번이나 어의멸을 시전한 후, 그 뒤를 이어 어의파로 다른 곳보다 모래태풍이 희미한 곳을 강타했다. 비록 무리한 공격이 부담스러웠지만, 호열은 이번이 마지막 기회라는 것을 알 수 있었다. 만약 이번의 기회를 놓칠 경우, 두 번 다시 지금과 같은 기회가 오지 않을 것임은 물론, 상대는 차라리 지구전으로 공격 방향을 바꿀지언정 조금 전과 같이 독고 맹주가 무리한 공격을 가하지 않을 것이기 때문이다.

"막아야 한다. 모두들 곤(坤)에 모든 힘을 집중하도록 하라~!"

절진 안에서 독고 맹주의 다급한 외침이 울려 퍼졌다. 목소리엔 다급함이 절실하게 느껴졌는데, 호열이 시전한 어의멸이 대윤회만상진의 곤 방향에 집중되며 빠르게 균열이 가기 시작했기 때문이다. 하지만 이미 균열이 간 절진을 복구한다는 것은 쉬운 일이 아니었다. 더욱이 호열의 공격에 독고 맹주 역시 적지 않은 내상을 입은 상태였기 때문에, 문인들을 독려하면서도 연신 입 밖으로 피를 토해내고 있었다.

쿠우우우우웅—

팟!

콰아아앙—!

"크아아~"

"끄억! 끄어어~"

"커어억~"

"큭! 끄으으, 살려~"

모래태풍의 한쪽에서 들려오기 시작한 비명 소리는 순식간에 사방으로 퍼지기 시작했다. 한쪽이 일방적으로 무너지자, 균형을 잃은 대윤회만상진의 다른 곳들도 함께 무너지기 시작한 것이다. 그러나 배열과 균형이 무너진 절진은 아비규환보다 더욱더 심각한 지옥을 연상케 했다. 서로 엇갈려 회전하던 문인들은 원하지 않아도 동료의 가슴에 검을 그어야 했으며, 설상가상으로 호열이 시전한 어의멸에 의해 비명조차 지르지 못하고 땅바닥에 고개를 떨궈야 했다.

"끄윽! 제길, 죽어라! 죽어~! 크하하하~"

"크억! 끄아아~"

"컥!"

"사, 살려줘~! 사, 크아아~"

호열은 절진이 깨지자 사방을 휘젓고 다니며 혈리호천단 문인들이 눈에 보이는 족족 가슴에 주먹만한 구멍을 내고 있었다. 하지만 워낙 수가 많다 보니 반 각이 지나도 절진을 멈추지 못하고 있었다. 비록 대윤회만상진을 구성하는 뼈와 살은 사라졌지만, 가장 중요한 심장과 머리는 파괴하지 못한 것이다.

"아직도냐? 아직도 움직인단 말이냐……? 제발 멈춰라! 이야압~!"

호열은 눈앞에 독고 맹주가 보이자, 망설임없이 그를 향해 어의붕을 시전했다. 눈앞에서 사라지기 전에 독고 맹주의 움직임을 잡아둘 필요가 있다 판단한 것이다. 그러나 호열의 생각과는 달리, 독고 맹주는 자신을 향해 쇄도하는 어의붕을 피하지 않고 오히려 정면으로 돌진해 들어왔다.

'이런, 아직도 절진에 이 정도의 힘이 남아 있었단 말인가? 도대체 얼마나 죽여야 멈춘단 말인가?'

독고 맹주의 검끝에 지금까지 상대했던 것보다 위력적인 기운이 모이는 것을 호열은 느낄 수 있었다. 그에 깜짝 놀란 호열은 자신이 먼저 피할까도 생각해 봤지만, 독고 맹주의 눈을 정면으로 본 순간 그 마음은 씻은 듯 사라졌다.

"제길! 좋다! 어디 끝까지 해보자! 흐야압, 어의… 파~!"

콰아아앙! 쾅! 콰아아앙―

"흐으음."

"큭! 크으흠."

휘이이이―

팟! 파팟―!

"크억! 끄아아악!"

"끄으으으~"

호열의 반격을 받은 독고 맹주는 순식간에 모래태풍 안으로 빨려들 듯 모습을 감추었다. 그러나 수유의 시간이 흐르기도 전에 문인들의 처절한 비명 소리와 함께 호열의 앞에 모습을 드러냈는데, 이미 전신엔 자신이 흘린 피로 인해 의복이 흥건해져 있었다.

　호열과 독고 맹주는 서로를 응시한 후 한동안 움직이지 않았다. 이미 대윤회만상진은 완전히 파괴되었으며, 모래태풍이 언제 있었냐는 듯 하늘은 맑고 청명하기만 했다.

　그러나 연무장은 지옥의 아비규환을 보는 듯 처참한 광경이 펼쳐져 있었다. 삼천 명의 문인들 중, 스스로 두 발로 서 있는 문인은 겨우 백명 정도밖에 되지 않았다. 그러나 그들 중에 제대로 서 있는 자는 손가락에 꼽을 정도에 그쳤다. 나머지 문인들 중 사지가 잘려 허우적대는 부상자의 수는 생각보다 많지 않았고, 대부분은 거의 숨을 거둔 상태였다.

　"사, 살려줘~"

　"끄아아, 살려~"

　"내 다리! 으아아~"

　"컥! 끄으으, 흐으음~"

　'이, 이것이 내가 한 것인가? 정녕 내 손으로 이렇게 만든 것인가? 하아…….'

　입가에 흥건히 묻어 나오는 피를 소매로 닦은 후 주변을 둘러보았다.

　아비규환.

　살려달라는 비명 소리가 처참하게 울려 퍼지고 있었다. 자신의 팔과 다리를 부여잡고 쓰러진 사람들도 있었고, 이미 가슴에 큼지막한 구멍이 뚫려 생을 마감한 사람들도 있었다. 하지만 문제는 죽어가는 사람들의 비명이 끊임없이 들린다는 것이었다. 사람들의 비명이 얼마나 처절한지, 외곽에서 관전하고 있던 다른 문인들이 선뜻 연무장 안으로 들어갈 수 없을 정도였다. 더욱이 연무장 주변에 있던 건물들은 모두 오른쪽으로 기울어졌거나 완전히 허물어져 있었고, 대기 중이던 문인들은 무너진 건물 뒤편에 숨어서 연무장 쪽을 바라보고 있었다. 그만큼 절진 밖에서도 큰 피해가 발생한 것이었다.

호열은 연무장과 그 주변을 둘러보면서 자신의 손으로 인간이 만들 수 없는 생지옥을 만든 것 같아 마음이 씁쓸했다. 그러나 이러한 감정도 한순간일 뿐, 독고 맹주와 시선이 마주쳤을 때는 싸늘한 바람이 풀풀 날릴 정도로 냉정함을 유지하고 있었다.

"맹주, 이 정도면 조건은 충족된 것 같습니다만."

"……."

"아직도 모자랍니까?"

"…충분하오. 임 문주의 요구를 들어… 큭! 크으음, 들어주도록 하겠소. 푸억! 풋!"

"아, 아버님!"

마지막 말을 하는데 온 힘을 다 쏟아서 그런지, 독고 맹주는 호열을 향해 대답을 끝마침과 동시에 입 밖으로 피분수를 뿜어냈다. 아무리 절진의 힘을 빌렸다고 해도, 독고 맹주는 호열의 공격을 완전히 막아내지 못했던 것이다. 그나마 다행스러운 것은, 절진이 호열의 공격을 어느 정도 방어해 주었기에 독고 맹주의 내장이 완전하게 으스러지는 불상사까지 이어지지는 않았다. 다만 최고라 자부하던 절진이 단 한 사람에 의해 파괴되었기에, 독고 맹주는 정신적으로 받은 충격이 너무도 커서 감당을 하지 못한 것이다.

그러나 검마왕 독고후는 패혈맹의 맹주였다. 아무리 충격이 컸다 하나, 적을 눈앞에 두고 쓰러지는 모습을 보일 정도로 나약한 존재가 아니었던 것이다.

"됐다. 너는 물러나 있어라!"

"하, 하지만……."

"물러나라 하지 않았느냐!"

"아, 알겠습니다."

독고린이 뒤로 물러난 후, 독고 맹주는 어느새 자신의 옆으로 다가와 있는 송 군사에게 시선을 주었다.

"송 군사, 임 문주와 한 약조를 지켜야 할 것 같구려."

"알겠습니다, 맹주님. 이후의 일은 모두 소인이 책임지겠습니다. 그러니 내실로 들어가시지요."

"…군사, 그 말은 무슨……?"

"별것 아닙니다. 그러나 맹주님께선 몸을 보양하셔야 하니, 소인의 말대로 독고 단주와 함께 이제 그만 내실로 들어가십시오."

"송 군사! 아까 그 말에 대해 대답……."

"독고 단주, 어서 맹주님을 내실로 모시도록 하시오. 그리고 맹주님께선 안으로 들어가 상세를 치유한 후, 몸을 보존하도록 하십시오."

독고 맹주는 송 군사의 말에 이상함을 느낀 후, 무슨 의도가 있는지 알아보려고 했다. 그러나 송 군사는 맹주의 시선을 애써 피한 후 독고린에게 맹주를 안으로 모시도록 했다.

독고 맹주가 문인들의 부축을 받으며 내실 안으로 모습을 감추자, 송 군사는 호열의 앞으로 천천히 걸음을 옮겼다. 하지만 송 군사에 앞서 조 검주가 먼저 호열의 앞에 나타났다.

"주군, 괜찮으십니까?"

"크윽! 흐음, 힘들군. 이런 절진을 상대하고도 멀쩡하다면, 그는 인간이 아니라 신일 것이다. 정말 대단한 절진이었어."

"그렇습니까? 그럼 소인이 부축을……"

"아니다. 혼자 움직일 수 있으니 됐다. 조 검주는 잠시 뒤로 물러나 있거라."

"옛, 주군."

조 검주가 호열의 뒤로 물러나자, 조 검주가 서 있던 자리 바로 뒤에 송 군사가 호열을 바라보며 서 있었다.

"송 군사라 했소? 당신을 만나는 것이 생각보다 상당히 어렵더이다."

"미안하지만, 나는 불가능하다 생각했었소. 대윤회만상진은 인간의 능력으로 파괴할 수 있는 것이 아니라고 생각했었기 때문이오."

"하하하, 그러나 당신의 눈으로 확인했듯, 본인은 이렇게 파괴를 했소."

"그렇긴 하오. 하지만 아직까지 실감이 나지 않는구려."

"그거야 군사의 사정이고, 말해 주려면 지금 해주는 것이 어떻겠소?"

호열은 목구멍으로 넘어오는 핏덩어리를 다시 목구멍 안으로 밀어 넣으며 송 군사를 향해 태연한 표정으로 바라보았다.

"알겠소이다. 그럼 잠시 자리를 옮기는 것이 어떻겠소?"

송 군사는 연무장의 처참한 광경을 둘러보며 호열에게 말했다.

"좋으실 대로. 하지만 길지 않았으면 하오. 비록 본인의 손으로 이렇게 만들었지만, 비명 소리를 오랫동안 듣고 싶은 마음은 없소이다."

"크흠! 무슨 말인지 알겠소이다. 너희들은 어서 부상자들을 만약전으로 옮겨라. 그리고 사망자는 한쪽으로 옮긴 다음, 추후 맹주님께서 다른 지시 사항이 있을 때까지 일절 손대지 말고 주변 경계를 철저히 하도록 하라!"

"옛! 알겠습니다, 군사님."

"자, 이쪽으로 나를 따라오시오, 임 문주."

송 군사는 주변에 서 있는 문인들에게 정리를 하도록 한 후, 호열을 데리고 자신의 집무실로 향했다. 이미 태양은 중천을 훨씬 지나 있었고, 하늘은 조금씩 구름이 만들어지고 있었다. 마치 지상의 피비린내를 씻어주고 싶다는 듯, 얼마 지나지 않아 조금씩 빗방울이 내리기 시작했다.

호열은 송 군사를 앞에 두고 차분한 표정으로 앉아 있었지만, 송 군사는 호열이 자신을 예의 주시하며 바라보자 헛기침을 몇 번 한 후 탁자 한쪽에 놓여져 있는 서신을 활짝 펼쳐 들었다.

"……?"

"…….""

호열은 자신의 앞에 놓인 서신에 대해 송 군사가 아무런 설명도 하지 않자, 기다리기가 답답하여 먼저 말문을 열었다.

"이것이 무엇입니까? 본인은 분명……."

"흠, 설명을 듣기 전에 그것을 먼저 읽어보는 것이 좋을 듯합니다만."

"읽어보는 것이야 어렵지 않지만, 그래도 무엇인지 알아야 하지 않겠습니까?"

"임 문주와 황제의 일을 내게 알려준 사람이 건네준 서신이오."

"그렇다면……."

호열은 송 군사의 설명을 듣고는 서신에 관심을 나타냈다. 무슨 내용이 적혀 있는지 궁금하기도 했지만, 혹시라도 자신이 찾는 단서를 발견할 수도 있다는 기대가 더욱 컸다.

그러나 호열은 송 군사의 말투에서 미묘한 변화가 있음을 느끼지 못하고 있었다. 그 변화가 얼마나 큰 것인지 호열은 알지 못했지만, 송 군사는 호열에게 '본 맹'이 아닌 '내게'라는 말로 서신에 대한 출처를 자신에게 국한시킨 것이다. 이것은 향후 자신의 일에 대해 패혈맹과 관련이 없음을 간접적으로 호열에게 각인시키고자 한 것인데, 안타깝게도 호열은 이러한 송 군사의 의중을 파악하지 못한 것이다.

호열은 송 군사의 말에 따라 자신의 앞에 놓인 서신을 들고서는 읽기 시작했다. 그러나 서신의 내용은 호열을 놀랍게 하거나 분노하게 만드는 등 어떠한 감정의 변화도 주지 못했다. 이미 호열이 어느 정도 예상하고 있던 내용이었기 때문이다. 다만 확실한 것은 패혈맹에 소호공주가 없다는 것과 소호공주를 납치한 곳이 따로 있다는 것 정도였다.

호열은 서신을 다 읽은 후 천천히 탁자에 다시 내려놓았다. 그런 후 한동안 아무런 말도 하지 않고 자신을 바라보고 있는 송 군사의 시선을 받아넘겼다. 서로의 시선이 교차할 때도 있었지만, 대부분은 마주 보고 달리는 성난 마차처럼 서로의 눈을 향해 시선이 고정되었다.

"이미 서신을 읽어보았으니 알았겠지만, 본 맹은 중간에서 소문을 낸 일밖에 임 문주와 황제에게 잘못한 것이 없소이다. 물론 이름도 모르는 신비인의 서신을 받은 것, 내용의 신빙성보다 정략적인 차원에서 일을 벌인 것과 추후에 벌어질 일에 대한 논의도 없이 맹주께 주청을 드려 벌어진 것 등등… 이 모든 것들이 군사인 내가 판단을 잘못해서 오늘과 같은 일이 벌어지게 되었다는 것은 인정하오.”

“그렇다면 자칭 신비인이란 자에 대해선 송 군사도 모른단 말이오?”

“미안하지만, 그렇소이다. 본 맹 내에서 신비인을 직접 대면한 사람이 나였고, 그에게서 그 서신을 받은 것이오.”

“훗! 이해할 수 없군. 패혈맹의 군사가 이름도 모르고 신분도 모르는 자를 단독으로 만났다고 주장하는데, 그것이 현실적으로 가능한 일이라고 지금 본인 앞에서 말하는 것이오? 우습구먼.”

송 군사의 설명을 듣던 호열은 어딘가 꾸며낸 듯한 느낌이 들었다. 아무리 송 군사의 말을 믿고 싶은 마음이 넘친다고 해도, 사방에 적으로 둘러싸인 패혈맹의 군사가 모르는 사람을 아무런 대처도 없이 만났다는 것이 이해가 되지 않았다. 그것은 군사의 신분으로서 행할 수 없는, 너무도 파격적인 행동이었기 때문이다. 자칫 잘못되기라도 한다면, 자신뿐만 아니라 패혈맹으로서도 크나큰 손실로 이어질 수 있는 중대한 사안이었기 때문이다.

“임 문주가 왜 그런 말을 하는지 알겠지만, 당시 나로서는 어쩔 수 없는 일이었소. 우선 본 맹과 동맹을 거절한 임 문주를 견제할 수 있는 방법이 없었다는 것이고, 두 번째로 무림맹에 임 문주가 본격적으로 가세하는 것을 두고 볼 수가 없었소이다. 그런데 마침 임 문주를 무림에서 사라지게 할 수 있다고 하는데, 어떻게 군사로서 마다할 수 있었겠소."

"흐으음……."

'송 군사의 말을 듣고 보니 신빙성이 있는 것 같군. 이미 패혈맹과 적이 되어버린 내가 무림맹에 가담하지 못하게 함과 동시에 무림에서 철수하게 할 수 있는 방법이 있다면, 군사로서 그렇게 할 수밖에 없었 겠지. 아마 내가 군사였다고 해도 그렇게 했을 것이다.'

송 군사의 설명에 일리가 있자, 호열은 고개를 끄덕이며 수긍한다는 행동을 취했다.

그에 송 군사는 자신의 말이 호열에게 먹혀들었다는 판단이 들었으 며, 자신의 계책에 호열이 더욱더 넘어오도록 하기 위해선 어떠한 미끼 가 있어야 함을 알고 있었다.

"그러나 지금 생각해 보니 내가 실수한 것이 있었소. 바로 임 문주 요."

"……?"

"그렇소. 우선 임 문주가 이런 식으로 본 맹에 올 줄 몰랐고, 또한 임 문주의 무공이 나의 예상을 훨씬 뛰어넘는 수준인지 몰랐던 것이오. 아마도 후자 쪽이 크겠지만. 여하튼, 본 맹이 굳게 믿었던 대윤회만상 진이 깨졌다는 것은 내게 큰 충격이었소."

"충격이라……. 하지만 본인도 절진을 파괴하면서 적지 않은 내상 을 입었으니, 그리 서운해할 필요는 없을 것이오."

"놀랍군. 당신이 스스로 부상을 입었다고 말할 줄은 몰랐소."

"뭐, 사실이니까. 그러나 절진의 위력은 실로 놀라웠다는 말이 무색 할 정도로 대단했었소. 아까 혈마 독고신검이 직접 고안했다고 했었던가? 지금까지 많은 혈전 중에 본인이 부상을 당했던 적은 삼성이마 중 두 명과 싸웠을 때뿐이었는데, 오늘처럼 고전을 해보긴 정말 오랜만이 었소."

"헉! 지, 지금 뭐라고 했소? 삼성이마들과 싸웠었다고 했소?"

"그렇소. 꽤 오래전이긴 하지만, 그들 때문에 당시 죽다 살아난 일이 있었지. 하지만 지금은 어림도 없지."

호열은 당시 일만 생각하면 얼굴이 자연스럽게 찡그려지며 붉게 상기되었다. 지금 생각해 보아도, 너무도 어처구니없이 당했던 기억이 생생해 분노가 일었기 때문이다.

'정말 대단하구나. 필경 거짓은 아닐 것이다. 그렇다면 현 강호에 이자를 상대할 수 있는 고수가 없다는 말인가? 휴~ 앞으로 본 맹이 무림에서 살아남으려면 어떻게 하든 이자를 처리하지 않으면 안 될 것이다. 방법을 찾아야 해, 무슨 수를 써서라도…….'

"믿어지지 않지만, 임 문주가 직접 이야기한 것이니 사실이 틀림없겠소이다. 소문엔 그런 것은 없었는데."

"무림에 나오기 전에 있었던 일이라 그럴 것이오."

"그럼 혹시 황궁에서……?"

"흠! 그런 건 송 군사가 알 필요 없고, 대충 알겠으니 그 신비인에 대해서 설명을 계속해 주시오. 한시라도 빨리 그자를 찾아야만 하오."

'황제가 혹시 혜제가 살아 있음을 눈치챘단 말인가? 그래, 맞을 것이다. 그렇지 않다면 저자가 이런 말을 할 이유가 없겠지. 큰일이로군. 천명회가 발각되기라도 한다면, 정말 본 맹엔 치명적인 타격을 줄 텐데. 휴우~ 천명회가 본 맹의 든든한 후원자가 될 줄 알았는데, 이렇게 발목을 잡는 약점이 될 줄이야. 하지만 난 그들을 믿는다. 그들은 본 맹이 직접 황제에게 자신들에 관해 거론하지 않으면 물고 늘어지지는 않을 것이다. 그래, 믿어보자.'

"알겠소. 사실 나도 그 일이 있은 후 신비인에 대해서 여러 방법으로 탐문을 했었소. 강호에 그런 인물이 있다는 것은 처음 알았고, 추후 본 맹이 하고자 하는 일에 걸림돌로 작용할 수 있다는 생각이 들기도 했소. 여하튼 모든 정보를 분석해야 하는 나로서는 그자의 정확한 신분을 알아내려고 하는 것은 당연한 일이었소."

"……."

호열은 송 군사의 입에서 드디어 신비인에 대한 말이 나오기 시작하자, 더 이상 입을 열지 않고 팔짱을 낀 상태로 청취하기 시작했다. 지금으로서는 신비인에 대한 정보를 얻는 것이 급선무였기 때문이다.

"하지만 신비인의 정체는 확인할 수 없었소. 다만 몇 가지 추론을 했는데, 우선 한 가지는 마교의 인물일지도 모른다는 것이었소. 물론 마교의 본진이 아직 중원에 들어와 있지 않지만, 음지에서 활동하는 자들도 상당하다는 것을 알고 있었기 때문이오. 더구나 내가 이러한 추론을 한 배경엔 임 문주가 포함되어 있었소. 그들 역시 신농가에서 임 문주에 대해 알게 되었고, 그때 아마도 자신들의 최대 적을 임 문주로 간주할 수도 있다 생각되었기 때문이오. 그리고 두 번째는 현원세가였소. 현원세가는 원나라의 전신이라 할 수 있소. 비록 지금은 무림의 한 문파라고는 하나, 황제와는 어쩔 수 없이 껄끄러운 관계라 할 수 있지. 그런데 임 문주가 황제의 녹을 먹는 신분이고, 더구나 제독이라는 막강한 권력까지 지니고 있다면 어떻게 생각했겠소? 아마도 임 문주가 무림에 있게 되면 현원세가로서는 언젠가 황제의 진노를 사게 될지도 모른다고 판단했을 것이오. 당연히 무림에서 임 문주를 사라지게 하고 싶어하지 않았겠소?"

"그렇겠군. 충분히 가능성있는 말이오."

"그러나 당시로서는 마교와 현원세가 말고 다른 곳도 생각해 보지 않을 수 없었소. 그건 지금도 마찬가지요. 제삼의 세력이 무림에 암약하고 있을 수도 있음을 배제할 수가 없었소. 만약 그런 세력이 존재한다면, 무림에 혜성처럼 나타난 임 문주가 골칫거리였음은 당연하지 않겠소? 뭐, 그 다음은 임 문주가 알아서 판단하기 바라오. 내가 알려줄 수 있는 것은 여기까지요."

"흠! 송 군사의 설명을 들으니, 본인이 무림의 암적인 존재처럼 들리는구려. 여하튼 잘 들었소. 하지만 패혈맹에서 얻은 것이라고는 신비인이 존재한다는 것이 전부구려."

"그러나 모든 열쇠는 그자가 지니고 있으니, 그렇게 말한다는 것은 본 맹이 임 문주에게 쓸데없는 싸움을 걸었다는 것으로 들리오만."

"그거야 생각하기 나름이겠지. 여하튼 오늘 패혈맹에서 볼일은 다 끝난 것 같으니, 본인은 이만 물러가겠소. 그러나! 만약 오늘 본인에게 한 말이 거짓일 경우, 패혈맹은 무림에서 영원히 사라져야 할 것이오. 크흠……!"

"……."

호열은 송 군사를 향해 한마디 툭 던지고는 집무실을 나왔다. 애써 송 군사의 대답을 들을 필요가 없었기에, 호열은 밖에서 대기하고 있던 조 검주와 함께 패혈맹 밖으로 나가기 시작한 것이다.

그러나 송 군사는 호열이 밖으로 나가면서 한 마지막 엄포에 손발이 떨리는 공포를 느꼈다. 호열의 마지막 말에 실린 무게와 압력은 송 군사가 감당하기에는 벅찰 정도로 무서운 기운이 실려 있었던 것이다. 아무리 머리를 흔들고 손발의 떨림을 멈추고 싶었지만, 도저히 자신의 의지로 그것을 할 수가 없었다. 당연히 송 군사는 호열이 패혈맹 밖으로 완전히 나갈 때까지 자신의 집무실에서 움직이지 못했다.

호열과 조 검주는 패혈맹 밖으로 나오자마자, 자신들을 기다리는 일단의 사람들을 만날 수 있었다. 바로 호대령과 도형곡 등 호열의 수하들이었다.

호대령 등은 이미 한 시진 전부터 패혈맹 밖에 도착해서 어떻게 해야 할지 고민하던 중이었다. 그것은 호열이 처음 패혈맹의 위치를 보고서 느낀 것과 같은 것이었다. 또한 자신들이 혹시라도 잘못 움직였을 경우, 안에 잠입해 들어간 호열에게 좋지 않은 일이 발생할 수도 있다는 우려 때문에 어떻게 해야 할지 결정을 내리지 못한 것이다.

그러나 들어가자는 결정이 내려진 후, 그들은 호열과 조 검주가 자신들을 향해 다가오고 있는 것을 보았다. 하지만 무언가 어색한, 분명 두 명인데 마치 하나인 듯 보였다. 그러나 점점 시야에 가까워지면서 모두의 눈동자가 커지기 시작했다. 조 검주가 호열의 옆에 꼭 붙어서 암암리에 그를 부축하고 있음을 확인할 수 있었던 것이다.

상인들이란 어쩔 수 없는 속물들이란 말인가?

제7장 **상인들이란 어쩔 수 없는 속물들이란 말인가?**

현원세가가 머물러 있는 계수와 중군도독부가 주둔 중에 있는 부양과의 거리는 대략 백오십 리, 그리고 부양에서 무림맹이 있는 회남까지의 거리는 삼백 리 정도 된다. 따라서 계수에서 회남까지 거리는 총 사백오십 리 정도로, 이 거리는 하루면 다다를 수 있는 지척이라 할 수 있었다.

그러나 하루밖에 되지 않는 거리는 보름이 넘도록 전혀 좁혀지지 않고 있었다. 계수에 머물러 있는 현원세가는 보름 동안 부양까지 이동하기는커녕, 단 한 발자국도 계수에서 움직이지 못하고 있는 것이다.

갈 길이 바쁜 현원세가가 움직이지 못하는 가장 큰 이유는 부양에 주둔 중에 있는 중군도독부였다. 부양에 중군도독부가 있는 이상, 현원세가로서는 그 어떠한 행동도 할 수 없었던 것이다. 중군도독부를 무시하고 무림맹이 있는 회남으로 진군을 강행할 경우, 자칫 영락제의 오해를 불러일으킬 수도 있었다. 아니, 어쩌면 영락제는 현원세가가 중군도독부를 공격해 주기를 은근히 바라고 있는 것처럼 세인들의 눈에 비추어질 정도였다.

현원덕호로서는 고민할 수밖에 없었다. 중군도독부가 황제의 미끼로 생각되었기 때문이다. 현원덕호가 이러한 생각을 할 수밖에 없는 영향을 준 것은 호열과 철혈검문이었다. 그만큼 현원덕호에게 중군도독부는 생각하지 못했던 난제였다.

현원덕호 개인적으로 볼 때, 황군은 큰 위압감이 들 정도로 여기지 않았다. 그러나 문제는 현원세가가 아직 황군을 상대로 공격할 준비가 되어 있지 않다는 것이다. 그토록 기다리던 타타르 국의 병사들은, 어이없게도 영락제가 보낸 정로군과의 접전으로 향후 오 년 이상은 발목이 묶여 있는 상태였기 때문이다. 따라서 그 기간 동안 황제의 비위를 건드릴 필요가 없다 판단한 현원덕호는, 최대한 자중하면서 기회를 엿볼 수밖에 없었다.

그러나 무슨 이유 때문인지, 현원세가의 발목을 잡고 있던 중군도독부가 부양을 떠나 금릉 주변으로 철군을 했다. 현원세가로서는 쾌재를 부르며 좋아할 일이었지만, 아무리 생각해도 납득할 수 없는 상황이었다. 떠날 기미가 전혀 보이지 않던 중군도독부의 철군은, 그만큼 현원세가로서는 이해할 수 없는 일이었기 때문이다. 하지만 이 일로 인해 무림맹으로서는 든든한 방패가 사라진 것이고, 현원세가로서는 높은 성벽이 한순간 허물어져 버린 것이나 진배없는 일이었다.

중군도독부가 철군함에 따라 무림맹은 현원세가의 공격에 대한 대책 마련에 매일 분주했고, 회남에 살던 백성들은 무림의 어수선한 분위기에 휩쓸려 삶의 터전이었던 고향을 등지기 시작했다. 중군도독부가 철군한 이상, 현원세가와 무림맹의 결전이 발발한다는 것은 기정사실화되었기 때문이다. 그에 대부분의 백성들은 자연적으로 남쪽에 위치한 합비(合肥)로 피난을 하게 되었으며, 무림뿐만 아니라 안휘성 일대의 민심이 어수선해지기 시작했다.

"태상가주님, 중군도독부가 금릉으로 철군한 것을 확인했습니다. 이제 더 이상 회남까지 본 가를 막는 황군은 없습니다."

"알았다."

"아버님, 언제쯤 출발할 생각이십니까? 회남까지는 하룻길밖에 되지 않습니다."

"나도 알고 있다. 하지만……."

"혹시 마음에 걸리는 것이라도 있으십니까?"

"아무래도 중군도독부의 철군이 마음에 걸리는구나. 중군도독부의 철군으로 민심은 흉흉해졌다. 본 가와 무림맹의 일도 한몫을 했지만, 민심이 흉흉해진 것은 중군도독부가 빠르게 철군한 것이 큰 영향력을 발휘했다 할 수 있다."

"저도 그 점이 걸리긴 했지만, 그렇다고 이 기회를 그냥 지켜만 볼 수도 없지 않습니까?"

"가주님, 문제는 그리 간단하지 않습니다."

"……?"

현원승은 염상백이 중간에 끼어들자 살짝 미간을 찡그렸으나, 이내 활짝 펴고는 왜 그런 생각을 했는지 묻듯 쳐다보았다.

"영락제는 민심이 흉해지는 것을 원하지 않는 인물입니다. 그 자신이 정당하지 못한 방법으로 황위에 올랐기에, 지금까지 민심의 안정을 최우선으로 생각하고 모든 정책을 펴왔습니다. 그렇기에 중군도독부의 철군은 예상 밖의 일이라 할 수 있습니다."

"그럼 영락제가 다른 의도라도 품고 있단 말입니까?"

"그럴 가능성이 농후합니다. 그러니 이번 일을 다각도로 생각할 필요가 있습니다."

"우승상의 말이 무슨 뜻인지 알겠는데, 그렇다고 이대로 시간만 보낼 경우 무림맹의 방어는 더욱 탄탄해질 것입니다. 따라서 황제의 의도가 어디에 있든, 본 가로서는 무림맹을 공격하는 것밖에 다른 방도가 없습니다. 그것을 모르진 않겠지요?"

"알고 있습니다. 그러나 만약의 사태에 대한 대비책을 세워둘 필요는 있다 생각합니다. 더욱이 무림맹과 마교가 암암리에 계약을 맺은 것 같습니다. 그렇지 않다면 무림맹이 마교를 중원의 한 문파라고 공표하지 않았을 것입니다. 서로 적대시해도 모자랄 판에, 무림맹의 행동은 마교를 스스로 인정하는 것이기 때문입니다."

"……."

"더욱이 현재 무림맹은 단순한 구성이 아닙니다. 아니! 정확히 말하면 회남에 모여 있는 무림인들을 일컫는 말이지만, 그 구성을 보면 흑백양도를 대표하는 구성원이라 할 수 있을 것입니다. 한마디로, 회남에 모여 있는 자들은 전 무림을 대표하는 이들이라 할 수 있습니다."

"그렇군. 패혈맹에서 지원을 보냈으니."

"그렇습니다. 더구나 지금도 회남엔 상당수의 무인들이 모여들고 있습니다. 그들 중엔 기인이사들도 상당수 포함되어 있음은 말할 것도 없겠지요. 그러니 세밀한 계획과 계책, 그리고 혹시 있을지 모를 최악의 상황에 대한 대비책을 세워야 할 것입니다."

"흐음, 그것은 우승상의 말이 맞는 것 같구나. 가주의 뜻은 충분히 알고 있다만, 지금은 우승상의 말을 들어보는 것이 더 좋을 것 같다."

"예, 아버님. 그렇게 하십시오. 모두 본 가를 위한 일인데, 어찌 마다하겠습니까. 만약이 현실로 나타나는 것은 저도 원하지 않습니다, 아버님."

"허허, 그렇게 생각하고 있다니 다행이로다. 우승상, 이제 자네가 생각한 것이 있으면 얘기를 꺼내보게. 대비책이 있으니 본좌 앞에서 말을 꺼냈을 것이 아닌가?"

"알겠습니다. 흠! 저는 이번 일에 관해서 영락제의 의도가 어디에 있는지 먼저 파악해야 한다고 생각했습니다. 그래서 나름대로 생각해 본 결과, 두 가지 가설을 세울 수 있었습니다. 우선 첫 번째로, 본 가가 무림맹을 공격하는 배후를 영락제가 노릴 수도 있다는 것입니다. 본 가의 이목은 무림맹에 집중되어 있을 것이고, 이때 금릉으로 철군한 중군도독부가 아닌 제삼의 황군이 본 가의 배후를 노리고 공격할 수도 있을 것입니다. 그렇게 되면 본 가는 전후에 적을 맞이하고 싸울 수밖에 없을 것입니다."

"흐으음……."

"두 번째 가설은 본 가와 무림맹 간의 접전이 모두 끝난 후, 만약 본 가가 무림맹을 물리치고 승리할 경우 황군이 공격해 올 수도 있다는 것입니다. 본 가가 무림맹에 승리하기 위해서는 적지 않은 희생자가 발생할 수밖에 없습니다. 태상가주님께서 계시니 승리한다는 것은 기정사실이라 할 수 있지만, 무림맹의 거센 항전이 있다면 전력의 손실이 생각보다 클 수도 있을 것입니다. 만약 그렇게 된다면, 본 가로서는 황군을 감당할 수 있다 장담하지 못합니다. 그러나 저는 두 번째 가설이 현실적으로 영락제의 의중과 가장 부합되지 않나 합니다."

"⋯⋯?"

"지금까지 황궁은 무림의 일에 관여하지 않았습니다. 홍무제가 대명률로 정한 일이기 때문입니다. 그러나 소문을 들어서 알겠지만, 현 황제인 영락제는 철혈검문이라는 문파를 만들어 무림에 영향력을 행사하려고 했습니다. 이유는 거창했지만, 그것이 전부가 아니라는 것은 삼척동자도 알 수 있을 것입니다. 또한 제가 두 번째 가설을 확신하는 것은, 중군도독부가 아무런 이유도 없이 본 가가 무림맹으로 향하는 길목을 의도적으로 가로막았다는 것입니다. 이미 황제도 본 가가 원나라와 깊은 관계가 있었다는 정보를 들었을 것이고, 이것은 황군이 무림의 일에 개입할 수도 있는 구실을 제공했다 할 수 있기 때문입니다. 이미 무림에 공표된 것처럼, 본 가가 황궁을 위협할 수 있는 세력으로 분류가 되었음은 능히 짐작하실 수 있을 것입니다."

"그렇군. 우승상의 말대로, 황제의 눈엔 본 가가 무림을 장악하는 것이 좋게 보이지 않을 것이다. 일리있는 말이다."

현원덕호는 염상백의 설명을 들은 후 고개를 크게 끄덕였다. 자신이 듣기에도 충분히 가능성있는 일이었기 때문이다. 또한 이 일로 인해 현원덕호는 염상백을 다시 한 번 보게 되었다. 용력과 지력을 두루 겸비한 인물로, 매우 쓸모있는 사람으로 각인된 것이다.

"그렇다면 그에 대한 대비책은 없는가?"

"안타까운 일이지만 대비책은 마땅한 것이 없습니다. 이미 본 가의 주력은 이곳에 모두 응집되어 있는 상황입니다. 더 이상의 지원 병력은 없다는 것이지요. 따라서 어떻게 하든 무림맹을 물리치는 데 있어서, 본 가는 최소한의 희생으로 빠르게 마무리 지어야 한다는 것입니다. 영락제가 쉽게 공격하지 못할 정도로 말입니다. 그렇지 않다면, 이번 무림맹 공격은 하지 않는 것보다 못하게 될 것입니다."

"허허, 무슨 말인지 알겠다. 그렇다면 그에 대한 작전을 구상해야 하겠군. 우승상, 이번 공격은 우승상이 한번 생각해 보게. 지금까지 수많은 전투를 치러보았을 것이니 아마도 좋은 작전이 나올 것 같구먼. 가주, 어떠한가?"

"아버님 뜻에 따르겠습니다. 사실 대규모 전투에 관한 경험과 지략은 본 가의 어느 누구보다 우승상이 뛰어날 것입니다. 저도 우승상이 이번 전투에 적극적으로 나서주는 것이 좋다고 생각했었습니다. 다만 군의 전술과 무림의 전술이 다른 만큼, 그에 따른 적절한 전략이 있어야 할 것입니다."

"알겠습니다. 태상가주님과 가주께서 보잘것없는 제게 믿고 맡기시니, 본 국의 안녕과 미래를 위해서라도 최선을 다하겠습니다."

염상백은 현원덕호와 현원숭을 향해 깊게 허리를 숙여 보이며 최고의 예를 취했다. 그저 단순히 약속을 지키기 위해 현원세가를 찾았던 것인데, 자신과 청랑군(靑狼軍)이 무림맹을 상대로 주도적인 역할을 하게 되었기 때문이다. 이 일은 생각 밖의 일이었으며, 염상백은 무림 정복에 자신이 깊이 관여하게 되었음을 자랑스럽게 생각했다.

현원세가의 공격이 임박했음을 증명이라도 하듯, 모든 사람들의 얼굴엔 긴장감이 확연히 드러나 있었다. 그러나 매일같이 무림맹을 찾아오는 반가운 사람들로 인해 이따금씩 활짝 펴질 때가 있었는데, 그것은 외부에서 무림맹의 어려움을 함께하기 위해 고수들이 모습을 보일 때였다.

강호엔 기인이사들이 즐비하다는 말이 실감날 정도로, 세상과 담을 쌓고 은거해 있던 고수들이 무림맹을 찾아 몰려들고 있었다. 더욱이 무림맹이 희망을 잃지 않고 있는 것은, 수많은 사람들이 몰려들어도 모두 받아들일 수 있는 자금의 여유 때문이었다. 바로 여명산장과 만금산장이었는데, 중원 상권의 칠 할가량을 좌지우지하는 두 상가에서 무림맹을 위해 아낌없는 지원을 해준 덕분이라 할 수 있었다. 하지만 지금 무림맹은 두 상가 중 한곳 때문에 고민에 휩싸였는데, 바로 만금산장이었다.

삼 일 전.

이천구백 명가량의 무인들이 무림맹에 찾아와 만금산장의 장주인 황대근을 만나려고 한 일이 있었다. 당시 무림맹은 그들을 현원세가의 선발대로 여기고 긴장을 늦추지 않았으나, 황 장주가 그들을 만나면서 무림맹의 오해는 확 풀릴 수 있었다. 그러나 이 일로 인해 문제가 발생했는데, 그들은 다름 아닌 황준영과 함께 온 철혈검문의 문인들이었다.

황 장주는 자신의 둘째 아들인 황준영을 통해 무림맹으로 온 무인들이 예전 철혈검문의 문인들이라는 것을 알게 되었다. 이에 깜짝 놀란 황 장주는 제갈 맹주에게 알려주었고, 제갈 맹주는 영수회의를 소집하여 어떻게 처리해야 할지 논의를 하게 되었다.

그러나 문제는 그들에 관한 소문이 순식간에 무림맹 전체에 퍼졌다는 것이다. 이미 호열을 비롯한 철혈검문을 무림맹에서 제외시킨 후였기에, 그들을 무림맹 내에서 머물게 한다는 것은 결코 있을 수 없는 일이었다. 그것은 그들이 아무리 철혈검문을 등지고 완전히 나왔다고 해도 마찬가지였다. 이미 무림맹은 현원세가와 철혈검문을 불의(不義)한 문파로 규정한 상태였기 때문이다. 비록 현원세가와 철혈검문을 같이 생각한다는 것은 합당하지 않았으나, 두 문파는 결코 무림에 존재해서는 안 될 문파로 무림인들 뇌리에 각인이 된 상태였다.

"어떻게 하는 것이 좋겠습니까?"

"원시천존. 사실 말이 나왔으니 하는 말이지만, 지금 본 맹이 위급하지 않다면 결코 이런 논의 자체도 없었을 것입니다. 어떻게 철혈검문에 적을 두고 있던 그들이 이곳에 있을 수 있겠습니까. 그렇지 않습니까?"

"물론 청운 장문인의 말씀이 맞습니다. 그러나 그들은 본 맹에 들어오겠다는 것이 아니지 않습니까? 본 맹이 아니라 만금산장에 들어가겠다는 것이고, 그들을 이끌고 온 젊은이는 황 장주의 차남인 황준영이란 아이입니다. 그런데 그것까지 본 맹이 간섭한다면 많은 사람들이 월권이라 여길 것입니다."

"월권이라… 흐으음……."

"확실히 그런 면이 없는 것은 아닙니다. 이렇게 우리들이 그 문제를 가지고 논의를 한다는 것 자체만 보더라도, 충분히 그런 말이 나올 수 있는 상황입니다. 더욱이 그들은 철혈검문이 어떠한 곳인지 모르고 들어간 것입니다. 그래서 지금 이렇게 본 맹까지 온 것이고요. 당연히 그들에겐 다시 선택할 기회가 있다고 생각합니다. 그들을 받아주는 곳이 있다면 말이지요."

"그렇군요. 옳은 말씀입니다. 원시천존."

현천 장문인의 말에 모두들 동의한다는 뜻을 표했다. 그러나 문제가 있었다. 이천구백 명이라면 무시할 수 없는 숫자였다. 더구나 그들 중 절반 이상은 현원세가뿐만 아니라 마교와도 접전을 벌였고, 그곳에서 살아남은 자들이었다. 당연히 그들을 수하로 받아들인다면, 만금산장은 상가들에서뿐만 아니라 무림에서도 그 위상이 달라질 것은 두말할 필요도 없는 사실이었다. 무림맹 영수들은 이 점을 우려하는 것이었다.

"그렇다고 그들을 모두 만금산장에서 받아들이도록 할 수는 없는 일입니다. 만금산장이 비록 본 맹에 막대한 자금을 내주고 있지만, 그것은 어디까지나 본 맹에서 그들이 이득을 취할 수 있는 요인이 남아 있기 때문입니다. 모두들 아시겠지만, 그 요인은 바로 무력이 아니겠습니까? 그런데 만약 만금산장에서 무력마저 손에 쥐게 된다면 지금처럼 막대한 자금을 내놓겠습니까?"

"남궁 가주의 말에도 일리가 있습니다. 만약 지금 만금산장이 자금을 동결한다면 본 맹으로서는 막대한 타격을 받게 될 것입니다. 따라서 그 일만은 결코 일어나서는 안 됩니다."

"……."

"아미타불……."

"맹주께선 어떠한가? 맹주도 남궁 가주와 같은 생각인가?"

제갈 맹주는 연정 장문인의 질문에 침음을 삼켰다. 제갈 맹주로서도 쉽게 결단을 내릴 수 없는 미묘한 문제였기 때문이다. 그러나 모든 이목이 자연스럽게 자신에게 집중되자, 더 이상 가만히 있을 수만은 없었다.

"솔직히 저도 남궁 가주가 우려하고 있는 것에 대해서 생각하지 않은 것은 아닙니다. 지금과 같은 위기의 순간에 만금산장과 같은 든든한 자금줄이 끊긴다는 것은, 본 맹의 생각보다 훨씬 더 큰 타격을 줄 수 있기 때문입니다. 그렇다고 만금산장에서 그들을 받아들이지 못하도록 할 수도 없는 상황입니다. 본 맹뿐 아니라 그 누구도 만금산장에 그런 명령이나 요구를 할 수 없기 때문입니다. 오히려 본 맹이 만금산장에 그런 요구를 할 경우, 지금까지와 달리 본 맹은 만금산장으로부터 신뢰를 잃게 될 수도 있습니다. 아니, 그렇게 될 것입니다."

"흐음……."

"이거 참, 쉽지가 않군."

"무량수불……."

"맹주, 그렇다면 어떻게 해야 한단 말입니까? 이렇게 하지도 못하고, 또한 저렇게 하지도 못한다면 할 수 있는 것이 없지 않습니까?"

"차라리 이런 일은 맹주께서 독단으로 처리하는 것이 좋을 듯합니다. 어차피 두 마리 토끼를 모두 잡을 수 없는 이상, 본 맹에 좀 더 유리한 방향으로 결정해야 하지 않겠습니까? 더구나 지금은 이런 일로 시간을 허비한다는 것 자체가 말도 되지 않는 일입니다. 그러니 맹주께서 결정을 내리는 것이 좋다는 것입니다."

"빈도도 호 장문인의 의견에 동의합니다. 원시천존."

"그렇군요. 그렇게 하는 것이 좋겠습니다."

매화검선 호영검 장문인의 말에 현천 장문인과 남궁 가주가 동의를 하자 모든 영수들도 고개를 끄덕이며 호응을 해주었다. 이에 제갈 맹주는 자리에서 일어난 후 자신에게 집중된 시선을 온몸으로 받았다.

"좋습니다. 그럼 여러분의 의견에 따라 이번 일은 제 생각대로 처리하도록 하겠습니다."

"그렇다면 어떻게……?"

"아직 저도 결정을 내리지 못한 상황입니다. 그러나 내일 아침엔 공표를 하도록 하겠습니다. 그러니 그때까지만 기다려 주십시오."

"알겠습니다. 그럼 그렇게 하지요."

제갈 맹주가 무림맹 영수들에게 약속했던 대로, 다음날이 되자 만금산장 황 장주를 자신의 집무실로 오도록 했다.

"이렇게 오시게 해서 죄송합니다, 황 장주."

"아닙니다. 오히려 지금과 같은 위기 상황에 번거롭게 해드린 것 같아 제가 죄송할 뿐입니다."

"무슨 말씀을! 그렇지 않습니다. 오히려 제가 이렇게 오시도록 한 것부터가 잘못이지요. 하하하."

"흐음."

황 장주는 생각했던 것보다 제갈 맹주가 편안하게 말하자 한결 표정이 밝아졌다. 비록 속으로는 침음을 꾹 삼켜야만 했지만, 겉으로는 부드러운 미소로 제갈 맹주를 대할 수 있었다.

처음 제갈 맹주와 얼굴을 마주했을 때는 약간이나마 긴장을 할 수밖에 없었다. 그도 그러한 것이, 제갈 맹주가 왜 자신을 집무실로 불렀는지 알고 있었기 때문이다. 더구나 무림맹에 머문 후 지금까지 황 장주는 제갈 맹주와 변변한 대화를 나눌 시간을 가지지 못했었기 때문에 긴장의 강도는 큰 편이었다. 하다못해 오늘처럼 제갈 맹주와 독대를 한 일은 이번이 처음이었던 것이다. 오히려 황 장주로서는 제갈 맹주가 자금에 대한 부탁을 하기 위해 자신을 불렀다면 좋았을 것이라 생각할 정도였다. 그만큼 황 장주가 만금산장을 부친으로부터 물려받은 후, 이런 저런 많은 일들을 겪어오면서 누구에게 주눅이 든 것은 오랜만의 일이었다.

"황 장주께서도 바쁘실 테니, 죄송하지만 바로 말씀을 드려야 할 것 같습니다."

"아닙니다. 오히려 그것이 편합니다."

"그렇게 말씀해 주시니 감사합니다. 그럼 말씀드리지요. 황 장주께서도 아시겠지만, 현재로서는 저뿐만 아니라 본 맹에서 이렇게 할 수밖에 없는 사정임을 생각해 주십시오."

"맹주께서 말씀하시지 않아도, 그 점은 잘 알고 있습니다."

"이해해 주시니 더 이상 끌지 않겠습니다. 그러나 우선 말씀드리기에 앞서, 개인적으로 그동안 고맙다는 말씀을 드리고자 합니다. 아마도 그동안 황 장주께서도 본 맹에 서운한 점이 많았을 것입니다. 그러나 현원세가와의 일전이 승리로 끝나면 모든 것이 달라질 것입니다. 그러니 조금만 더 도와주십시오."

"허허, 그것은 염려하지 마십시오. 다른 것은 몰라도, 자금 문제만큼은 이번 전쟁이 끝날 때까지 걱정하지 않도록 최선을 다하겠습니다."

"감사합니다. 그렇다면 저로서도 이번 일에 대해 말씀드리기가 한결 편하게 되었습니다."

"편하다고 하심은……?"

"예, 실은 그들이 만금산장에 몸을 의탁하고자 한다면 본 맹으로서는 굳이 그것에 대해 문제 삼고 싶은 의도는 없습니다. 오히려 그들을 만금산장에서 받아준다면 대환영입니다. 만금산장 역시 본 맹의 한 지파가 아닙니까. 그렇다면 본 맹으로서도 이득이지요. 그러나 문제는 그들이 철혈검문과 확실하게 연을 끊었느냐 하는 확신이 없다는 것입니다. 그것만 확인된다면 본 맹은 더 이상 그 문제를 거론하지 않을 것입니다. 물론 황 장주께서 어느 정도는 그들의 불만을 잠재워 주셔야 하겠지만 말입니다. 흠흠."

"허허, 당연하지요. 맹주께서 그렇게 말씀하지 않으셔도, 이미 다 생각해 두고 있었습니다."

'어차피 그들이 이곳에 온 것은 철혈검문과 확실한 매듭을 지었음은 누구나 다 알고 있는 것, 역시 마지막은 자금이었나? 그러나 맹주가 이렇게 하지 않아도 되었을 텐데, 아니, 오히려 아무런 조건 없이 받아들였으면 좋았을 것을……. 우습군. 역시 무림인들은 상가를 인정하지 않는 것인가? 그렇다면 어쩔 수 없지. 좋다! 그들을 무림맹의 인정 하

에 받아들일 수만 있다면, 천금이 아깝겠는가! 얼마든지 대가를 지불할 용의가 있지. 암……!'

황 장주는 제갈 맹주의 말에 환한 미소로 반겨주었다. 또한 마지막 말을 들었을 때는 아무런 망설임도 없이 고개를 끄덕여 주었다. 제갈 맹주에게 자신의 의지를 분명하게 보여주기 위함이었다. 하지만 속마음은 씁쓸할 수밖에 없었다. 아무리 자금을 대주고 있다 해도, 제갈 맹주와 무림맹에선 자신을 자금줄 이상으로는 여기지 않고 있음을 알 수 있었기 때문이다.

그에 황 장주는 무림맹에 자신이 줄 것은 확실하게 주고, 챙길 수 있는 것은 확실히 챙겨야겠다는 생각을 마음속으로 굳혔다. 더 이상 무림의 안위나 그 어떠한 일에 있어서 좋은 것만을 보기보다는, 만금산장에 이득이 될 수 있는 길을 찾는 일에 주력할 것임을 다짐하는 계기가 되었다.

"감사합니다. 그렇다면 그 문제는 이 정도로 끝내기로 하는 것이 어떻겠습니까? 제가 오늘 중으로 사람들에게 공표를 하도록 하겠습니다. 물론 본 맹에서는 만금산장에서 그들을 받아들일 경우, 아무런 제약 없이 승낙한다는 내용입니다."

"좋습니다. 그러나 제게도 한 가지 말씀드릴 것이 있습니다."

"옛? 제게 말입니까? 하하, 황 장주께서 하실 말씀이 있다는데, 당연히 들어봐야지요. 어서 말씀하십시오.'

"허허, 감사합니다. 다른 것이 아니라, 지금까지 저희 만금산장에서는 무림맹에 천문학적인 자금을 기부해 왔습니다. 그러나 불안한 상황이 계속된다면, 저로서도 자금을 지원하는 데 무리가 올 것입니다. 맹주께서도 아시겠지만, 지금 황제는 또다시 북벌을 계획하고 있습니다. 그만큼 시장 상황이 최악입니다. 상황이 이런 만큼, 각 상단에서도 치안 문제가 큰 골칫거리일 수밖에 없습니다."

"그렇겠군요. 황 장주께서 무엇을 걱정하시는지 알겠습니다. 그러나 조만간 해결될 것입니다."

"그렇다면 다행입니다만, 그러나 현 상황에선 무림맹이 치안을 모두 담당할 수 없지 않습니까?"

"흐음, 그렇긴 합니다. 황 장주께서 그토록 걱정할 정도였다니, 정말 죄송할 따름입니다. 의당 본 맹에서 만금산장의 어려움을 해결해 주었어야 하건만."

"흠! 그래서 이렇게 맹주와 독대를 할 때 부탁을 드려야겠습니다. 기왕 무림맹에서 그들을 저희 만금산장에서 받아들이는 데 승낙한 이상, 이 기회에 저는 그들을 적극적으로 활용했으면 합니다. 비록 현원세가의 공격이 임박했다고는 하나, 저는 무림맹이 현원세가에 밀리지 않을 것이라 믿고 있습니다. 그렇기에 저로서도 자금원 확보에 좀 더 신경을 썼으면 합니다. 그래도 되겠습니까?"

"그거야… 그렇게 하십시오. 어차피 이제 그들은 만금산장의 식구들이 아닙니까. 황 장주께서 그들을 상가를 위해 쓰고자 하는데 누가 참견을 하겠습니까."

'훗! 역시 상인들이란 어쩔 수 없는 속물들이란 말인가? 이런 때에 자신들 잇속만 챙기려고 하다니. 흐으음……'

"감사합니다. 그럼 맹주께서 승낙한 것으로 알고, 그들을 당장 산장의 일에 투입하도록 하겠습니다. 그럼 바쁘실 텐데, 저는 이만 나가보도록 하겠습니다."

"그러시겠습니까? 하하, 제가 밀린 일이 있어서 멀리 나가지 않겠습니다. 그럼 살펴가십시오."

"알겠습니다. 그럼 이만."

제갈 맹주는 황 장주의 말에 승낙을 하긴 했지만, 왠지 짜증이 밀려드는 것을 느꼈다. 지금까지 황 장주를 비롯해 무림맹에 자금을 대주는 상가들을 좋게 생각했는데, 오늘 황 장주와의 일을 통해 상가는 역시 상가라는 인식을 새롭게 각인시키게 되었기 때문이다. 그러나 제갈 맹주는 황 장주를 완전히 외면할 수가 없었다. 지금으로서는 무림맹이 더욱 아쉬운 판국이었고, 그에 어찌할 수 없는 필요한 존재였기 때문이다.

"어차피 무림과 상계는 상호 보완해 주면서 존재하는 것이니, 만금산장에서 그것만 어기지 않으면 상관없겠지. 자, 이제 현원세가의 공격에 대한 방비책이나 생각해 볼까. 어디……."

상가들에 대한 생각을 정리한 제갈 맹주는 자신의 앞에 놓인 지도를 세심하게 살피면서 현원세가의 이동 경로 및 향후 공격로에 대해 구상하기 시작했다. 이제 더 이상 쓸데없는 일에 신경 쓰고 싶지 않은 듯, 모든 신경을 지도에 쏟았다.

황 장주가 나간 지 두 시진이 흘렀다. 하지만 제갈 맹주는 그 시간 동안 집무실에서 일체 움직이지 않았다. 오로지 대비책 마련에 고심할 뿐이었다. 그러나 오후가 조금 지나면서 뜻하지 않은 방문객으로 인해 지도를 접어야만 했는데, 제갈 맹주를 찾은 방문객은 연정 장문인 및 담현 방장과 정운영이었다. 무한을 떠난 운영이 드디어 무림맹에 도착한 것이다.

　제갈 맹주는 운영을 보자마자 어둡고 그늘졌던 얼굴에 환한 기색이 감돌았으며, 운영의 두 손을 꽉 쥐고는 놓아주려 하지 않았다. 그만큼 운영은 제갈 맹주뿐만 아니라 무림맹에 절실했던 원군이나 다름없었다. 운영이 무림맹에 온 만큼, 제갈 맹주로서는 현원덕호를 상대할 방법을 여러 가지로 구상할 수 있게 되었기 때문이다. 이로써 그동안 제갈 맹주의 머리를 하얗게 만들고 이마에 주름이 가득하게 만들던 수많은 일들 중 가장 중요한 것이 해결된 것이다.

　"하하, 그동안 어디에 있었는가? 그날 이후 소식을 알 수가 없어 얼마나 걱정했는지 아는가?"

　"맹주께서 걱정해 주셨다니 고마울 따름입니다. 그동안 현원세가에서 보낸 추적자들을 피해 다니느라 금릉에 잠시 머물렀었습니다."

　"그랬었구먼. 그동안 고생이 많았겠네. 그런데 금릉에 있었단 말인가?"

　"예. 당시 현원덕호에게 입은 내상이 심각한 상태였기에, 추적자들을 따돌리는 데 힘들었습니다. 그러나 금릉에 도착하니 더 이상 추적하지 않았습니다. 정말 다행이었습니다."

　"그랬겠군. 황궁까지 추적한다는 것은 그들로서도 쉽지 않은 일이었겠지."

　"그랬던 것 같습니다. 그에 한동안 금릉에 머물면서 내상을 치유했습니다. 혹시라도 무슨 일이 있을지 몰랐기에 그렇게 했는데, 혹시라도 제가 늦은 것은 아닙니까?"

　"하하, 늦지 않았네. 오히려 가장 필요할 때 와주어서 다행이라 할 수 있지."

"허허, 아미타불……."

"그렇다면 정말 다행입니다. 그런데 장백검파는 언제 북경으로 돌아
간 것입니까? 저는 장문 사형께서 이곳에 계신 줄 알고 있었는데요."

"그렇게 되었네. 현운 장문인께선 그날 이후 행방이 묘연한 정 대협
이 살아 있다는 확신을 가지고 계셨지. 그리고 살아 있다면 필경 북경
으로 갔을 것이라고. 그래서 북경으로 간 것이네."

"그러셨군요. 흐음……."

'예상했던 대로구나. 그나저나 장문 사형께서 나 때문에 걱정을 많
이 하셨구나. 그러나 지금쯤 내가 보낸 서신을 받으셨겠지.'

운영은 황궁에 머물면서 장백검파 북경 분파에 서신을 보냈었다. 혹
시라도 현운 장문인이 북경에 문인을 보냈을 수도 있다 생각했었기 때
문이다. 그러나 북경에 문인을 보낸 것이 아니라, 현운 장문인이 무림
맹에 있던 문인들과 함께 직접 북경으로 갔던 것이다.

"그럼 이제 현운 장문인께서 조만간 본 맹에 오시겠구먼."

"무량수불, 정 대협이 본 맹에 있으니 아마도 그러겠지요."

"아닙니다. 아마 장문 사형께선 제가 북경에 보낸 서신을 받으셨을
것입니다. 그러니 제가 안전하다는 것을 아셨을 것이고, 따라서 장문
사형께선 북경에 머물게 되실 것입니다."

"아니, 그럼 현운 장문인은 이곳으로 오지 못한단 말인가?"

"그렇습니다. 아직 분파가 북경에 완전히 자리를 잡지 못한 상태라
서요. 황궁과의 마찰이 다소 발생하는 것 같습니다."

"흐음, 그리고 보니 지금 북경엔 황궁이 한창 건설되고 있겠군. 그리

좋은 환경은 아니겠구먼. 그런데 왜 장백검파에선 황궁이 세워지는 곳에 분파를 두려고 하는가? 향후 황제가 천도를 한다면 많은 제약이 있을 텐데?'

"아미타불, 그것은 맹주의 말이 맞는 것 같구먼. 정 대협, 황궁과 무림은 서로 간섭을 하지 않지만, 그것은 어디까지나 서로의 영역을 침범하지 않았을 때에 국한된 것이네. 그렇기 때문에 황궁이 위치한 곳엔 어떠한 문파도 들어가지 않고 있는 것이지. 자칫 황궁과 대립할 수도 있고. 그러니 나중에 그 문제에 대해 현운 장문인과 상의를 해보는 것이 좋을 듯 싶구먼."

"그 일은 제가 관여할 문제가 아니지만, 여하튼 장문 사형께 말씀은 드려보겠습니다."

"허허, 알았네. 그럼 피곤할 테니 그만 쉬도록 하게."

"예, 그럼 이만."

"무량수불……."

연정 장문인은 운영이 밖으로 나가는 뒷모습을 바라보며 도호를 읊었다. 그러나 너무도 낮게 해서 그런지, 옆에 있던 제갈 맹주조차 '들었나?' 할 정도였다.

'무량수불. 현원세가의 일이 잘 매듭지어진다면, 향후 장백검파의 전성기가 도래할 수도 있겠구나. 무림의 주축이라 할 수 있는 본 맹과 패혈맹, 그러나 본 맹은 이번 전투로 인해 많은 피해를 입을 것이다. 가장 심각한 타격을 입는 곳은 구파일방과 오대세가겠지…….'

연정 장문인은 운영의 무위가 자신이 짐작했던 것보다 훨씬 상위에 올라 있음을 알고 있었다. 그것을 증명해 준 것은 운영이 현원덕호를 단독으로 상대할 때 보여준 무위였다. 비록 현원덕호에 패해 심각한 내상을 입고 도주를 하게 되었지만, 장백검파의 중심엔 정운영이 있다는 것을 부인할 수 없었다. 또한 구림에 새로운 바람이 불지도 모른다는 생각이 들었다. 그 중심엔 운영이 소속된 장백검파가 있을 것이고……

제 8 장

너희들이 길 안내 좀 해야겠다

◆제8장 너희들이 길 안내 좀 해야겠다

    팔월에 접어든 후 이십 일이 되었을 때, 계수에 머물러 있던 현원세가가 드디어 움직이기 시작했다. 그동안 오대산 본가에서 천오백 명의 문인들이 새롭게 추가되었는데, 청랑군 만 명과 합치면 총 만 구천오백 명이었다. 그러므로 오대산 현원세가의 본가는 거의 텅텅 빈 것이나 진배없었다. 남아 있는 인원이라고 해보았자 여인들과 열 살도 되지 않는 아이들, 그리고 이들을 보필하기 위한 하인들이었다. 그만큼 현원세가에선 본가의 안위보다는 무림맹을 물리쳐야 한다는 것에 전문인들이 사활을 걸고 있었다.

    계수에서 회남까지 말로 달리면 하루 거리밖에 되지 않았지만, 현원세가가 회남 근교에 도착한 것은 일주일이 지난 후였고, 본격적으로 무림맹과 대치를 하게 된 시점은 구월 초하루부터라 할 수 있었다.

회남은 현원세가와 무림맹 간의 팽팽한 대치가 이루어지면서, 활기 찼던 마을은 하루아침에 썰렁하게 변했다. 거의 죽음의 도시처럼 느껴질 정도로 거리는 한산했으며, 이따금씩 거리를 왔다 갔다 하는 사람들은 무림맹에서 정보를 얻기 위해 파견한 자들뿐이었다. 그러나 현원세가가 무림맹 전방 근처에 자리를 잡은 후로는 이들의 발걸음도 완전히 사라졌다. 더불어 회남의 군정과 치안을 담당하고 있는 도지휘사(都指揮使)의 병사들조차 대낮인데도 함부로 나돌아다니지 못할 정도였다.

"가주님, 이제 공격해도 되지 않겠습니까? 더 이상 기다린다면 보급품이 부족한 본 가가 불리하게 될 것입니다."

"본좌도 알고 있다. 그러나 아직 염 우승상의 확답도 듣지 못했고, 아버님마저 공격할 생각을 하지 않고 계신다. 아마도 조금 더 기다려야 할 것 같다."

"본 가가 이곳에 자리를 잡은 것이 사 일 전입니다. 더구나 지금까지 계속된 무더운 날씨 때문에 식수와 음식을 준비하는 데 많은 애로 사항이 속출하고 있습니다."

"그것을 왜 모르겠나, 곽 총관. 하지만 염 우승상은 조금 더 기다려야 한다고 아버님께 말씀드린 후고, 더구나 아버님도 그 말에 적극적으로 동조를 하고 있음을 잘 알고 있지 않은가. 그러니 더 이상 본좌를 부추기지 말게."

현원승은 곽 총관을 향해 고개를 좌우로 저으며 미간을 찡그렸다. 하지만 곽 총관은 귀찮아하는 현원승의 곁으로 한 걸음 전진하며 하소연을 했다.

"그러나 가주님, 지금 염 우승상이 무엇을 기다리는지 잘 알고 있지 않습니까. 지금은 구월입니다. 비록 그동안 비가 오지 않고 고온이 계속되어 풀들이 메말라 있다고는 해도, 북서풍을 기다린다는 것이 말이 된다고 생각하십니까? 오히려 남서풍을 기다린다면 동의를 하겠습니다. 그런데 십일월이 되어야 불기 시작하는 북서풍을 기다린다는 것은 시간만 축내는 일입니다. 그러니 가주님께서 태상가주님께 말씀을 드려보시는 것이 어떨……."

"그만! 그만 하게, 곽 총관! 본좌도 이미 아버님께 똑같은 말을 수십 차례 했었네. 그러나 본좌가 들을 수 있는 말은 언제나 똑같았음을 잘 알고 있으면서 왜 그러는가? 곽 총관의 심정이 답답하다는 것은 잘 알지만, 그래도 기다려 보게. 염 우승상은 이삼 일 정도만 기다리면 된다고 했으니, 그때까지 기다리다 안 되면 다른 방법을 찾겠지."

"예, 알겠습니다."

곽 총관은 현원승의 날카로운 반응에 더 이상 재촉하지 못하고 막사를 나서야만 했다. 앞으로 이삼 일 정도만 기다리면 어떻게든 되겠지 하는 느긋한 마음보다는, 그 이후 어떻게 될 것인지가 더욱 걱정이 되었다. 비록 지금은 답답한 마음에 가주인 현원승에게 하소연하듯 재촉을 했지만, 만약 염 우승상이 기다리고 있는 북서풍이 분다면, 현 상황에서 그것보다 좋은 하늘의 도움은 없다는 것을 잘 알고 있었던 것이다.

'훗, 그래도 이런 대규모 전투엔 우리들보다 전장에서 병사들을 지휘했던 염 우승상이 낫군.'

곽 총관은 무림맹이 있는 곳을 바라보았다. 성곽엔 형형색색의 깃발들이 보이고 있었고, 그 주변으로 경계병들이 쉴 새 없이 돌아다니고 있는 것도 보였다.

"뭐, 본 가로서는 북서풍이 불면 금상첨화겠지. 아암!"

곽 총관은 이내 자신의 막사로 들어갔다. 본가를 떠나 외지인 회남까지 왔지만, 어떻게 된 것이 본가에 있었을 때보다 곽 총관이 해야 할 일이 많았다. 그리고 하루하루 긴박한 상황이 이어지다 보니 피곤을 항상 달고 사는 것이 아닌가 하고 생각될 정도였다.

염상백은 현원덕호의 막사에서 나오다 곽 총관이 자신의 막사로 들어가는 것을 볼 수 있었다. 그에 곽 총관의 막사로 향할까 생각했으나, 이내 고개를 좌우로 흔들고는 청랑군이 머물러 있는 곳으로 향했다.

"어서 오십시오, 아버님."

"그래."

염상백은 청랑군의 대장인 아들 염천검이 반갑게 반기자, 이내 고개를 끄덕여 보인 후 주변을 둘러보았다.

"천검아, 준비는 차질없이 진행되고 있느냐?"

"예, 이미 모든 준비를 마쳤습니다. 이제 공격 명령만 떨어지면 됩니다."

"알았다. 그러나 혹시 모르니 더 준비하도록 해라."

"알겠습니다, 아버님."

"그럼 이 아비는 너만 믿고 있겠다."

염상백은 염천검의 어깨를 힘껏 잡아준 후 뒤돌아서서는 자신의 막사로 걸어갔다. 이제 기본적인 것은 준비를 마친 상태였기에, 앞으로는 전략에 혹 차질이 없는지 세심한 검토를 해야 할 때인 것이다.

'땅은 메말라 있다. 그리고 열흘이 넘도록 바람이 불지 않고 있다. 그것은 조만간 바람이 불어줄 수도 있음이 아닌가. 비록 그 바람이 북서풍이 아니어도 좋다. 적들이 성 밖으로 나오게만 만들면 된다.'

염상백은 성문을 꼭 닫아걸고 있는 무림맹을 친다는 것은 파멸을 자초하는 일이라 생각했다. 그렇기에 어떻게든 성 밖으로 나오도록 해야 했다. 더불어 최소한의 희생으로 적을 물리칠 수밖에 없기에, 그 방법을 자연에서 찾고자 한 것이다. 또한 봄과 가을엔 바람의 방향이 한두 차례 정도 바뀔 때도 있었다. 염상백은 그것을 생각했고, 원하는 바람이 불어주기를 간절히 기다렸다.

그러나 조금 전 현원덕호를 독대한 자리에서 며칠의 여유를 더 받을 수 있었다. 아무리 생각해도 이삼 일 안에 바람이 분다는 것은 천운이라고밖에 생각할 수 없었기 때문이다. 그러나 현원덕호가 제시한 시한은 구월 십 일까지였다. 그 이상 넘어가면 식량 조달에 큰 문제가 있었기 때문이다.

"맹주, 저들이 왜 공격하지 않는다 생각하시오?"

"글쎄요. 계속 시간을 끌 경우 식량과 식수에 문제가 있을 텐데, 무엇 때문에 저렇게 있는지 모르겠습니다. 하지만 저들이 공격을 늦출수록 본 맹엔 유리하게 작용할 것입니다."

멀리 현원세가의 막사가 한눈에 보이는 곳에 십여 명의 사람들이 모여 있었는데, 그들은 막사에서 이리저리 움직이는 사람들의 모습을 볼 때마다 인상을 찡그렸다.

"하지만 그것을 저들이 모를 리 없을 테니, 아마도 조만간 공격을 강행할 것입니다."

"그렇겠지요. 아미타불……."

"하지만 저들이 성곽을 넘기는 힘들 것입니다. 더구나 성안으로 들어온다고 해도 이미 각파의 제자들이 절진을 형성하고 있으니, 그들은 불로 뛰어드는 나방 꼴이 될 것입니다."

"암, 그렇고말고. 그리고 내 제자들이 획득한 정보를 종합한 후 말해준 것이 있는데, 그것은 저놈들이 앞으로 열흘 안에 공격을 강행할 것이라는군. 그 안에 공격하지 못하면 식량 때문에 오대산으로 돌아갈 수밖에 없을 것이라고 하네. 그럼 앞으로 오 일 정도가 최대의 고비겠지."

"궁 방주께서 하신 말씀대로, 앞으로 본 맹의 최대 고비는 오 일 정도가 될 것입니다. 그 오 일만 무사히 버티면 현원세가는 오대산으로 돌아가거나 최후의 발악을 하겠지요. 원시천존……."

"그렇군요. 오 일이라……."

"흐으음……."

제갈 맹주를 비롯한 모든 사람들이 '오 일' 이란 말을 되새기며 전의를 다졌다.

무림맹에선 현원세가가 지체하는 시간 동안 많은 준비를 할 수 있었다. 대부분 방어를 위한 것들이었지만, 그것만으로도 현원세가의 공격에 대한 대비책은 마련되었다 생각될 정도로 나름대로 여유를 가지게 되었다. 어느 정도 준비를 마친 상태라 크게 밀리는 일은 없다고 판단한 것이다.

'현원세가에 기적이 일어나지 않는 한, 본 맹이 어이없게 밀리는 일은 일어나지 않을 것이다. 우린 그동안 많은 준비를 했고, 그 정도면 충분하다. 비록 현원덕호를 상대하는 것이 걸리긴 하지만……'

현원세가의 막사와 무림맹과의 거리는 적어도 십이 리 정도 되었다. 그러나 현원세가가 무림맹을 한눈에 확인할 수 있는 구릉 지대에 막사를 지었기에, 무림맹에서도 현원세가의 일거수일투족을 확인할 수 있었다.

그에 제갈 맹주는 혹시 자신들을 보고 있을지 모를 현원덕호를 찾듯 현원세가의 막사들을 관찰했다. 그러나 아무리 제갈 맹주가 공력이 심오하고 시력이 좋다고 해도, 현원세가의 막사는 사람의 윤곽조차 구분할 수 없을 정도로 멀리 떨어져 있었다. 그저 육안으로 확인할 수 있는 것은 현원세가의 대략적인 시설 정도뿐이었다.

*   *   *

따각~ 따각~ 따각~

멀리 보이는 지평선 너머로 십여 명의 사람들이 다가오는 것이 보였는데, 모두 말을 타고 있었으며 저마다 이야기꽃을 활짝 피우고 있었다. 그러나 가장 선두에 서 있는 사람은 다른 사람들에 비해 말이 없었으며, 이따금씩 하늘의 한곳을 뚫어지게 쳐다보다가 깊은 한숨을 쉬곤 했다. 하지만 간간이 불어오는 바람의 향기를 느낄 때면 굳어져 있던 얼굴에도 밝은 미소가 어른거렸다.

"주군, 전방에 인기척이 있습니다."

"알고 있다."

"그럼 소인이 알아서 처리하도록 하겠……."

"그냥 둬."

"……?"

"어차피 나라가 혼란스러우니 생계를 위해선 어쩔 수 없었겠지. 그냥 우리들이 모른 척 지나가면 건드리지는 않을 거다. 그리고 아마 저 녀석들 인상을 보면 그냥 숨어 있겠지."

"홋! 알겠습니다."

조 검주는 호열의 말에 따라 자신도 모르게 뒤를 돌아보게 되었고, 바로 뒤따라오는 도형곡과 두 눈이 마주쳤다. 부리부리한 눈, 육 척이 훨씬 넘는 체격은 한눈에 보아도 무림고수 아니면 산적 두목 정도로 보였다.

"조 검주, 왜 남의 얼굴을 보곤 웃는 것이오?"

"아닙니다. 잠시 다른 생각이 떠올라서요."

"뭐, 그렇다면 할 말은 없고."

도형곡은 조 검주가 말을 얼버무리자, 더 이상 추궁하지 않고 말을 호열의 옆으로 몰고 갔다.

"주군, 질문을 해도 됩니까?"

"물어보게."

"우리는 지금 어디로 가는 것입니까? 소인이 이 길을 몇 번 다녀보아서 잘 아는데, 이 길로 계속 가면 서안입니다."

"그래서?"

"옛? 아니, 소인은 다만. 호, 혹시… 혹시 말입니다."

"……?"

"흠! 뭐, 그럴 리야 없겠지만 말입니다. 혹시 난주… 난주로 가시는 것입니까?"

"잘 알고 있구먼."

"옛? 저, 정말입니까? 정말 난주로 가시는 것입니까?"

도형곡은 설마 하는 심정으로 호열에게 질문했던 것인데, 호열은 너무도 당연하다는 듯 대답했다. 그에 도형곡의 얼굴이 시꺼멓게 변색이 되었고, 그 뒤를 따르던 아홉 명의 얼굴 역시 도형곡과 마찬가지 색을 띠게 되었다. 다만 조 검주만 담담한 표정을 유지할 뿐이었다.

남창을 떠난 호열 일행은 한 달가량 말을 타며 북상하고 있었다. 정확히 말하면 북상이 아니라 북서쪽으로 계속해서 이동하는 중이었다. 더구나 호열은 당분간 무한으로 가고 싶은 마음이 없었기에 악양(岳陽)과 형주(刑州)를 거친 후 섬서성 안강(安康)에 접어들었고, 지금은 도형곡에게 말한 것처럼 서안을 향해 가고 있는 중이었다.

"그렇네. 그런데 왜 그러는가?"

"난주는 지금 마교의 소굴로 변한 지 오래된 곳입니다. 그런데 주군께서 난주로 가신다고, 흠흠! 당연히 수하인 저희들로서는 걱정할 수밖에 없지요."

"걱정은 무슨, 그렇지 않아도 지금 마교를 향해 가고 있는 중이다."

"예엣! 마, 마교에 가신다고요?"

"서, 설마……!"

"마, 마교라니! 그럼 지금 우리가 마교에 가고 있었단 말인가……?"

호열의 한마디에 뒤따라오던 사람들의 입이 함지박보다 더 크게 보일 정도로 커졌으며, 한번 열려진 입은 쉽게 다물어지지 않았다. 하지만 조 검주를 제외한 모든 사람들의 시선은 호열을 향해 있었는데, 그들의 눈에는 왜 하필 마교에 가느냐고 묻는 것처럼 보였다.

"당연하지. 그럼 내가 할 일 없이 이곳저곳 돌아다닐 것 같았는가? 분명 내가 패혈맹에서 나온 후 등왕각에서 말했을 텐데? 차라리 나를 따라오지 말고 제 살길 찾는 것이 어떠냐고. 그런데 자네들은 극구 나를 따라오겠다고 하지 않았는가? 그런데 이제 와서 왜 그렇게 놀라는가?"

호열은 패혈맹에서 나온 후 호대령 등의 불만과 자신들을 떼놓고 다시는 움직이지 말라는 잔소리를 들었다. 예전 문주였을 때는 눈도 마주치지 못하던 수하들이 이제는 대놓고 합작을 하며 잔소리를 하는 통해 호열은 어이가 없었다. 그러나 그러려니 했다. 자신을 주군으로 모시겠다고 했으니, 그들도 자신의 신상에 나쁜 일이 일어나지 않도록 주의하자는 정도로 생각했던 것이다.

그러나 호열은 수하들의 안위를 책임져야 한다는 것이 귀찮게 느껴졌다. 조 검주와 호대령의 실력은 호열이 몇 수 가르쳐 준 이후 어느 정도 인정하고 있었지만, 그들 이외의 수하들은 호열의 눈에 찰 정도가 못 되었던 것이다. 그에 호열은 수하들에게 자신을 따를 경우 곤란한 일을 겪게 될 것임을 상기시켜 주었다. 목숨이 위태로울 수 있었기 때문이다. 그러나 단 한 명도 호열의 곁을 떠나려 하지 않았다. 죽음이라도 불사하겠다는 의지를 보였던 것이다.

호열은 수하들이 자신을 믿고 따르겠다는 충정에 기뻤다. 하지만 그 정도였을 뿐, 아직까지 수하들에게 '앞으로 어떻게 할 것인지'와 같은 일정에 관한 사항에 대해서는 일절 말을 하지 않았다. 아직 추 전주가 수하로 있던 시절의 버릇이 남아 있었던 것이다. 모든 것을 다 알아서 해주던 추 전주의 공백이 크게 느껴질 정도였다. 그러나 호열은 마교에 가고 있다는 말에 호들갑을 떠는 수하들의 모습에서, 당시의 일이 주마등처럼 스쳐 지나가는 것을 느낄 수밖에 없었다.

"놀라지 않았습니다. 다만 저희들은 마교에 가시려고 하는 주군의 뜻을……."

"당연히 그곳에서 납치에 관한 일을 알아보려고 이렇게 가고 있는 것 아닌가. 쓸데없는 질문을 하는군."

"주군, 사실 말이 나왔으니 하는 말입니다만, 신농가에서 저희들이 물러났을 때 이미 마교도 난주로 퇴각한 이후가 아닙니까? 그런데 어떻게 그들이 무한까지 올 수 있었겠습니까? 그것은 상식적으로 맞지 않는 추리라 생각됩니다."

호열의 반응을 지켜보던 마충이 호열의 앞에 나서며 당시의 일을 상기시켜 주었다. 그러자 마충의 말을 듣고 있던 다른 사람들의 고개가 자연스럽게 끄덕여졌다.

"당연히 신농가에 있던 자들은 아닐 것이다. 그러나 패혈맹에서 괜찮은 정보를 들었는데, 그것은 마교가 오래전에 중원에 그들의 세력을 심어놓았을 수도 있다고 한다. 만약 그렇다면 충분히 가능성이 있지 않겠느냐?"

"그, 그렇군요."

"크흐, 정말 가능성이 있는 말씀입니다."

"따라서 아내를 납치했다고 가정할 수 있는 곳은 이제 마교나 현원세가 둘 중 한곳이다. 하지만 그 두 곳도 아니라면 우리가 모르는 제삼의 세력이 무림에 숨어 있다고 볼 수 있겠지. 그러니 하나씩 확인할 수밖에."

"하지만 주군, 왜 하필 마교가 먼저입니까? 현원세가를 먼저 가도 되지 않습니까?"

"그렇습니다. 오히려 현원세가를 먼저 확인하는 것이 빠르지 않겠습니까?"

"현원세가는 지금 무림맹과 한창 전투 중이니, 그것을 확인하려면 오대산이나 회남으로 가야 하지 않은가. 오대산에 있는 본가까지 가면 그만이지만, 아직 무림맹과 마주칠 시기는 아니네. 만약 내가 지금 회남으로 가게 되면 녀석들이 곤란해질 것이 아닌가."

"예? 녀석들이라니요? 누구… 아~"

도형곡은 호열의 말에 이해할 수 없다는 표정을 짓다가, 이내 누구를 가리키는 것인지 깨달은 후 더 이상 다른 말을 할 수가 없었다. 더불어 호열이 그들을 위해 상당한 배려를 하고 있음을 알 수 있었다. 하지만 마교로 가야 한다는 것은 도저히 납득이 되지 않았다. 무림맹으로 가지 않겠다면, 차라리 오대산으로 향하면 되었기 때문이다.

"그렇다면 차라리 오대산으로 가시는……."

"도형곡!"

"옛? 마, 말씀하십시오."

"내가 그럼 빈집이……."

창, 창창창—!

"멈추~ 어라!"

"……?"

호열은 불만을 토하는 도형곡에게 뭐라고 하려는 중에 갑자기 정면에서 사람들이 우르르 쏟아져 나오자 어이가 없다는 표정을 지었다. 자신의 생각이 여지없이 빗나갔기 때문이다.

'이거 참, 어쩌면 저리도 미련할까? 척 보면 자신들이 감당할 수 없는 고수들인 걸 모르나?'

"크하하하, 그렇게 겁먹은 얼굴 할 필요 없다. 이곳을 지나려면 너희들이 지닌 짐을 조금만 내놓으면 된다."

자신들이 갑자기 나타남으로 인해 호열의 얼굴이 딱딱하게 굳었다고 보았는지, 우두머리인 것처럼 보이는 자가 크게 웃어 보이며 수중의 대도를 한차례 휘둘러 보았다.

"그럼, 그럼. 우리 두목은 얌전히 물건을 내놓기만 하면 목숨은 살려 준다고. 그러니 그렇게 떨지 말고 어서 내놓거라."

"하하하, 역시 두목은 인상만으로도 사람을 주눅 들게 한다니까. 저 녀석을 좀 봐봐. 얼마나 무서웠으면 표정이 저렇게 굳을 수 있냐?'

"이놈들! 감히 이분이 누구……."

"홋! 그만 하라."

약간 뒤쪽에 있던 호대령이 호열의 앞으로 나서며 산적들을 향해 크게 호통을 치며 신형을 움직이려고 했다. 하지만 호열은 호대령이 움직이려는 찰나에 제지를 했다. 그러면서 아직 영문을 모르겠다는 표정을 짓고 있는 산적들을 쭉 훑어보았다. 모두 서른여덟 명이었는데, 하나같이 험악한 인상을 하고 있었다.

"주군, 하지만 저 녀석들이 지금……."

"그냥 나누고 가자. 녀석들 얼굴을 보니 아무것도 모르고 한 짓이라 쓰여 있는데, 그것을 문제 삼고 처벌을 가하면 나중에 사람들이 우리를 욕할 것이다."

"저런 녀석들을 혼내주는데 누가 감히 그런 망발을 하겠습니까? 그리고 강호를 주유하다 저런 녀석들을 보면 크게 혼을 내주어야 합니다. 그래야 저런 얼빠진 녀석들이 백성들을 쉽게 건드리지 못합니다."

"그것은 호 형의 말에 일리가 있습니다."

"……."

호열은 호대령의 말을 거드는 도형곡을 향해 눈썹을 꿈틀거렸지만, 다른 한편으론 호대령의 말에도 일리가 있다고 생각했다. 한 명의 악인을 벌하면 열 명의 선인을 구한다는 말이 생각난 것이다. 그러나 무턱대고 벌할 수 없다고 생각했다.

"뭐냐! 지금 너희들이 우리의 명령을 거역하고 대항하겠단 말이냐?"

"두목, 그냥 쓸어버립시다. 녀석들이 아직 정신을 덜 차렸나 봅니다."

"그렇습니다. 그냥 쓰~ 윽!"

"크크, 오랜만에 피 맛을 보겠군. 자, 어떤 놈부터 모가지를 잘라줄까? 그래도 저승길 가는데 고통스럽지 않게 해줄 테니 걱정하지 말라고."

"크하하하~ 그래, 걱정하지 마라. 최대한 빨리 죽여줄 테니."

'뭐, 저런 녀석들이 다 있어? 정말 상황 판단도 못하는 멍청이들이군. 저런 녀석들이 산적질을 하면서 지금까지 살아 있다는 것 자체가 용한 일이군.'

손가락으로 자신의 목을 살짝 긋는 행동을 하는 자, 대도의 날에 혓바닥을 낼름거리며 침을 질질 흘리는 자, 거기다 한술 더 떠서 마치 곡예라도 하듯 칼을 사방으로 휙휙 휘두르는 자들이 호열 일행의 시야에 들어왔다. 이에 호열뿐만 아니라 모두 분위기도 파악하지 못하고 자기들 잘난 맛에 떠드는 산적들을 둘러보며 한심하다는 표정을 지었다. 더불어 도저히 이해가 되지 않았다. 자신이 한눈에 보아도 산적들이 조금 전과 같은 말을 쉽게 입 밖으로 뱉어낼 상황이 아니었기 때문이다.

호열은 산적들의 자아도취적인 행위를 보며 고개를 좌우로 젓다가 이내 무슨 생각이 떠올랐는지, 그의 표정에 약간의 변화가 일어났다.

'훗! 그럼 조금은 타일러 줄까? 도적질은 해도 강도가 되지 않도록 적절히 손봐주는 정도면 되겠지.'

"호대령, 자네의 말이 옳은 것 같다. 그럼 내가 도형곡과 잠시 이야기를 하는 동안 저 녀석들 모두 무릎을 꿇려라. 단! 움직이지 못할 정도로 심하게 다루지는 말고. 무슨 말인지 알겠지?"

"하하, 알겠습니다. 잠시만 기다리십시오."

휘이이이~

탁! 타타탁! 타타악~!

"크아악!"

"컥! 내 팔, 내 팔이~!"

"도형… 으잉?"

'뭐야? 벌써 다 정리가 된 건가?'

호열은 도형곡에게 조금 전 하려다 중단되었던 말을 계속하려고 막 도형곡을 향해 돌아서다 말고 다시 산적들을 향해 시선을 주어야 했다.

호대령의 손속은 무자비할 정도로 빠르고 정확했다. 그러나 호열의 당부를 철저히 수행하고 있었다. 하체는 절대 건드리지 않고 상체를 향해서만 손을 쓰고 있었던 것이다. 움직이지 못할 정도란 말을 달리 해석한 것이다.

"아악, 살려줘~"

"제, 제발! 때리지 말아주십시오. 제발, 으악!"

"사람 살려~!"

"자, 잘못했어요! 다시는 이런 짓 않겠습니다! 그러니 제발~"

"꺼이, 꺼이~"

"흑, 흑~"

호열은 도형곡을 향해 몸을 돌릴 수 없었다. 도저히 산적들이 질러 대는 비명이라 생각할 수 없을 정도로, 산에 메아리치듯 울리는 비명엔 비통함과 처절함이 물씬 배어 있었기 때문이다. 그저 단순히 '악' 소리만 나오는 것이 아니라, 호대령이 자신들을 죽이고자 한다고 느꼈는지 눈물을 흘리며 대성통곡하는 자들이 대부분이었다.

호열은 험악한 인상으로만 따지면 일대종사 격인 산적들이 대성통곡을 하는 볼썽사나운 모습을 보이자 미간이 있는 대로 찡그러졌다.

'저들이 정말 아까 인상 쓰던 산적인가? 정말 못 봐주겠군. 인상은 산적인데 하는 행동은 소인배보다 못하잖아? 이거 참.'

호열은 호대령에 의해 한차례 땅바닥에 구른 후 삼 열로 정렬해 있는 산적들의 면면을 살폈다. 하지만 호대령의 호통으로 조용해지자, 호열은 잠시 후에 보자는 눈빛을 던진 후 도형곡을 향해 고개를 돌렸다.

"내가 어디까지 말했었지?"

"옛? 아, 그것이… 예, 빈집까지 말씀하셨습니다."

도형곡은 호열이 끈질기게 자신을 물고 늘어진다고 생각했다. 자신은 나름대로 다른 사람들을 대표한다는 생각에 호열의 앞에 나선 것이었는데, 정작 호열은 그렇게 생각하고 있지 않은 것 같아 내심 불안한 마음을 감출 수 없었다.

"그렇군. 자네에게 묻고 싶은 것이 있는데, 자네는 내가 빈집에 가서 여인들을 향해 위협이나 했으면 좋겠나?"

"옛? 어찌 그런 말도 안 되는! 소인이 주군께서 그런 일을 하시도록 하겠습니까. 소인은 다만……."

"그럼 내가 어린애들을 향해 눈을 부라려야만 하겠는가?"

"저, 그……."

"그럼 내가……."

"주군, 소인이 잘못했습니다. 소인의 생각이 짧았습니다."

도형곡은 호열의 단 두 마디에 말에서 내린 후 무릎을 꿇었다. 그런 후 더 이상 아무런 대꾸 없이 호열의 처분을 기다린다는 듯 일절 움직이지 않았다.

"큼, 그만 되었다. 그리고 모두 들어라! 이번 기회를 빌어 너희들에게 당부할 말이 있다."

"예, 주군!"

"하명하십시오, 주군."

"앞으로 본인이 하고자 하는 일에 토를 달지 말도록! 비록 본인의 내자가 생사불명의 처지에 있다고 하나, 그리고 본인이 내자를 찾기 위해 강호를 정신없이 주유하고 있다 하나! 본인은 여인과 애들은 건드리지 않는다. 그들이 비록 적들의 가족이라 해도 마찬가지다."

"……."

"너희들도 알겠지만, 본인은 현재 황제뿐만 아니라 무림과도 그리 좋은 관계라 할 수 없다. 그렇기에 더욱 본인은 자존심을 지키고자 한다. 그 자존심이 무엇인지는 이미 그대들에게 이야기했다. 그러니 그대들도 본인의 마음을 헤아려 주기 바란다."

"알겠습니다, 주군."

"소인들이 어리석었습니다. 충심을 다해 주군을 따르겠습니다."

호열의 말을 들은 호대령 등은 깊은 감동을 받았다. 어찌 보면 가장 힘든 당사자는 호열이라 할 수 있는데, 그것은 극복하고 무인으로서 자존심을 지키고자 하는 모습이 숭고해 보인 것이다. 더욱이 절대종사의 위엄마저 물씬 풍겨져 나오는 과정에 그런 감동적인 말을 듣자, 호열의 말은 사람들 뇌리에 평생 지워지지 않게 각인되어 버렸다.

"좋다. 그럼 앞으로 지켜보겠다."

"옛, 지켜봐 주십시오!"

"훗, 좋다."

수하들의 우렁찬 대답에 만족한 듯 활짝 핀 얼굴을 한 호열은 이내 뒤돌아선 후 잔뜩 인상을 찌푸리고 있는 산적들을 향해 살짝 고개를 끄덕였다. 더불어 호열의 눈에는 자신이 생각한 것을 실행에 옮겨야겠다는 의지가 담겨 있었다.

"자네가 저들의 두목인가?"

"그, 그렇습니다."

"그럼 저들이 자네가 거느리고 있는 전부인가?"

"옛? 아, 그렇습니다. 예, 저들이 소인이 거느리고 있는 수하들 전부입니다."

"훗, 아니라고 해도 믿어주지. 그럼 자네는 이 산의 주인이라는 말인데, 그럼 녹림인가?"

"아, 아닙니다. 어찌 저희들 같은 무뢰배가 녹림에 속하겠습니까. 녹림이라니, 말도 안 됩니다. 그저 이곳 진령산(秦嶺山)을 삶의 터전으로 삼고 있는 하류들입니다."

두목은 호열의 질문에 난감한 표정을 지으며 두 손을 흔들어 보였다. 예전이라면 모르겠지만, 녹림이 패혈맹에 속한 이상 녹림도 아니면서 녹림이라 한다면 죽은 목숨이나 진배없었기 때문이다.

그러나 호열이 듣는 관점에서는 달리 해석됐다. 산적 두목이 녹림을 마치 우상시하고 있다는 느낌을 받았던 것이다. 이에 정말 어이없다는 생각을 하면서 다시 두목을 향해 시선을 돌렸다.

"훗! 그럼 녹림에도 속하지 못하는 자네들이 왜 그렇게 우리들에게 당당했는가?"

"그것이……."

"어서 말해 봐라. 자네와 농담이나 하고 있을 정도로 시간이 많지 않다."

"아, 알겠습니다. 사실 저희들의 인상이 험악해 그동안 이곳을 지나다니던 행인들은 저희들의 얼굴만 봐도 줄행랑을 쳤습니다. 더구나 지금까지 한번도 실패한 적이 없습니다. 하다못해 표사들도 저희들을 보면 꽁무니를 빼던가, 아니면 한 수 양보하곤 했습니다. 그에 저희들도 모르게 자만심이 생겼던 것 같습… 니다. 제발, 살려주십시오. 다시는 이런 짓 하지 않고 착실하게 살겠습니다. 제발, 공자님~"

"훗, 살려주는 것이야 어려운 일은 아니다. 그러나 대가는 있어야겠지."

"옛? 대가라 하심은……?"

"너희들을 두고 가자니 앞으로도 이 길을 다니는 백성들이 큰 화를 당할 것 같아서 그렇게는 못하겠고, 너희들을 관가에 넘기자니 지금 그럴 시간도 없다."

"자, 잘 생각하셨습니다. 그리고 저희들은 앞으로 이곳에서 떠나겠습니다. 그러니 제발 선처를……."

"공자님, 살려주십시오. 집에는 노모와……."

"흑흑, 이제 갓 돌이 지난 아들놈이 있……."

"됐다! 그만 해라."

"……."

"본인이 너희들에게 대가로 요구하고자 하는 것은 별것 아니다. 너희들이 길 안내 좀 해야겠다."

"길 안내요……?"

"그렇다, 길 안내."

산적들은 호열의 말에 속으로 살았다는 함성을 질렀다. 다만 그것이 외부로 크게 표출되지 않았을 뿐, 서른여덟 명의 산적들은 호대령에게 맞은 곳이 욱신거리는 것도 잊어버릴 정도로 기뻤다.

'훗, 길 안내가 쉽지 않을 것이다. 저 녀석들은 갱생이 필요해.'

호열은 자신을 향해 연신 고맙다고 허리를 굽실거리는 산적들을 향해 의미심장한 미소를 지어주었다. 아주 너그럽고 인자한 미소였다.

제 9 장

설마 자네도 도망가는 것은 아니겠지?

◆제9장 **설마 자네도 도망가는 것은 아니겠지?**

구월에 들어선 것이 벌써 구 일이 지났다. 그러나 아무리 기다려도 염상백이 기다리던 북서풍은 불지 않았다. 오히려 이따금씩 남동풍이 불었다. 그나마 다행이라면 회남에 막사를 설치한 이후 아직까지 전혀 비가 내리지 않았다는 것이다. 하지만 이제 현원세가로서는 기다릴 여력이 없었다. 처음엔 다소 여유를 가지고 무림맹이 있는 회남에 도착했으나, 지금은 뒤로 물러선다는 것 자체가 도박이라 생각될 정도였다. 그에 현원덕호는 더 이상 기다리지 않고 다음날 총공격을 강행하도록 지시를 내렸다.

하루란 사람들에 따라 빠르게 느껴질 수 있는 시간이다. 특히 앞날을 예측할 수 없는 전투를 앞둔 시점이라면 더 더욱 그럴 것이다. 그만큼 현원세가의 문인들은 밤이 되자마자- 부산하게 움직이기 시작했으며, 이러한 움직임을 주시하고 있던 무림맹도 초긴장 상태에 들어갔다. 드디어 때가 됐다는 것을 감지한 것이다.

날이 밝았다.

그러나 다른 날과 달리 별로 특별한 것도 없었다. 하늘은 맑고 청명했으며, 태양도 따사로운 햇살을 대지에 뿌려댔다. 한눈에 보아도 가을 하늘처럼 보였다.

"곽 총관, 준비는 됐는가?"

"옛, 공격 명령만 내리시면 됩니다."

"좋다. 우승상, 언제쯤으로 하면 좋겠습니까?"

"지금이 사시니, 오시 정도에 공격하는 것이 좋을 듯합니다. 비록 북서풍이 불지 않고 있지만, 밤사이 내린 이슬로 인해 대지가 완전하게 건조해지지 않았습니다."

"알겠습니다. 그럼 아버님께 그렇게 전하도록 하겠습니다."

"그렇게 해주십시오. 그럼 저는 이곳에서 마지막 점검을 하고 있겠습니다."

"부탁드립니다. 그럼 저는 이만."

현원승은 염상백에게 고개를 살짝 끄덕인 후 현원덕호가 머물러 있는 막사 안으로 들어갔다.

'역시 북서풍을 기대한다는 것 자체가 무리였나? 하지만 봄과 가을은 때때로 돌풍이 불기도 할 텐데… 훗, 그나마 남동풍이 불지 않는 것만도 다행이지.'

염상백은 자신이 막연한 기대를 가지고 있었음을 알고는 스스로가 한심하다는 듯 고개를 좌우로 흔들었다. 그러나 한편으로는 서운하기도 했다. 그러나 염상백은 포기할 것은 일찍 포기해야 함을 잘 알고 있었다. 그에 아직 여름의 끝자락이라 남동풍이 부는 것은 어쩔 수 없지만, 구월이면 가을이라 할 수 있기에 이른 감이 있어도 북쪽에서 바람이 불어줄 수도 있지 않은가는 넋두리 정도로 생각을 마무리했다.

염상백은 자신들의 일거수일투족을 주시하고 있는 무림맹을 향해 시선을 주었다. 무림맹 역시 현원세가가 진영을 구축하자 모든 이목을 집중하고 있었던 것이다.

"오늘, 청랑군의 진면목을 보여주지. 조금만 기다려라……."

"청랑군, 앞으로~!"

청랑군 대장인 염천검이 부친이자 상관인 염상백의 명을 받들어 자신의 수하들과 함께 무림맹을 향해 천천히 걸음을 옮겼다. 모두 만 명이었으며, 그들의 안광은 차분하게 가라앉아 있었다.

그러나 청랑군만 무림맹으로 향하고 있는 것이 아니었다. 그 뒤를 현원세가 문인들이 일정한 진형을 갖추며 따르고 있었는데, 이들의 얼굴엔 싸워 승리하겠다는 의지가 확고하게 자리하고 있었다.

무림맹 안으로 들어갈 수 있는 성문은 이미 굳게 닫혀 있었다. 그러나 청랑군은 성문을 향해 가는 걸음을 멈추지 않았다. 하지만 성문과 일 리 반 정도가 약간 넘는 거리에 다다랐을 무렵, 뒤따라오던 염상백의 명으로 일제히 멈추어 섰다. 그러자 청랑군 앞으로 세 명이 나섰는데, 그들은 현원세가의 가주 현원승과 총관 추월검 곽성율, 그리고 타타르 국 우승상 염상백이었다.

"본좌는 현원세가의 가주 현원승이라 한다. 제갈 맹주와 대화를 나누고 싶다.”

우우웅—

“큭! 끄으으~”

현원승은 무림맹을 향해 일부러 사자후를 시전하였고, 이에 따라 공력이 낮은 하수들은 고막을 막으며 운기조식에 들어야 했다.

“갈~!”

“아, 미, 타~ 불~!”

“켁! 흐으음~”

사자후엔 사자후로 대항하라는 무림의 명언이 있듯, 담현 방장과 제갈 맹주가 현원승의 사자후에 비틀거리는 문인들을 위해 공력을 높였다.

“훗! 다시 뵙는구려, 제갈 맹주.”

“그렇군요. 회남까지 오는 길이 많이 힘들었나 봅니다. 그래, 그동안 푹 쉬었습니까?”

“편안했지요. 그래서 말인데, 굳이 싸울 필요가 있겠소? 아무리 무림맹이 준비를 단단히 했다고 하나, 본 가를 막기에는 역부족일 텐데.”

“글쎄요. 그것은 겨루어보아야 알지 않겠습니까? 자신있다면 들어와 보시지요.”

“훗, 그 자신감이 어디서 나오는지 모르겠군. 그냥 항복했으면 바로 본 가로 향했을 것인데, 무림맹은 제갈 맹주의 자신감 때문에 파멸의 길로 접어들게 되었소.”

“본 맹이 파멸을 할지, 아니면 현원세가가 멸문을 할지는 두고 보아야 하지 않겠습니까? 그러니 이렇게 말씨름만 하지 말고 그냥 돌아가시는 것이 어떻겠습니까? 어차피 막사도 말끔하게 치운 것 같은데."

제갈 맹주는 현원세가가 공격하기 전 막사를 완전히 치웠음을 확인했다. 그것을 확인한 제갈 맹주 및 영수들의 마음은 그 어느 때보다 무거워졌다. 현원세가가 보여준 행동은 오로지 공격해서 승리하겠다는 의지를 스스로가 보여준 것과 진배없었기 때문이다. 퇴각할 수 있는 여지를 완전히 차단하고 공격만 생각하게 만든 것이었다.

"크하하, 좋소이다. 그럼 본 가의 검이 잔인하다고 흉보지 마시구려. 아마 제갈 맹주가 본 가를 찾았던 그때보다 더 잔인해진 모습을 볼 수 있을 것이오. 흠!"

현원승은 제갈 맹주에게 한마디 쓴 소리를 한 후 현원덕호가 자리하고 있는 곳으로 천천히 걸어갔다.

절정의 경지에 오른 고수들이 이런 상황에서 보여주는 행동 하나하나엔 그에 걸맞은 무게가 실리기 마련이다. 당연히 현원승의 여유있는 행동은 무림맹 문인들을 주눅이 들도록 하기에 충분했다.

현원승이 돌아간 후 얼마 지나지 않아, 일정한 진영을 갖추고 있던 청랑군이 서서히 움직이기 시작했다. 그러나 빠르게 행동하지 않았다. 그저 일정한 보폭으로 무림맹을 향해 천천히 접근할 뿐이었다.

제갈 맹주는 현원세가의 진형이 마음에 걸렸다. 한눈에 보아도 무림에서 보여주던 공격 진형이 아니었던 것이다. 아무리 한 문파에서 여러 진법을 구상하고 훈련을 해도, 눈앞에 보이는 것처럼 절도있고 위엄이 느껴지는 행군은 불가능한 일이었다. 마치 훈련이 잘된 군대를 보는 것 같았다. 그러나 현재로서는 다른 방법이 없었다. 우선 적들이 성벽을 타 넘고 들어오지 못하게 하는 것과 성문이 열리지 않도록 하는 것이 중요했다.

이에 무림맹 문인들은 자신들의 병장기를 꺼내 들고는 적들이 움직이기를 기다리는 한편, 성문을 굳건히 지키기 위해 안쪽에서는 성문에 철판을 대고는 움직이지 않도록 고정시켰다. 더불어 혹시라도 있을지 모를 사태에 대비하기 위해 각 문파들이 자랑하는 절진이 자리를 잡고 있었다. 특히 소림의 백팔나한진과 무당의 대천강검진(大天剛劍陣)이 보이는 위압감은 문인들의 마음을 안정시키기에 충분했다.

'이 정도면 충분하다. 현원덕호만 막을 수 있다면 승리도 할 수 있을 정도다. 시간이, 하늘이 본 맹을 도왔다.'

제갈 맹주가 사방을 둘러보고, 또한 문인들을 훑어보면서 느낀 것은 팽배해 있는 두려움보다는 자신감이었다. 문인들의 반짝이는 눈빛에서 승리에 대한 희망의 불씨를 본 것 같았다.

제갈 맹주의 얼굴에 자신감이 서서히 자리잡을 때, 이미 청랑군은 무림맹과 백 장 거리까지 접근해 있었다. 따라서 얼마 후면 일제히 성문과 성벽 위를 향해 신형을 움직인다고 생각했고, 그에 대한 대비 차원에서 공력을 서서히 끌어올렸다. 이러한 것은 다른 사람들도 마찬가지였다.

그러나 청랑군은 백 장까지 접근한 후 움직임을 멈추었다. 아니, 움직임이 멈춘 것이 아니라 걸음을 멈춘 것이다. 하지만 걸음을 멈춤과 동시에 등 뒤에 숨겨두었던 활을 빠르게 꺼내 들고는 활시위를 당기기 시작했다.

핑! 피핑! 피이잉—

쏴아아아아—

만 명이 일제히 튕기는 활시위와 하늘을 가득 메운 화살들.

청랑군이 쏘아 올린 화살들은 무림맹을 향해 빠르게 쇄도해 들어갔다.

"헉! 모두 조심하라! 화살이다~!"

탁! 타탁! 타타타타탁ㅡ!

핑! 피핑! 피이잉ㅡ

쏴아아아아ㅡ

첫 화살을 날린 청랑군은 이에 멈추지 않고 화살을 계속해서 무림맹의 하늘을 향해 날렸는데, 처음과 달리 두 번째 화살부터는 불씨가 메겨져 있었다.

불화살.

청랑군은 무림맹의 견고한 성벽을 넘는 방법을 택한 것이 아니라, 무림맹을 태워 버리는 화공을 선택한 것이다. 그렇기에 북서풍을 기다렸던 것이었다.

"불을 꺼라! 어서 물을~!"

"불이 번지지 않도록 하라~!"

"뭐 해! 불을, 큭! 끄으~!"

"컥! 끄으."

쏴아아아아ㅡ

탁! 타탁! 타타타타탁ㅡ!

"이런! 하앗~!"

"제길, 조심해!"

창! 차차차창ㅡ

무림맹 안으로 날아들어 간 불화살들은 건물의 지붕과 벽 등에 박히며 탈 수 있는 것들을 태우기 시작했다. 처음엔 화살이 박히면 얼른 빼고 불씨가 옮겨 붙기 전에 진화를 할 수 있었지만, 계속해서 불화살들이 날아들자 문인들도 어떻게 손쓸 방법도 없이 불씨가 번지기 시작했다. 더구나 며칠 동안 비가 내리지 않고 건조했기에 나무에 옮겨진 불씨를 끈다는 것은 결코 쉬운 일이 아니었다.

　"이럴 수가, 어떻게 이런 일이……!"

　"아미타불, 이게 어찌 된 일입니까?"

　"저도 저들이 이런 방법으로 공격해 올 줄은 몰랐습니다. 그러나 여러분은 저들이 성벽을 넘지 못하도록 방비를 해주십시오. 저는 안으로 들어가 진화를 지휘해야겠습니다. 이대로 불이 계속 번지면 본 맹은 어쩔 수 없이 성문을 열고 밖으로 나가야 합니다."

　"무량수불, 그렇게 되면 안 되지요. 그렇게 되면 최악입니다."

　"맹주, 빈도도 함께 가겠소."

　불을 끄느라 허둥대는 문인들을 향해 신형을 날리는 제갈 맹주의 뒤를 청운 장문인이 급히 따랐다. 지금으로서는 성벽의 방어보다 불을 진화하는 것이 급선무라 판단했기 때문이다.

　"아~"

　"이런, 휴~ 원시천존."

　건물에 제대로 불이 붙은 것을 진화하기 위해 한창 물을 나르는 문인들 사이로 제갈 맹주와 청운 장문인이 내려섰다. 그러면서 사방을 둘러보는데, 도대체 말문을 열 수가 없었다. 가뜩이나 불이 더 이상 번지지 않기 위해 물을 나르면서도, 다른 한편으로는 계속해서 날아드는 화살을 막아야만 했다. 이미 무공이 낮은 문인들 중에서 상당히 많은 부상자가 발생하고 있었다.

이에 제갈 맹주와 청운 장문인은 문인들을 독려하여 불길을 잡기 시작했다. 무공이 뛰어난 문인들은 날아오는 화살을 멀리 쳐내도록 했으며, 다소 떨어지는 문인들은 불을 잡는 데 총력을 기울이도록 했다. 그러나 약 이각 정도 지나기 시작하자 무차별적으로 쏟아지던 화살들이 더 이상 날아들지 않았다. 또한 문인들의 빠른 대처로 인해 사방으로 불이 확장되지 않고 있었다. 이에 다소 여유를 찾은 제갈 맹주는 현원 세가의 예상치 못한 공격에 대해 생각해 보았다.

'활을 사용할 줄이야. 미처 생각하지 못했다. 어떻게… 어떻게 군병들이나 사용하는 전략을… 아니지, 앞으로 이런 방법을 계속해서 사용한다면? 큰일이다. 얼른 성 밖의 상황을 봐야겠다.'

"맹주, 어떻게 하시겠습니까? 빈도가 보기에 불은 어느 정도 지나면 잡혀지는 것 같습니다만."

"다행입니다. 그럼 이곳은 청운 장문인께서 맡아주십시오. 저는 바깥을 보아야 할 것 같습니다."

"그렇게 하십시오. 이곳은 제가 남겠습니다. 원시천존."

제갈 맹주는 때마침 들려온 청운 장문인의 말에 뒤도 돌아보지 않고 영수들이 있는 곳을 향해 바로 신형을 날렸다. 혹시라도 또 다른 공격을 해온다면 큰일이라 생각되었기 때문이다.

"밖은 지금 어떻습니까?"

휘이이이, 탁!

"맹주, 어서 오시오."

"화살 공격은 더 이상 없습니까?"

"직접 보는 것이 좋을 듯합니다. 아미타불."

"어디, 헉! 아직도……?"

담현 방장의 우려가 담긴 눈빛을 뒤로하고 청랑군을 향해 고개를 돌리던 제갈 맹주는 한순간 뇌의 기능이 멈춘 것 같은 충격을 받았다. 어디서 또 가지고 왔는지, 청랑군들은 뒤에 대기 중이던 현원세가 문인들이 날라주는 화살들을 받아 들고 있었던 것이다.

만 명이 이각이란 시간 동안 쏘아 올린 화살 때문에 무림맹 안은 발을 디딜 틈도 없을 정도였다. 이각 동안 한 명의 청랑군이 활시위를 당긴 횟수가 대략 백팔십 번 정도라 본다면, 만 명이 날린 화살의 개수는 거의 백팔십만 개에 육박하는 어마어마한 숫자였다. 한마디로 무림맹은 소나기와 같은 화살비를 이각 동안 맞고 있었는데, 아직 그것이 끝난 것이 아니었던 것이다.

"이대로는 안 됩니다. 저들이 화살을 퍼붓기 전에 이쪽에서 먼저 공격을 해야 합니다."

"맹주, 그럼 성문을 열기라도 하겠단 말입니까?"

"아닙니다. 당 가주, 당문에서 현재 보유 중인 암기들 중 가장 멀리 날릴 수 있는 것이 무엇입니까? 어서 말씀해 주십시오. 급합니다."

"폭우이화침과 폭우이화정이 있지만, 가장 멀리 나가는 것은 폭우이화정입니다. 그러나 백 장의 거리는 무리입니다."

"알겠습니다. 그럼 그 두 개의 암기는 현재 얼마나 보유하고 있습니까?"

"아마도 각각 백 개 정도는 있을 것입니다."

"됐습니다. 그럼 당 가주께선 어서 그것들을 모아주십시오. 그리고 여러분은 본 맹에서 가장 신법이 빠른 백 명의 문인들을 선발해 주십시오. 참! 그리고 화살을 모아주십시오. 최대한 많으면 많을수록 좋습니다. 한시가 급합니다. 어서요!"

"아미타불, 알겠습니다."

"무량수불……."

"무슨 말인지 알겠습니다. 원시천존."

제갈 맹주의 요구 사항을 들은 영수들은 눈빛을 빛내며 크게 고개를 끄덕인 후, 자신들이 낼 수 있는 최고의 속도로 신형을 날렸다. 제갈 맹주가 무엇을 하고자 하는지 알 수 있었기에, 그에 부합하는 제자들을 찾기 위함이었다. 그러나 이미 청랑군들의 활시위는 힘껏 당겨진 후였고, 일제히 하늘을 붉게 뒤덮기 시작했다.

핑! 피핑! 피이잉—

쏴아아아아—

탁! 타탁! 타타타타탁—!

"컥! 끄윽."

"제길! 아직도 쏠 화살이 남아 있었나?"

"모두 머리 위를 조심하라~!"

아직 완전히 불을 잡지 못하고 있던 문인들은 또다시 화살들이 날아오자 기겁을 하며 이리저리 피하기에 바빴다. 그러나 당가의 제자들에 의해 나무 기둥들에 깊숙이 박힌 화살들은 바로 뽑혀져 한곳에 모이기 시작했고, 그것은 제갈 맹주가 있는 곳으로 빠르게 옮겨졌다.

"크하하하, 좋아! 정말 통쾌하군. 북서풍이 없어도 이 정도인데, 만약 북서풍이 불기라도 했다면 더 볼 만했을 것이다. 정말 잘했다, 우승상."

"하지만 싸움은 지금부터입니다. 저들도 지금부터는 그냥 당하고 있지 않을 것입니다, 태상가주님."

"무슨 말인지 알겠다. 그렇지만 우승상이 우려하는 것과 달리, 무림인들 중 활을 사용할 줄 아는 자는 극히 드물다. 그러니 크게 걱정하지 않아도 될 것이다."

"그렇다면 다행이지만, 제갈 맹주의 지략이 뛰어나다고 하니 걱정이 됩니다. 만약 북서풍이 불어주었다면 사정거리를 더 띄어놓을 수 있었을 텐데, 지금은 무림맹에서도 마음만 먹는다면 충분히 반격을 가할 수 있는 위치입니다."

염상백은 현원덕호의 웃음소리가 크게 울려 퍼지고 있지만, 마음을 편하게 할 정도로 안심이 되지 않았다. 다만 자신의 우려대로 적의 반격이 거세지기 않기만을 바랄 뿐이었다.

이제 청랑군이 쏠 수 있는 화살은 그리 많지 않았다. 각자 몇 번만 활시위를 당기면 바닥이 나는 것이다. 그렇기 때문에 그전에 무림맹 안에서 대화재가 발생하고, 그로 인해 성문이 열려야만 했다. 그렇지 않으면 청랑군을 비롯해 현원세가의 피해가 클 수도 있었기 때문이다. 그래도 다행인지 무림맹 안에선 시꺼먼 연기가 자욱하게 피어오르고 있었다.

'응? 저자들은……?'

"이런! 천승뇌검전은 어서 저들을 막으시오!"

성벽을 주시하던 염상백이 소스라치게 놀라며 천승뇌검전의 부전주 천수도 답천훈을 향해 고함을 질렀다.

"적들이 성벽을 내려오고 있다. 저들을 척살하라~!"

"알겠습니다. 가자!"

휙! 휘이이익―!

답천훈의 명을 받은 천승뇌검전 문인들은 검을 뽑아 들고는 청랑군을 향해 쇄도하는 적들을 향해 신형을 날렸다.

"크아악~!"

"컥! 끄으."

"컥컥, 크으~"

"이놈들! 용서하지 않겠다~! 이야압!"

"됐습니다. 이제 피하십시오."

"알았습니다. 하핫!"

휘이이이익―

"이야아아아아~"

팡! 파아앙―! 퍼엉―

쏴아아아아아―

파팟! 파파파팟―!

"끄어억~"

"크아아악!"

"컥억! 끄어어~"

"죽여라!"

청랑군을 향한 무림맹의 기습적인 공격은 정확히 들어맞았다. 가장 선두에 선 것은 운영을 비롯한 무림맹 영수들이었다. 그들은 뒤따라올 문인들의 안전을 위해 청랑군 진형에 뛰어들어 활을 더 이상 쏘지 못하게 했고, 그 뒤를 이어서 문인들이 접근하자 재빠르게 진형을 벗어났다. 그러자 오십이 명으로 구성된 결사대는 당 가주로부터 받은 폭우이화침과 폭우이화정을 일제히 폭발시키며 청랑군을 향해 뛰어들었다. 그리고는 청랑군이 더 이상 활을 쏘지 못하도록 하기 위해 무차별적으로 병장기를 휘둘렀다.

결사대.

오십이 명의 문인들은 청랑군을 흔들어놓기 위한 결사대였던 것이다.

하지만 이들의 활발한 움직임은 그리 오래가지 않았다. 이들의 기습에 크게 당황했던 청랑군이 전열을 재정비한 후 곧바로 반격을 가하기 시작했고, 어느새 후방에 있던 천승뇌검전 문인들이 가세를 한 것이다.

창! 차창! 차차창—

"큭! 어림없다. 이야압~!"

"밖으로 나오고도 살 수 있을 줄 알았더냐! 죽어라~!"

"커억! 크으으~"

"받아라~"

한순간 기습이 먹혔다 생각했던 무림맹은 자신들의 생각이 틀렸음을 알았다. 수적으로 너무나 차이가 나고 있었던 것이다. 아무리 암기들에 의해 사망자가 수두룩하다고 해도, 그 숫자는 천 명 정도에 불과했다. 청랑군 전체의 일 할밖에 안 되는 것이다. 거기다 천승뇌검전 문인들이 쌍심지를 켜고 검을 휘두르는 상황이라, 오십이 명의 무림맹 문인들은 순식간에 스무 명으로 줄어들었다.

"모두 퇴각하라! 퇴가악~"

"퇴각~!"

"어림없다. 그냥 도망치게 놔둘 줄 알았냐! 죽어라~"

"큭! 끄으으~"

창! 차창―!

"쫓아라! 모두 죽여라~!"

천승뇌검전 뒤를 따라온 염상백은 성벽을 타려고 하는 적들을 향해 공격 명령을 내렸다.

"와아아아~!"

"죽어라!'

"크어어~"

"청랑군은 어서 전열을 정비하라! 그리고 각자 지니고 있는 화살을 모두 쏴~ 라~!'

쏴아아아―

염상백의 명령이 떨어짐과 동시에 다소 흩어졌던 전열이 순식간에 정비됐다. 또한 오만 개의 화살이 순식간에 무림맹의 하늘을 덮어버렸다.

'지금 총공격을 강행해야 한다. 기세가 올랐을 때 해야지 피해를 최소로 줄일 수 있다.'

"전원 공겨억~!"

"공격 명령이 떨어졌다. 전원 공격하라!"

"와아아아아~"

"공~ 격~!'

한층 고조된 기세를 몰아 무림맹을 향한 총공격 명령을 내린 염상백은 청랑군과 천승뇌검전 문인들이 함성과 함께 성벽을 향해 돌진하는 뒷모습을 볼 수 있었다. 어차피 공격 명령을 내린 이상, 이제 상황을 돌이킬 수는 없었다. 이젠 어떻게든 승리를 취하는 것만이 최우선이었다.

'이제 승패가 결정나겠… 응? 이, 이건……!'

염상백은 자신도 막 무림맹을 향해 신형을 날리려다가 멈추어 섰다. 그런 후 주변을 둘러보았다. 다소 미약하지만 피부를 자극하는 바람의 숨결이 느껴졌다. 북서풍이었다.

"바, 바람이다! 북서풍이다! 크하하하, 북서풍이 분다! 북서풍~!'

북서풍이 부는 것을 감지한 염상백은 하늘을 향해 크게 웃었다. 아직 하늘이 타타르 국을 버리지 않았다는 강한 믿음이 생긴 것이다. 그러나 기쁨도 잠시였다. 북서풍이 불기 시작한 이상, 자신이 내린 공격 명령을 철회해야만 했다. 그에 무림맹을 향해 공격을 하고 있는 청랑군과 천승뇌검전 문인들을 퇴각시키기 위해 염천검과 부전주 답천훈을 찾았다.

염천검과 부전주 답천훈의 모습은 염상백의 시야에 금방 잡혔다. 그러나 그리 좋은 모습은 아니었다. 성벽 위에 대기 중이던 제갈 맹주와 다른 영수들, 그리고 절정 급의 고수들이 날리는 화살들에 의해 문인들과 함께 고전을 면치 못하고 있었던 것이다.

제갈 맹주를 비롯한 절정고수들이 공력을 실어 던지는 화살들은 청랑군과 천승뇌검전 문인들을 당황스럽게 만들고 있었다. 이미 염상백의 공격 명령이 떨어진 이상, 청랑군은 무림맹의 일차 저지선인 성벽을 넘어야 했다. 그런데 자신들이 퍼부었던 수많은 화살들에 의해 역으로 공격당하고 있었던 것이다.

염상백은 상황이 어떻게 진행되고 있는지를 알 수 있었다. 어이가 없었다. 더불어 제갈 맹주의 빠른 임기응변에 감탄을 금치 못했다. 자신의 전략을 간파하고, 또한 그에 따른 대처 방안을 빠르고 적절하게 구사하고 있었던 것이다.

'정말 대단한 자다. 역시 제갈세가의 가주답구나. 하지만 천운은 본국을 지지하고 있다.'

"모두 퇴각하라!"

"……?"

"응? 퇴각……?"

"천검아, 무엇을 하고 있느냐! 어서 퇴각해라! 그리고 답 부전주도 어서 문인들을 데리고 퇴각하시오! 어서!"

"퇴각하라! 퇴가악~!"

"모두 퇴각하라~!"

염천검과 답 부전주는 처음 염상백의 명령을 잘못 들었나 하고 뒤돌아봤는데, 염상백은 그런 그들에게 인상을 쓰며 퇴각할 것을 재촉했다. 그에 더 이상 망설이지 않고 문인들을 성벽으로부터 퇴각시켰다. 그렇지 않아도 무림맹의 거센 방어에 막혀 고전을 면치 못하고 있었기에, 염상백의 퇴각 명령은 반가운 일이었다.

"아니, 우승상! 왜 퇴각 명령을 내린 것입니까?"

염상백은 어느새 자신의 옆으로 다가와 퇴각 명령을 내린 것에 대해 해명을 요구하는 현원승을 바라보았다. 이마에 주름이 깊게 파인 것을 볼 때, 화를 억지로 억누르고 있음을 알 수 있었다. 그러나 염상백은 현원승을 향해 반가운 미소를 지어 보였다.

"가주님, 천운은 우리에게 있는 것 같습니다."

"지금 그것이 무슨 말입니까, 우승상? 기세가 올랐을 때 성벽을 넘고 승기를 잡아야 하지 않습니까? 그런데 갑자기 퇴각이라니요? 도대체 무슨 이유입니까?"

"북서풍입니다."

"옛? 또 그 얘기입니까? 그것은 이미 끝난 말이 아닙니까? 그런데 또 그 북서풍 타령이라니……."

현원승은 염상백의 입에서 또다시 북서풍이란 말이 나오자 어이가 없다는 표정을 지었다. 바람 한 점 없는 맑은 날씨가 지속되고 있는데, 갑자기 퇴각 명령을 내린 이유가 북서풍 때문이란 말에 할 말이 없었다.

"가주님, 느껴지지 않습니까? 바람이 불고 있습니다. 지금은 미약하지만, 이각도 되지 않아 확연히 느낄 수 있을 것입니다. 이각입니다. 이각 후면 무림맹은 성문을 스스로 열 수밖에 없을 것입니다."

"……?"

'이각? 정말인가? 어디… 저, 정말이잖아? 바람이다. 바람이 느껴진다. 그럼 우승상 말대로 북서풍이 불어오고 있단 말인가?'

현원승은 염상백의 설명을 들은 후 긴가민가하는 마음으로 암암리에 바람을 느껴보았다. 그런데 아주 미약하지만 바람이 느껴졌다. 그리고 방향도 확인할 수 있었다. 정말 북서풍이었다. 그에 현원숭은 놀랍다는 얼굴로 염상백을 쳐다보았다. 현원숭의 표정은 놀라움을 뛰어넘은 경이로움이 담겨져 있었다.

"허허, 역시 맹주요. 맹주의 전략이 먹혀들었습니다."

"원시천존……."

"자신들이 쏜 화살에 자신들이 공격당할 줄은 몰랐을 것입니다."

"정말 놀랐습니다. 제갈 맹주의 지략이 뛰어남은 익히 알고 있었지만, 오늘 그 진가를 보게 된 것 같습니다. 하하하!"

"아닙니다. 패혈맹이 도와주지 않았다면 결코 쉽지 않았을 것입니다."

"암, 진 장로를 비롯해 패혈맹의 도움이 없었다면 이처럼 저들의 공격을 쉽게 막지는 못했을 것입니다. 하하하!"

무림맹 영수들은 현원세가가 퇴각을 하기 시작하자, 자신들이 날카롭게 빛나던 현원세가의 예봉을 꺾었다고 생각했다. 그에 서로 자축을 하게 되었고, 더불어 최선을 다해 지원해 준 패혈맹의 공을 높이 치켜세워 주었다.

"아미타불, 하지만 아직 현원세가의 공격이 끝난 것이 아닙니다."

"그렇습니다. 아마 저들은 흩어진 전열을 가다듬고 다시 공격해 올 것입니다. 그러니 우리도 어서 그에 따른 대비를 해야 할 것입니다."

"남궁 가주의 말이 맞습니다. 그러나 우선 불을 먼저 꺼야 할 것 같습니다. 현원세가의 공격을 막느라 다시 불길이 번지기 시작했습니다."

제갈 맹주는 다 잡았다고 생각했던 불이 공격을 막는 동안 생각했던 것보다 많이 번지고 있음을 보았다. 그에 더 이상 번지는 것을 막지 못한다면 큰일이 벌어질 수도 있음을 알고 있었기에, 승리에 들떠 있는 영수들을 일깨웠다.

"맹주, 빈도가 다시 내려가겠습니다. 그러니 불은 걱정하지 마십시오. 원시천존."

"하하, 빈도도 함께 갑시다."

제갈 맹주가 무엇을 걱정하는지 알고 있었기에, 청운 장문인은 불을 진화하는 중에 달려왔음을 상기하고는 얼른 불길이 번지는 곳으로 신형을 날렸다. 또한 그 뒤를 이어 현천 장문인과 오영 장문인이 따랐다.

제갈 맹주를 비롯한 영수들은 세 명의 장문인이 신형을 날리자, 더 이상 불길에 신경 쓰지 않고 전열을 가다듬고 있는 현원세가를 주시하기 시작했다.

'그런데 왜 공격을 멈추었을까? 비록 본 맹의 공격이 먹혀들었다 해도, 그렇게까지 빨리 퇴각할 정도는 아니었는데? 흐으음……'

제갈 맹주는 조금 전 공격 명령을 내렸던 자의 얼굴을 똑똑히 기억하고 있었다. 또한 그자가 얼마 지나지 않아 퇴각 명령을 내렸음도 알고 있었다. 자신이 직접 두 눈으로 확인했기 때문이다.

제갈 맹주는 무언가 자신이 생각하지 못하는 일이 일어나고 있는 것이 아닌가 하는 불안감이 엄습했다. 그러나 그것이 무엇인지 알 수 없었다. 단지 너무도 빠른 퇴각 명령에 단서가 있다고 생각할 뿐이었다. 무인들의 비무나 십여 명 정도가 서로 엉켜 싸우는 것이었다면 이해할 수 있었다. 그러나 지금처럼 군대와 군대가 전투를 치르는 것과 같은 상황에서 공격과 퇴각 명령은 쉽게 번복될 수 없는 것이었다. 비록 공격을 하다가 상황이 여의치 않아 퇴각할 수는 있었다. 그러나 그것도 어느 정도 공격을 해본 후에 일이었다. 지금처럼 공격하려다 만 것 같은 느낌이 들 정도는 아니었던 것이다.

'무언가 있을 것이다. 그렇지 않고서야 그 정도의 전략을 구사하는 자가 그냥 퇴각할 명분이 없다. 그래, 분명히 무언가가… 응? 서, 설마……!'

한참을 고민하던 제갈 맹주는 무언가 불안감을 느꼈는지 두 팔을 좌우로 활짝 벌린 후 주변의 공기를 느껴보았다. 공력을 개방해서 자신의 주변에 있는 공기의 흐름을 파악하고자 한 것이다.

"이, 이런! 안 돼. 바람이라니! 북서풍이라니……! 어, 어서 꺼야 한다."

"맹주? 왜 그럽니까?"

"무량수불. 왜 그러는가, 맹주?"

"바람입니다! 지금 북서풍이 불고 있습니다!"

"……?"

"북서풍이라니? 바람 한 점 없는데, 지금 무슨 뚱딴지 같은 소리야?"

궁 방주는 갑자기 제갈 맹주가 자다가 일어나서 헛소리를 한다는 듯 어이없어하는 표정으로 바라보았다. 그러나 이러한 것은 주변에 있던 다른 사람들도 마찬가지였다. 하지만 제갈 맹주가 이처럼 놀라는 모습을 본 적 없는 담현 방장과 연정 장문인, 그리고 패도마군 진유정은 얼른 주변의 공기 흐름을 감지해 보았다.

"아미타불! 어서 불을 꺼야 합니다. 이렇게 있을 시간이 없습니다."

"그렇습니다. 정말 제갈 맹주의 말대로 북서풍이 불려고 합니다. 촉박합니다."

"예 장로와 반 장로는 문인들을 총동원해서 불길을 잡도록 하시오. 급하오. 서둘러 주시오, 어서······!'

제갈 맹주를 이상한 눈으로 바라보던 영수들은 세 명이 덩달아 급한 표정과 함께 목청을 높이자 상황이 예사롭지 않음을 직감했다. 그에 모두들 각자의 문인들을 향해 불을 끄는 데 총력을 기울이도록 명령을 내렸다. 성벽을 방어하는 것도 중요하지만, 안에서부터 불이 활활 타오르기 시작한다면 아무리 성벽을 방어해도 소용이 없다는 것을 잘 알고 있었기 때문이다. 어쩌면 최후의 방법을 택할 수밖에 없었던 것이다.

"우승상, 본 가에 천운이 따르고 있습니다. 정말 천운입니다. 이 모두가 우승상의 덕이오."

"그렇지 않습니다, 가주님. 어찌 제 덕분이겠습니까. 하지만 현원세가와 본 국에 기적이 함께하고 있음은 분명합니다."

"훗, 그럼 이제 저들이 성문을 열고 밖으로 뛰쳐나오는 것만 기다리면 되는가, 우승상?'

"그렇습니다, 태상가주님. 바람이 본격적으로 불기 시작하면 쉽게 불길을 잡지 못할 것입니다. 더구나 저들은 우리의 공격에 대비해야하기 때문에 진화에 총력을 기울이지 못합니다. 그리고 알았을 때는 이미 늦은 후겠지요."

"좋아, 정말 마음에 드는군. 중원 놈들은 이렇게 서서히 씨를 말려줘야 돼. 세상이 자기들을 중심으로 돌아간다고 믿는 우스운 녀석들! 하지만 머지않아 세상의 중심엔 이 현원덕호가 서 있을 것이다. 크하하하!"

현원덕호는 태사의에 앉아 검은 연기가 피어오르고 있는 무림맹을 보면서 크게 웃었다. 더불어 그동안 숨죽이고 살았던 수많은 세월과 분노, 그리고 자신을 멸시하던 따가운 시선과 그들에게 받았던 설움 등이 한꺼번에 씻겨 내려가는 듯 개운했다.

"오늘은 영원히 기억에 남는 날이 될 것이다. 본 가뿐만 아니라, 앞으로 무림의 역사가 계속되는 한 말이다."

"그렇습니다, 아버님. 무림은 앞으로 본 가의 역사와 함께할 것입니다."

"하하, 가주가 오랜만에 이 아비를 기분 좋게 하는구나. 하하하~!"

현원덕호는 기분이 좋았다. 자신의 숙원이 조금씩 이루어지는 것 같아 좋았고, 조금 전부터 피부로 바람을 느낄 수 있게 되어 더욱더 좋았다. 이제 일부러 바람을 느껴보고자 하는 수고를 하지 않아도, 피부에 와 닿은 바람의 숨결을 느낄 수 있었다. 더불어 아무런 움직임이 없이 축 처져 있던 오색찬란한 깃발들도 서서히 기지개를 켜듯 펄럭이기 시작했다.

"응? 이런! 태상가주님, 저들이 알아버린 것 같습니다."

"알다니? 그것이 무슨 말인가, 우승상?"

"바람이 불고 있는데, 짙었던 연기가 조금씩 엷어지고 있습니다. 무림맹에서 바람이 분다는 것을 알고 진화에 나선 것 같습니다."

"뭐라! 그렇다면 다시 화살을 쏘아대면 될 것이 아닌가!"

"화살이 모두 떨어졌습니다."

"화살이 떨어졌다고? 이런!"

현원덕호는 염상백의 말에 아쉽다는 듯 자신의 무릎을 탁 쳤다. 그러나 더 이상의 말은 없었다. 떨어진 화살은 단시간 안에 어찌할 수 있는 것이 아니었기 때문이다.

"어쩔 수 없습니다. 이렇게 된 이상, 저들이 양자택일을 하도록 혼선을 줄 수밖에 없습니다."

"우승상, 양자택일을 하게 하다니? 그게 무슨 말입니까?"

"가주님, 우리는 지금 무림맹을 향해 총공격을 강행해야 합니다. 그래야 진화에 총력을 기울이고 있는 저들의 병력이 분산될 것이고, 그렇게 되면 아직 불길을 완전히 잡지 못한 관계로 불씨가 다시 살아날 것입니다. 우리의 병력 손실이 있겠지만, 그렇게 해야만 소기의 목적을 달성할 수 있을 것입니다."

"흐으음, 그렇겠군요."

'정말 놀라운 사람이다. 전투와 전략, 그리고 전술에 있어서 우승상을 뛰어넘을 수 있는 자가 얼마나 있을까? 타타르 국이 조금만 시간을 벌 수 있다면, 어쩌면 다시 예전의 성세를 되찾을 수도……'

"가주님, 지금 공격 명령을 내리십시오. 한시가 급합니다."

"알았습니다. 답 부전주는 지금 즉시 천승뇌검전과 함께 적웅철검단(赤熊鐵劍團) 및 지호패검단(地虎覇劍團)을 대동하고 무림맹을 공격하라. 목적은 적들의 분산에 있으나, 여력이 되면 성문을 여는 것도 허락하겠다."

"알겠습니다, 가주님. 지켜봐 주십시오. 적웅철검단과 지호패검단

단주들은 따르시오!"

"옛! 태상가주님, 그리고 가주님. 다녀오겠습니다!"

"최선을 다하도록 하라."

"옛······!"

"전원 공격~!"

"와아아아~!"

"성문을 열어라, 목표는 성문이다~!"

"적웅철검단의 무서움을 무림에 달릴 수 있는 좋은 기회다. 본 가에서 당한 치욕! 백배로 돌려주자~!"

"죽여라~!"

휘이이이이—

현원세가의 칠 할가량이나 되는 문인들이 현원승의 명령에 따라 일제히 무림맹을 향해 신형을 날렸다. 더구나 적웅철검단과 지호패검단은 그동안 청랑군의 활약으로 뒤에 서서 구경만 하고 있기 힘들었는데, 현원승이 자신들을 지목하고 특명까지 내리자 일말의 망설임도 없이 성벽을 오르기 시작했다.

"맹주, 저들이 총공격을 강행하나 봅니다!"

"옛? 헉! 이, 이런······!"

'안 된다. 지금 불길을 잡지 못하면 최악이다.'

"맹주, 어서 성벽을 지켜야 합니다."

"안 됩니다, 남궁 가주. 지금 불길을 잡지 못하면 성문을 열어야 합니다. 북서풍이 거세지고 있습니다. 성벽은 여러분과 각파의 장로들이

나 그에 준하는 무위를 지닌 분들이 불이 완전히 진화될 동안 책임져야 합니다."

"하지만 제갈 맹주의 말은 불가능한 일입니다! 어떻게 저들의 공격을 천 명도 안 되는 인원으로 막는단 말입니까!"

"무량수불! 남궁 가주, 제갈 맹주의 말이 옳습니다. 위험 부담이 크지만, 현재로서는 그 길 말고 다른 방도가 없습니다."

"그렇습니다. 문인들이 분산되면 아무것도 되지 않습니다. 그렇다면 차라리 우리들이 나서서 적들을 막는 것이 최선일 것입니다. 원시천존……."

"이렇게 있을 시간이 없습니다. 진화 작업은 문인들에게 맡기고, 어서 가십시오. 하앗!"

오영 장문인을 필두로, 한창 진화 작업에 열중하던 영수들은 성벽을 향해 신형을 날렸다. 그 속에는 남궁 가주도 있었는데, 그의 이마엔 깊은 골이 패어 있었다.

남궁 가주 역시 제갈 맹주가 무엇을 걱정하는지 알고 있었지만, 불길을 잡는 것보다 성벽 방어가 우선해야 한다고 생각했다. 성벽이 뚫리기라도 한다면 성문이 열릴 것이고, 그렇게 된다면 일차 저지선이 손쓸 틈도 없이 무너져 버리기 때문이다. 하지만 이미 결정이 되었고, 모두 제갈 맹주의 의견에 동조하고 있어 아무런 말 없이 따를 수밖에 없었다.

성벽에 제갈 맹주 등이 도착했을 때는 이미 현원세가 문인들 몇 명이 성벽에 오른 후 문인들과 한창 치열한 접전을 벌이고 있었다. 더불어 현원세가의 공격이 더욱 거세졌다는 것을 알 수 있었다. 또한 무엇을 목표로 하고 있는지도 확연히 보였다.

"크아아~!"

"컥!"

창! 창창창! 차차차앙―

'저들은 오대산에서 보았던 현원세가의 주력들이다. 저들이 총공격을 강행한다면, 우리가 아무리 방어를 한다고 해도 한계에 부딪치게 될 것이다. 아~ 어쩌란 말인가. 저들의 기세가 하늘을 찌를 듯하지 않은가. 이대로는 성문을 지킬 수 없다. 불길을 잡아야 하는데, 성문이 뚫리면……'

제갈 맹주는 자신을 향해 달려오는 적들을 향해 가차없이 검을 휘두르면서도 다른 영수들이 현원세가의 문인들을 상대로 도륙하고 있는 것을 볼 수 있었다. 그러나 수십 명이 달려드는 관계로, 영수들 역시 조금씩 뒤로 밀리고 있었다. 제갈 맹주 역시 다른 사람들과 마찬가지였다.

"맹주, 어떻게 하실 생각입니까? 이대로는 성벽을 막지 못할 것 같습니다."

"아미타불, 아무래도 성문을 막는 것이 우선일 것 같습니다."

"휴~ 알겠습니다. 그렇게 하겠습니다. 그러나 오 장문인께서는 퇴로를 확보해 주십시오."

"옛? 맹주, 퇴로라 하셨습니까?"

"퇴로라니! 맹주, 지금 그것이 무슨 말이오!"

오영 장문인은 갑자기 제갈 맹주가 자신을 향해 퇴로를 확보해 달라는 말을 듣고 자신의 귀가 잘못된 줄 알았다. 그러나 다른 사람들의 표정을 확인한 결과, 자신만 그렇게 듣지 않았음을 알 수 있었다. 그것은 자신보다 앞서 팽 가주가 무슨 말이냐는 듯 인상을 쓰며 제갈 맹주에게 반문을 했기 때문이다.

"여러분, 지금부터 제가 하는 말을 잘 들으십시오. 현재 본 맹은 최악의 상황입니다. 지금으로서는 성문을 지키기 위해 총력을 기울일 수밖에 없습니다. 그러나 불길은 더욱 거세질 것입니다. 그렇다면 성문을 지켜내는 대신, 우리들 스스로 성문을 열고 밖으로 나갈 수밖에 없을 것입니다."

"흐으음……."

"무량수불……."

"저들이 노리는 것이 바로 그것입니다. 본 맹이 성문 밖으로 나와주길 바라고 있는 것입니다. 하지만 그렇게 되면 안 됩니다. 무슨 수를 써서라도 그 일만은 일어나서는 안 됩니다. 차라리 그럴 바에는 회남을 버리고 퇴각할 수밖에 없습니다. 이곳에서 전멸을 당하느니, 차후 복수를 하는 방법을 택하는 것이 낫다고 생각합니다."

"허, 원시천존……."

"퇴각이라니! 흐으음."

제갈 맹주의 설명이 계속될수록 영수들의 표정이 굳어지기 시작했다. 상황의 심각성을 재인식하게 된 것이다.

"맹주, 그렇다면 어디로 퇴각한단 말입니까? 아니, 어떻게 이곳을 벗어난단 말입니까?"

"그렇습니다. 적들을 막는 동안 그런 일이 벌어진다면, 앞에는 현원세가가 버티고 있고 뒤에는 불이 기다리고 있을 텐데요."

"그렇기에 제가 오영 장문인께 퇴로를 확보해 달라고 한 것입니다. 본 맹이 퇴각할 방향은 당연히 후문입니다. 비록 북서풍의 영향으로 인해 빠져나가는 데 쉽지 않겠지만, 그래도 빠져나갈 수 있는 유일한 통로는 후문밖에 없습니다. 그러니 후문으로 갈 수 있는 통로를 오영 장문인께서 만들어주십시오. 그동안 저와 다른 분들은 적들을 막고 있을 테니까요. 부탁드리겠습니다."

"원시천존, 맹주의 말에 따르겠습니다."

오영 장문인은 제갈 맹주의 말에 고개를 크게 끄덕여 보인 후 문인들을 대동하고 후문 쪽으로 신형을 날렸다. 또한 무공이 낮은 문인들과 도움을 주러 찾아온 젊은 무인들도 함께 후문 쪽으로 이동했다. 무공이 낮은 관계로 도움보다는 희생자 수만 늘릴 수도 있다 판단한 제갈 맹주가 조치를 취한 것이다.

"자, 그럼 저희는 오영 장문인께서 퇴로를 확보하시는 동안 적들에게 최대한으로 피해를 줘야 합니다. 그래야 차후 적들의 추격을 받지 않게 됩니다."

"알겠습니다. 그렇게 하지요."

"원시천존……."

제갈 맹주의 말을 이해한 영수들은 마음을 굳게 다잡고 적들을 향해 신형을 분분히 날렸다. 이미 퇴각이 기정사실화된 이상, 제갈 맹주의 말대로 최선을 다할 뿐이었다.

"우승상, 무림맹이 성문을 택한 것 같습니다. 아마도 눈앞에 있는 위험을 처리하는 것이 우선이겠지요."

"흐으음……."

'정말 진화가 아니라 성문을 택한 것인가? 지금까지 제갈 맹주가 취한 행동으로 보면 성문이 아니라 진화를 택했어야 했다. 비록 목표를 성문에 두고 있지만, 우리가 성문을 열기 위해 총력을 기울이지 않음은 그도 잘 알 것이다. 그런데 성문 방어에 문인들을 돌렸다. 빨리 불길을 잡지 않으면 더욱 큰일이 일어남을 알고 있으면서. 왜 그랬을까? 혹시 내분이라도 일어났단 말인가? 그렇지 않고서야…….'

"우승상, 무슨 생각을 그리 깊이 하십니까? 이제 우승상의 계획대로 진행되고 있는 것 같은데……?"

"……."

'내분은 없었을 것이다. 그렇다면 무언가 다른 뜻이 있다는 말인데, 그것이 무엇이란 말인가? 무엇일까? 흐으음… 호, 혹시? 아니야, 무림맹이 그 방법을 택했을 리가 없을 것이다. 자존심으로 똘똘 뭉친 그들이 설마……. 그러나 나라면 그 방법을 택했을 것이다. 지금으로서는…….'

"우승상! 우승상~!"

"옛? 가주, 지금 저를 불렀습니까?"

"이거 참, 몇 번을 불러도 대답하지 않아서 그리했습니다. 도대체 무슨 생각을 하고 있었던 것입니까?"

현원승은 자신이 몇 번을 불러도 대답조차 하지 않고 멍하니 하늘을 바라보고 있는 염상백을 향해 사자후를 시전했다. 전투 중에 군사와 다름없는 염상백이 상념에 빠져 있는 것 같아 일깨울 필요가 있다 판단한 것이다.

"죄송합니다, 가주님. 잠시 딴생각을 하느라 듣지 못했습니다."

"도대체 뭡니까? 또 무슨 문제라도 있는 것입니까?"

"어쩌면요. 흠……!'

"허허, 이거 참."

현원덕호는 염상백의 언행을 통해 무언가 자신에게 말할 준비를 하고 있음을 알 수 있었다. 그에 염상백이 자신의 생각을 정리할 동안 미소를 지으며 기다렸다.

"태상가주님, 잠시 드릴 말씀이 있습니다."

"그런가? 말할 것이 있으면 해보게. 그렇지 않아도 우승상이 무엇을 생각하고 있었는지 궁금해하고 있었네."

"그러셨습니까? 그렇다면 한결 말씀드리기 쉽겠군요. 다름이 아니라 무림맹의 움직임이 이상하다는 생각을 하고 있었습니다."

"이상하다?'

"예. 많은 생각을 해본 결과, 저는 그들이 무엇인가를 숨기기 위해 지금의 행동을 하고 있다고 생각됩니다. 그 무엇인가는 바로… 퇴각과 탈출이라는 결론을 내렸습니다."

"퇴각? 탈출? 흐음… 우승상이 무슨 생각을 했는지 모르겠지만, 이곳에서 그들은 퇴각하지 않을 것이다. 오대산에서 퇴각한 것과 이곳에서 퇴각하는 것은 의미가 다르지. 그들의 자존심이 그것을 허락하지 않을 것이다."

"그렇지 않습니다. 그들은 자존심보다 실리를 택했습니다. 그렇지 않다면 성문을 막는 시늉은 하지 않을 것입니다. 저 검은 연기를 보십시오. 불길이 점점 타오르고 있습니다. 아무리 성문 쪽에 문인들이 집중되어 있다고 해도, 저 정도로 빠르게 불길이 번질 수는 없습니다. 현재 무림맹 안에는 삼만에 육박하는 인원이 머물러 있는데, 저 정도로 불길이 타오른다는 것은 그들도 불길을 진화하고 있지 않다는 것입니다."

"흐으음……."

"저들은 지금 퇴로를 확보하고 있거나, 아니면 벌써 퇴각하고 있는 중입니다. 막아야 합니다. 오늘 무림맹을 강호에서 완전히 사라지게 하지 못하면, 추후 골치 아픈 상황으로 전개될 수도 있습니다."

"그렇다면 지금 당장 공격해 들어가야 한다는 말이군. 그런가, 우승상?"

"옛, 그렇습니다. 태상가주님뿐만 아니라, 우리들 역시 더 이상 이곳에 머물 필요가 없습니다. 무림맹은 우리들 손에 떨어진 것과 마찬가지이기 때문입니다."

"좋다. 우승상 말대로 이곳에 남아 있는 문인들 모두 총공격하도록 하라. 저들이 퇴각하려고 한다는데, 그것을 두 눈 뜨고 바라만 볼 수는 없지. 가주, 공격 명령을 내리도록 하게."

"알겠습니다, 아버님. 전원, 공격하라!"

"청랑군 역시 공격하도록 하라!"

"와아아아~ 공격~!"

"공격하라~!"

"그럼 이제 본좌도 움직여 볼까? 가주는 우승상과 함께 따라오도록 하라."

팟! 슈아아앙—

문인들이 공격하기 위해 신형을 날리는 모습을 지켜보던 현원덕호는 더 이상 태사의에 앉아 있는 것이 귀찮았는지 현원승과 염상백에게 따라오란 말만 남기고 훌쩍 무림맹을 향해 신형을 날렸다. 자신의 발 아래에서 비명을 지르는 자들의 얼굴을 두 눈으로 직접 보기 위함이었다. 예전과 같이 중원무림의 심장부라 할 수 있는 무림맹을 자신의 발 아래에 두는 역사적인 현장에 자신이 빠질 수 없다고 생각한 것이다.

　"크하하하, 쥐새끼들처럼 이곳에 숨어 있었군."
　"헉! 혀, 현원덕호……!"
　"아미타불……."
　"아~!"
　"크흐으음……."
　"원시천존……."
　한창 자신을 향해 공격하는 적들의 숨통을 끊어놓던 담현 방장과 제갈 맹주, 그리고 영수들의 시선은 갑자기 들려온 목소리에 깜짝 놀라 한곳에 집중되었다.
　현원덕호.
　성벽의 한 귀퉁이에 살짝 내려선 현원덕호는 무엇이 그리 기분이 좋은지 얼굴에 화사한 미소를 지으며 주변을 훑어보고 있었다. 그러나 이내 자신의 관심을 끌 만한 것이 없는지, 마치 석상처럼 굳은 얼굴로 자신을 뚫어질 듯 바라보고 있는 사람들에게 시선을 돌렸다.
　"그렇게 놀란 얼굴 할 필요 없다. 어차피 이곳이 너희들 무덤이 될 줄은 알고 있었을 텐데? 그렇지 않느냐?"

"글쎄! 이곳이 우리들 무덤이 될지, 아니면 당신의 무덤이 될지는 두고 봐야 하지 않겠소?"

"감히 어느 놈이… 응? 너, 너는……?"

"그렇소. 아직 내 얼굴을 잊지 않은 것 같소이다?"

현원덕호는 갑자기 들려온 목소리에 신경질적으로 고개가 옆으로 획 돌아갔는데, 그곳에서 현원덕호는 예전에 한 번 본 적이 있는 얼굴을 볼 수 있었다.

정운영.

현원덕호의 앞에 나선 인물은 바로 운영이었다.

"크하하하, 역시 이곳에 있었구나. 그렇지 않아도 본좌가 너를 찾고 있었다."

"그렇다면 잘되었군. 나도 당신에게 받을 빚이 있었는데……."

"빚이라? 하하~ 좋아, 좋아. 오늘 정말 기분이 좋군."

"……."

"그때 이름이 운영이라고 했던가? 하지만 오늘은 그때와 다를 것이다."

"……?"

"당시 본좌는 막 폐관을 깨고 밖으로 나온 상황이었다. 이 나이에 다시 연성할 신공도 없지만, 그때는 지금처럼 몸이 자유롭지 못했었지. 알겠느냐? 그러니 오늘은 그때처럼 도망가고 싶어도 그럴 수 없을 것이다."

"글쎄. 당신이 그때 어떠했는지 모르겠지만, 과연 호언장담할 정도가 되는지는 더 두고 보면 알겠지."

운영은 더 이상 현원덕호와 대화를 주고받고 싶지 않았다. 그에 천수검을 들어 천천히 자세를 잡고는 검극을 현원덕호의 미간으로 향했다.

"정 대협, 그럼 부탁하겠네."

"염려 마십시오. 그러니 맹주께선 차질없이 준비나 해주십시오. 아마 얼마 버티지 못할 듯싶습니다."

"알겠네. 부디, 몸조심하게."

"무운을 빌겠습니다."

제갈 맹주와 다른 영수들은 운영이 현원덕호와 대치를 하기 시작하자, 문인들을 대동하고 후문 쪽으로 빠르게 신형을 날렸다. 이미 예상하고 있던 일이기에, 이들의 행동엔 망설임이 없었다.

"훗, 역시 도망가는 것인가? 하지만 쉽지 않을 것이다. 가주, 어서 저들을 쫓아라!"

"알겠습니다, 아버님. 모두 나를 따라와라!"

"……."

"이제 자네와 즐거운 시간을 보낼 수 있겠군. 어디, 그동안 못 본 사이에 얼마나 실력이 늘었는지 볼까? 설마 자네도 도망가는 것은 아니겠지? 후후후!"

"흐으음……."

'그때보다 강해졌다. 아니, 그때와는 비교도 되지 않을 정도다. 아…….'

운영은 현원덕호의 몸에서 흘러나오는 기세에 주춤 뒤로 물러섰다. 도저히 감당할 수 없을 정도로 압박이 컸다. 그러나 운영은 더 이상 물러서면 안 된다고 자신을 채찍질하며 천수검을 곤추세웠다. 검극을 하늘로 향하게 하고 모든 정신을 현원덕호의 얼굴에 고정시킨 것이다.

'되든 안 되든, 오늘 후회없는 싸움을 하겠다. 형님, 형님을 한 번 보고 싶었는데, 그렇게 되지 못한 것이 한이 될까 두렵군요.'

"하아앗~!"

『호열지도』 14권으로…

청 어 람 신 무 협 판 타 지 소 설

제1회 신춘무협 공모전에 『보표무적』으로
금상을 수상한 작가 장영훈의 신작!!

일도양단(一刀兩斷) / 장영훈 지음

한 겹 한 겹 파헤쳐지는
음모의 속살을 엿본다!

『일도양단』
(一刀兩斷)

그의 이름은 기풍한.

천룡맹(天龍盟) 강호 일급 음모(一級陰謀) 진압조(鎭壓組)
질풍육조(疾風六組)의 조장이다.

임무를 위해 출맹한 지 사 년이 지난 어느 겨울날 새벽,
돌아온 그에게 천룡맹 섬서 지단 부단주가 말했다.

"질풍조는 이미 해체되었네."

그리고…
그의 존재를 알던 모든 이들이 죽었다.